中國語言文字研究輯刊

六 編

許 錟 輝 主編

第 10 冊

《新譯華嚴經音義私記》俗字研究（上）

梁曉虹、陳五雲、苗昱 著

花木蘭文化出版社

國家圖書館出版品預行編目資料

《新譯華嚴經音義私記》俗字研究（上）／梁曉虹、陳五雲、
苗昱 著 — 初版 — 新北市：花木蘭文化出版社，2014〔民
103〕
序 6+ 目 2+208 面：21×29.7 公分
（中國語言文字研究輯刊　六編；第 10 冊）
ISBN：978-986-322-665-9（精裝）
1. 華嚴部　2. 研究考訂
802.08　　　　　　　　　　　　　　　　　　　103001865

中國語言文字研究輯刊
六　編　　第 十 冊　　　　　ISBN：978-986-322-665-9

《新譯華嚴經音義私記》俗字研究（上）

作　　者　梁曉虹、陳五雲、苗昱
主　　編　許錟輝
總 編 輯　杜潔祥
副總編輯　楊嘉樂
編　　輯　許郁翎
出　　版　花木蘭文化出版社
社　　長　高小娟
聯絡地址　235 新北市中和區中安街七二號十三樓
　　　　　電話：02-2923-1455／傳真：02-2923-1452
網　　址　http://www.huamulan.tw 信箱 hml 810518@gmail.com
印　　刷　普羅文化出版廣告事業
初　　版　2014 年 3 月
定　　價　六編 16 冊（精裝）新台幣 36,000 元

《新譯華嚴經音義私記》俗字研究（上）

梁曉虹、陳五雲、苗昱 著

作者簡介

梁曉虹，日本南山大學綜合政策學部教授，南山宗教文化研究所兼職研究員。長期以來從事佛教與漢語史研究。至今已在中國大陸、香港、臺灣、日本、韓國、歐美等各類學術雜誌發表學術論文 140 餘篇。出版《佛教詞語的構造與漢語辭彙的發展》（北京語言學院出版社，1994年）；《日本禪》（浙江人民出版社，1996 年初版，臺灣圓明出版社，2000 年再版）；《佛教與漢語辭彙研究》（臺灣佛光文化，2001 年）；《佛教與漢語史研究——以日本資料爲中心》（上海古籍出版社，2008 年）等專著。又與徐時儀、陳五雲等合作研究，出版專著《佛經音義與漢語辭彙研究》（商務印書館，2005 年）；《佛經音義研究通論》（鳳凰出版集團，2009 年）；《佛經音義與漢字研究》（鳳凰出版集團，2010 年）等。編集出版《佛經音義研究——首屆佛經音義研究國際學術研討會論文集》（上海古籍出版社，2006 年）；《佛經音義研究——第二屆佛經音義研究國際學術研討會論文集》（鳳凰出版集團，2011 年）。

提　要

　　《新譯華嚴經音義私記》爲日本奈良時代（710～784）華嚴學僧所撰。其原本已佚，現存小川睦之輔氏家藏本爲傳世孤本，經學界考證，亦寫於奈良朝末期。小川本《私記》已於 1931 被指定爲日本國寶。1939 由日本貴重圖書影本刊行會複製刊行，後日本古典研究會又於 1978 年整理收錄於《古辭書音義集成》（汲古書院出版）第一冊。另外，民國時期羅振玉訪日發現此本，經其手借回中國，1940 年由墨緣堂影印出版，題名爲《古寫本華嚴音義》。

　　《私記》主要參考唐釋慧苑《大方廣佛華嚴經音義》與《新華嚴經音義》（撰者不詳，當爲奈良時期華嚴學僧所著）以及其他漢籍，收釋八十卷《新譯華嚴經》中字、詞、經句，用反切、直音等法爲所釋字詞標音，是漢語音韻研究的重要參考文獻。因其中還載有大量和訓（用万葉假名表示日語音讀），故被日本國語學者奉爲至寶。

　　《私記》全書用漢字書寫，字迹遒勁剛健，彰顯古風。羅振玉曾爲墨緣堂版撰序，談及其初見《私記》時，「以爲驚人祕笈」，指出此本「書迹古健，千年前物也！中多引古字書……」。

　　近年來，漢字俗字研究在學界眾賢努力下，呈興旺之勢，資料從敦煌文獻到碑刻碣文，從房山石經到刊本藏經，成果頗豐。然對海外資料，尤其是日本所存文獻之研究，卻重視不夠。《私記》不僅能體現唐人寫本、唐代用字史貌，還傳達出唐寫經到東瀛，漢字到日本後的變化與發展。這是大量國內俗字研究資料所不具備的特色。本書的完成，對漢字俗字研究領域的進一步擴大與深入具有填補空白的作用。

Foreword

James W. Heisig

The serious study of the Chinese writing system among Western（歐米）scholars dates from the Christian missionaries of the sixteenth century, who translated classic texts, prepared the first bilingual dictionaries, and composed catechisms（教理問答書）for spreading their faith. Their fascination with the kanji, due in large part to their own frustrations with acquiring even basic literacy, quickly spread among the intelligentsia（知識層）in Europe, who were also responsible for spreading any number of mistaken ideas about the history and structure of the writing system that held fast well into the nineteenth century. That fascination and frustration continues to this day, even as achievements of Western scholars have earned the respect of their counterparts in the Far East. At the same time, although only a tiny fraction of the students in the universities of the West who study kanji achieve the level of proficiency needed for scholarly work, the dramatic increase in their numbers witnesses to an even broader enthusiasm for the Chinese language that is unparalleled in history.

Although I am not academically qualified to represent scholarship on the kanji（漢字研究）or its pedagogy（漢字教育）in the non-kanji world（非漢語文化圈）, from my own study of Eastern philosophies（東洋の諸哲学に関する論究）these past thirty years in Japan, I can attest to being surprised again and again by the important role the kanji and the story of their development has played in intellectual history. The research published in these pages is no exception.

The aboriginal ambiguities of the kanji that so intrigue Western scholars must not have been very different from what the Japanese themselves experienced from their first encounter with the writing system. Together with the oldest Japanese dictionary to survive, the 『篆隸萬象名義』 of 835 attributed to Kūkai（空海）, the 『新訳華嚴経音義私記』 serves as a kind of "Rosetta Stone"（羅塞塔石碑）for understanding the adoption of Chinese Buddhist terminology into Japan. But more than that, as possibly the oldest Japanese lexicon（音義書）, it marks a milestone in the story of how Chinese writing came to be adjusted to the demands of Japanese vocabulary, grammar, and pronunciation. In a sense, the very "foreignness" of the writing was a decisive stimulus not only to the development of Japanese（日本語）but also to a highly productive rethinking of original Chinese texts.

If Kūkai himself knew the 『私記』, it could have been through a manuscript older than that we now possess. His acquaintance with the text would have been prior to his travels to China when he was still struggling to attain fluency in Chinese, and the linguistic attention lavished on this glossary（語彙）of the *Avatamsaka sūtra*（華嚴経）and its Man'yōgana（万葉仮名）pronunciations, like the 『一切経音義』, which he mentions by name, is not likely to have served him except as a pedagogical tool. His interest in linguistic theory began only after his return from China, by which time he had excluded the 『華嚴経』 from the picture as "exoteric" teaching（顯教）. Nevertheless, Kūkai's explorations into the relationships between sound, meaning, and reality theory of language overlaps with the sūtra in the root idea that all phenomena are a kind of writing on the sūtra of the world（「譬如有大經卷」、卷五一）, an idea that cannot be ignored in studying the connections between the Japanese adoption of the Chinese script and its adoption of Buddhist thought. Kūkai and the author of the 『私記』 belong to an unbroken line of Japanese philosophers for whom the disconnect between the nuances of Chinese writing and the nuances of spoken Japanese were an impetus to intellectual creativity. Filling in the gaps of the early history of that disconnect will add an important chapter to the story of the diffusion of written language in East Asia. This volume is a welcome addition to that ongoing process.

Research by Western scholars on the 『私記』, as scarce as it is, does service to highlight an aspect of the text that is of less interest to Chinese and Japanese scholars: it is one of those books that is by nature（本来）untranslatable. Unlike the challenge of rendering great literature and poetry from one language to another—which is nevertheless carried out all the time, despite the severe limitations involved—there is no way to translate the 『私記』 into Western languages because there is simply no way to understand it without knowledge of the script with which it is composed. Any attempt to render the text in a language with a different writing system would drain it of its very life's blood.

Along with this untranslatability we are reminded of another, largely ignored deficiency prevalent among Western scholars. While many of them are certainly competent to *read* and *pronounce* a text like the 『私記』, most lack the intuitive bodily "feel" that comes from *writing* the characters fluently. Their counterparts in Japan and China are quick to excuse this partial illiteracy for those not raised in the kanji world（非漢語文化圈）from their youth, but it might be best if they did not. Just as familiarity with etymology is essential to translating between European languages, the largely unconscious ties to etymology that are at play in writing a line of Chinese characters naturally（自然的に）allows for a similarly deep level of appreciation of a text. Just as fluency in the spoken language gives one an "ear" for better appreciating the written language, so, too, the ability to write creates a certain spontaneous affinity with the surface of the text, even when its grammar and meaning are difficult to parse. This affinity can never be fully substituted by a grasp of the text's content and background, however knowledgeable that grasp may be. The gradual emergence of a younger generation of Western students who are much more at home in writing than their predecessors bodes well for the future of Western contributions to Chinese and Japanese classics.

梁曉虹 and 陳五雲 are to be congratulated for the fruits of their long collaboration, and we can only hope it will continue into the future.

序 言

James W. Heisig

　　歐美學者的漢字研究可以追溯至十六世紀的基督教傳教士，他們爲了傳播教義而翻譯經典著作，編寫了第一部雙語詞典與教理問答書。他們的漢字情節很大程度上萌生於其漢語基本功的苦修行。這種時尚很快在歐洲知識層流傳開來，同時，由此衍生的對漢字歷史與漢字結構的誤解也延續直至十九世紀。西方學者的漢字情節綿延至今，其學術成就贏得了他們遠東同行的尊重。與此同時，西方大學中雖然學習漢字，其水準能達到學術研究的學生寥寥無幾，然其顯著增加所顯示的更爲廣泛的漢語熱卻是史無前例的。

　　雖然我並不能在學術上代表非漢語文化圈的漢字研究或漢字教育，然我在日本曾三十餘年從事東方哲學研究，在此過程中，我反覆見證了漢字在知識史中的重要角色及傳奇的進化歷程，眞是每每令人驚歎！本書之研究亦如此說。

　　西方學者如此熱衷於漢字的深奧內涵，想必與日本學人初識這種文字時的執念與迷往大同小異。與現存最古的日語漢字字典，公元 835 年空海所撰《篆隸萬象名義》並列，《新譯華嚴經音義私記》儼然猶如「羅塞塔碑」，被視爲是理解日本傳承漢語佛教術語的經典。然不僅於此，很可能作爲日本最古之音義書，成爲如何根據日語詞彙、語法、語音的需求而沿用與改造漢文過程中的一個里程碑。在某種意義上，正是日本文字的這種「外來化」，使其不僅成爲日語發展進化的決定性促進因素，而且也成爲高度建設性地重視漢語原本的決定性促進因素。

如果空海讀過《私記》，則其本或應比我們現有版本更早，應該是他去中國留學之前，那時他仍在發奮諳熟漢語，然而《華嚴經》的詞彙和「萬葉假名」的語音，如其所言及的《一切經音義》的語言學內涵並未物盡其用，而僅為一種教育工具而已。空海對語言學理論的關注是他從中國歸來後，其間他將《華嚴經》從顯教的形象中劃分出來。然而空海對語音、語義關係與實用語言理論領域的探索是與佛經根本理念相吻合的，即萬象皆為大千世界，(《華嚴經》卷五一「譬如有大經卷」) 其理念在研究日本傳承漢文原本與傳承佛教思想的相互關係上是不可忽略的。空海與《私記》的作者同屬日本一宗學者，他們將書面漢語與日語口語之間的間隔轉化成學術創造的動力，溝通先史中的這種間隔將為東亞語文的傳播填寫重要的一章。本書可謂這種傳播的又一可喜新篇。

西方學者對《私記》的研究寥寥無幾，他們對《私記》的詮釋很少引起中國與日本學者的關注。因為《私記》屬於那種本來就不能翻譯的文本。不同於文學與詩歌偉大作品的翻譯，儘管其中難以跨越的語言與意境之峰谷障礙重重，這種翻譯絡繹不絕，其進程從未間斷。但《私記》是無法翻譯成西方語言的，因為不具備其原本古文知識與古籍修養是不可能真正理解並貫通它的。任何試圖將這個原本翻譯成一種不同語系語本的嘗試都將最終費盡心機而「百煉不成鋼」。

這種不可譯性使我們聯想到被廣泛忽視的西方學者的另一種弱點：雖然他們之中多數能夠閱讀與朗讀譬如《私記》之類的經典作品，然而他們缺乏那種書寫自如的漢語本能生理「感性」。他們在日本與中國的同行卻很快就能跨越這種非漢語文化圈出生成長的人所面臨的書寫障礙，但最好莫過於他們沒有這種障礙。恰似語源學基礎修養的必要性之於歐語系語言之間的相互翻譯，自由地書寫一行漢字文句時的那種潛意識語源學語絲的飄然，會對一篇原本油然而生出一種類似的深層賞識。恰似口語的流暢會使其耳目更佳地欣賞其書面語言，同樣，寫作能力產生一種自發的語文共鳴，即使其原文的語法與語義是難以理解的。這種語文共鳴不是能以理解原文內容與背景取而代之的，無論其理解水準多麼高。新一代西方漢學學子相繼輩出，他們的漢學文筆比前輩略高一籌。未來的西方中日古典研究前景可觀。

致賀梁曉虹與陳五雲長期合作，多有成果，並期待其未來成果更為豐碩。

《花嚴經音義私記》上下二卷

日本貴重圖書影本刊行會 1939 年影印出版（哈佛燕京圖書館藏，梁曉虹攝於 2010 年春）

小川本《私記‧經序音義》

譯 餘石交問之名也依其事類耶方言譯傳

也見世曰傳語即相見世交裝也正世裁世裝之語也

大周 時云 序 京兆靜法寺沙門慧苑之作 製 謀留交王服也訳文皮長也

下測草交符命也上聖符 天册 信教命以授帝位字也

日權與者始也言造作 天地變化万物始也

龜龍轉象 造化權與 堯有神龜員圖 謂變化众稚 造謂造作化

而出舜感黃龍

言日月星辰陽張陽變化 天道 謂之天道易曰軋道變

頁圖而見也轉者謂轉霽 也孔子述易十翼之一矣

易是 人文 下男女君臣父子尊卑上下謂之人文也 易曰觀乎天文以察時變觀乎人文以化成天

也 易曰觀乎天文以察時變 萬八千歲 業帝王甲子記云天皇氏治一万八千年地

目次

小川本《私記·經序音義》

竺徹定跋

此者江州石山寺收弆玉篇廿卷其髓稍類蓋
神龜天平間寫經生名近而任也音義與宋元
諸本不同有則天新字廿五又法作泚染作漆
寂作審徑作俓可以證古文字矣金石文考云
唐人曰日二字同一書法宋以後始以方爲曰
長者爲日而古意失矣此本乄有此類註脚中
往々附和訓與和名鈔稍有異同所以名私記
也此本旣流落人間幾乎一千餘載今幸落我
手而獲觀古哲之心畫之翰墨因緣之幸福

金邠跋

不僅解釋經而中所引多古書之已佚並世傳

刻本之誤課皆可以資博覽考訂惜其況藏

釋藏諸書主人而多聞者不知未嘗不慨歎

世空公得此古本更觖讓之當葆之何若並以

舉示當我以案數日時之展玩彌覺精彩

艷護喬古異前因書華一再跋歲行

北朝造別體字一千有餘皆破漢魏以來之法

兩墳損移易為之點謪於漢分書也當時國

一九四

大治本《新華嚴經音義》

上　編
《新譯華嚴經音義私記》綜述篇

第一章 「華嚴音義」從中國到日本

第一節 華嚴宗、《華嚴經》與「華嚴音義」

一、華嚴宗與漢譯《華嚴經》

華嚴宗是漢傳佛教之重要流派，因奉《華嚴經》爲最高經典而得名。又因其實際創始人曾受封稱「賢首國師」，也稱「賢首宗」。

華嚴宗創於初唐。受賜「帝心尊者」的杜順和尚（557～640）爲其始祖。杜順是雍州萬年（今陝西臨潼縣北）人，十八歲出家，法號法順。因俗姓杜，世稱「杜順和尚」。杜順曾師事因聖寺道珍禪師，修習禪法，後住終南山，宣揚華嚴學說，於民間傳教弘法。唐太宗聞其德風，引入宮內，隆禮崇敬。杜順著有《華嚴五教止觀》（一卷）〔註1〕，爲華嚴宗在觀行方面和判教方面奠定了基礎。

華嚴宗二祖爲雲華智儼法師（602～668）。智儼俗姓趙，天水（今屬甘肅）人。智儼 12 歲遇杜順，隨其出家，受具足戒後，多方參學，廣習經論。後師從智正法師，專習華嚴。他遍覽藏經，搜尋眾釋，潛心研究，27 歲即撰成《華嚴

〔註1〕 關於杜順著作，學界多有爭論。魏道儒認爲《華嚴五教止觀》可以認定是其唯一著作。見魏道儒《中國華嚴宗通史》第 113 頁。江蘇古籍出版社，1998 年。

經搜玄記》（十卷），基本完成其學說體系，成一宗之規模。此後即多方弘揚華嚴，化導不倦。因曾住終南山至相寺，世稱「至相大師」；晚年住雲華寺，故又稱「雲華尊者」。智儼著述，除《華嚴經搜玄記》外，還有《華嚴一乘十玄門》（一卷）、《華嚴經五十要問答》（二卷）、《華嚴經內章門等雜孔目章》（四卷）。智儼門下有懷齊（又作懷濟）、法藏、元曉、義湘、薄塵、慧曉、道成等。其中法藏更是傳承師說，並加以發揚光大，實際創立華嚴宗。

　　賢首法藏法師（643～712）為華嚴宗三祖。法藏俗姓康，祖籍康居（今中亞撒馬爾罕一帶）。祖父一輩遷居中土。法藏早年曾以童子（未正式出家）身份師從智儼法師，聽講華嚴，深通玄旨。智儼示寂後，乃依薄塵剃度，時年 28 歲。此後，法藏廣事講說，弘傳華嚴。他一生曾宣講華嚴三十餘遍，還嘗為武后講華嚴十玄緣起之深義，而指殿隅金獅子為喻，武后遂豁然領解。法藏也深受則天武后崇敬，賜號「賢首」，奉為國師。法藏不僅奉命參與譯場，與實叉難陀、義淨、菩提流支等高僧翻譯《華嚴經》、《大乘入楞伽經》、《金光明最勝王經》、《大寶積經》等，還潛心註釋、撰述，共有著述一百餘卷，詳盡闡述發揮其師智儼之教規學說，正式創立華嚴宗。

　　法藏門下，弟子眾多，其中清涼澄觀法師（738～839）〔註2〕承法藏宗旨，是為四祖。〔註3〕其上首弟子圭峰宗密禪師（780～841），主張華嚴宗與禪宗融合，提倡禪教一致，是為五祖。宋朝又加入馬鳴、龍樹而成為七祖。

　　華嚴宗在判教上尊《華嚴經》為最高經典，并從《華嚴經》之思想發展出「十玄」、「四法界」、「六相圓融」之學說，創立「法界緣起」、事事無礙之核心理論。華嚴宗「圓融無礙」的思想在中國頗受唐代帝王歡迎，因其從某種程度上實乃唐代大一統局面之反映，故華嚴宗在當時的中國政治地位頗高。華嚴歷代祖師多曾受皇帝尊崇，尤其是三祖法藏能集華嚴之大成，最後完成從華嚴經學到華嚴宗學的轉變，實際也得力於武則天的支持。可以說，華嚴宗誕生於武則天執政時期，這一時期也是華嚴宗的最盛期。

〔註2〕 澄觀之生卒年史料記載不一。現學界一般採取此說。

〔註3〕 法藏弟子中，慧苑本為上首，然因其撰《續華嚴經略疏刊定記》（十五卷），與師說相左，故被列為異說。清涼國師澄觀作大疏鈔百卷逐一破斥慧苑之思想，以恢復法藏宗旨。慧苑也就被後世華嚴宗人排除在正統之外。

　　《華嚴經》全名爲《大方廣佛華嚴經》（Buddhāvatajsaka-mahāvaipulya-sūtra），起初並非獨立完整的經典，而是以如《十地品》、《入法界品》等各自獨立的單篇出現。作爲華嚴宗據以立宗之重要經典，自東漢末年佛教傳入中國，就得到極大關注。開始主要是將西域所傳華嚴類單行本譯成漢文。如後漢月支國沙門三藏支婁迦讖所譯《兜沙經》，實是《華嚴經・如來名號品》之異譯。而吳月支國信士支謙譯之《菩薩本業經》，可分爲相互獨立的三部分：第一部分即與《兜沙經》內容一致；其後依次是《願行品第二》，相當於晉譯《華嚴經・淨行品》的部分內容；《十地品第三》，相當於晉譯《華嚴經・十住品》的內容。〔註4〕而西晉著名譯經大家竺法護所譯華嚴單行經，更不僅量多，且保存至今。有如：《菩薩十地經》（一卷），相當於「華嚴十地品」；《佛說如來興顯經》（四卷），相當於晉譯《華嚴經》之《性起品》與《十忍品》；《度世品經》（六卷），相當於晉譯《華嚴經・離世間品》；《等目菩薩所問三昧經》（三卷），相當於唐譯《華嚴經・十定品》；《漸備一切智德經》（五卷），相當於晉譯《華嚴經・十地品》。東晉的鳩摩羅什也譯出《十住經》四卷，儘管是竺法護《漸備一切智德經》的重譯，然風格與《華嚴經・十地品》更爲接近。這些或新譯，或重譯的單行經本，輸入了當時華嚴經學的新內容，是研究華嚴經學、華嚴思想發展的重要資料。東晉以後，此類《華嚴經》單品翻譯越來越多。據法藏《華嚴經傳記》卷一記載，至「賢首國師」法藏之時，包括零星散譯，《華嚴經》已共有36種譯本（不計《華嚴十惡經》〔註5〕）。儘管此經之單行本在漢地陸續譯出，數量不菲，然其流傳卻並不見興盛。而眞正產生巨大影響，促進其廣傳弘播，應是三次對《華嚴經》整體的大規模翻譯。

　　第一次譯出六十卷本。其梵文原本三萬六千偈，由廬山東林寺慧遠弟子支法領從于闐（今新疆和田一帶）得來，以晉義熙十四年（418）三月十日於建康（今南京）道場寺請北天竺三藏佛馱跋陀羅譯出。

　　佛馱跋陀羅（Buddhabhadr，359～429）北天竺僧人，十七歲就出家，博學群經，尤精禪律。他曾於後秦弘始十年（408）頃入長安，弘傳禪術之學。

〔註4〕　魏道儒《中國華嚴宗通史》第 5 頁。

〔註5〕　據《華嚴經傳記》記載，《華嚴十惡經》「隋學士費長房三寶錄注，入僞妄。恐後賢濫齋，故此附出。」故不計此經。《大正新修大藏經》（以下簡稱《大正藏》）第 51 冊，156 頁。

但因與以鳩摩羅什為首的官方僧團不合，故與弟子慧觀等四十餘人離長安，南投廬山慧遠，開始譯經，譯出《達摩多羅禪經》。義熙十一年（415）又至建康，住道場寺，從事翻譯，與法顯合譯《摩訶僧祇律》、《大般泥洹經》等。而由其主持譯出的《大方廣佛華嚴經》，則為其譯經代表作。據記載，三藏手執梵本，譯為漢語，法業筆受，慧嚴、慧觀等潤文，吳郡內史孟顗、右衛將軍褚叔度為檀越，至元熙二年（420）六月十日譯竟，劉宋永初二年（421）複校完畢。〔註6〕初譯出時分五十卷，後改為六十卷，內分三十四品，總由七處、八會之說法而成。嗣後唐永隆元年（680）三月，天竺三藏地婆訶羅（日照）與法藏校勘此經，見所譯《入法界品》內有缺文，因更就梵本譯出自摩耶夫人至彌勒菩薩文一段約八九紙補入。〔註7〕此即現行之六十卷本《華嚴經》。為區別於後來的唐譯本，又稱「舊譯《華嚴》」、「晉譯《華嚴》」或「《六十華嚴》」。魏道儒指出：《六十華嚴》的出現，「開闢了華嚴經學輸入內地的新階段。這部按照一定標準有選擇收錄的華嚴匯集本，容納了在中國佛學史上起作用的華嚴經學的基本內容，……《六十華嚴》是定型化的經典，其理論是華嚴經學的成熟標誌」。〔註8〕

第二次譯出八十卷本。其梵文原本四萬五千頌。唐高宗垂拱元年（685），印度僧地婆訶羅（日照）齎梵本至，法藏以之與舊經讎校，補譯脫文。武則天弘揚佛教，因華嚴舊經不全，又聞于闐國有此梵本，即遣使求訪經書與譯人。有此因緣，「實叉與經，同臻帝闕」〔註9〕。實叉難陀攜此梵本抵達洛陽後，「天后證聖元年（695）乙未，於東都大內遍空寺，譯《華嚴經》。」〔註10〕

實叉難陀（Śikṣānanda，652～710），于闐（新疆和田）人。于闐（Ku-stana）作為西域古國，是印度、波斯、中國間之貿易途徑，亦為東西文化之要衝。于闐歷來奉行佛教，是《華嚴經》的實際產地。前已述及，東晉之時，支法領得《六十華嚴》之梵本即於此地。實叉難陀以善大、小二乘，且旁通外學

〔註6〕 見梁·僧祐《出三藏記集》卷九《華嚴經第一·出經後記》。蘇晉仁·蕭鍊子點校《出三藏記集》（中國佛教典籍選刊）。中華書局，1995年。

〔註7〕 見唐·法藏《華嚴經探玄記》卷二十。《大正藏》第35冊，484頁。

〔註8〕 《中國華嚴宗通史》第23頁。

〔註9〕 見法藏《華嚴經傳記》卷一。《大正藏》第51冊，155頁。

〔註10〕 據法藏《華嚴經傳記》卷一。《大正藏》第51冊，155頁。

而著名。據傳武則天遣使至于闐求訪《華嚴》梵本，因于闐王推舉而特邀其入東都洛陽重譯《華嚴經》。據《開元釋教錄》卷九記載，譯經時，「天后親臨法座，煥發序文，自揮仙毫，首題品名」。〔註11〕菩提留志、義淨同宣梵本，復禮、法藏等并參與筆受潤文，至聖曆二年（699）十月十八日於佛授記寺譯畢。譯成後，武則天親製序文，謂該經「添性海之波瀾，廓法界之疆域」。此譯共八十卷，內分三十九品，總由七處（同舊譯）、九會（八會同舊譯，新增「普光法堂」一會）之說法而成。後參與譯經的法藏發現此經《入法界品》中尚有脫文，即前往西太原寺，求教於來自中印度，奉敕在此譯經的高僧地婆訶羅（Divākara；意譯「日照」；613～687），聞其攜來梵本，「賢首遂與三藏對校，遂獲善財善知識天主光等十有餘人，遂請譯新文，以補舊闕。沙門復禮執筆，沙門慧智譯語」。〔註12〕所補《入法界品》中脫文兩處，第一處乃從摩耶夫人後至彌勒菩薩前，中間加入了天主光等十人。第二處則是從彌勒後至普賢前一段，補入文殊伸手摩善財頂等半紙餘文。〔註13〕《華嚴經》至此譯成完帙，此即為現今流行的《華嚴經》。又稱為「新譯《華嚴》」或「《八十華嚴》」。

第三次譯出四十卷本。其梵文原本一萬六千七百偈，〔註14〕係南天竺烏荼國王親手書寫遣使於貞元十一年（795）十一月送贈來唐。翌年六月，唐德宗囑罽賓三藏般若於長安崇福寺進行翻譯。其時廣濟譯語，圓照筆受，智柔、智通回綴，道弘、鑒靈潤文，道章、大通證義，澄觀、靈邃等詳定，至十四年（798）二月譯畢，成四十卷。其內容係勘同舊新兩譯《華嚴經》的《入法界品》一品，但文字上大為增廣；尤其是卷四十中新添加「普賢十大行願」及「普賢廣大願王清淨偈」，為前此兩譯《華嚴經》中所未有。此譯全名為《大方廣佛華嚴經入不思議解脫境界普賢行願品》，簡稱《普賢行願品》，或稱《四十華嚴》。

三次翻譯，可謂三次《華嚴經》之集大成過程。而三大譯本中，又尤以實叉難陀所譯八十卷本文義最為暢達，品目也較完備，加之語言華美流暢，故而

〔註11〕《大正藏》第 51 冊，154 頁。

〔註12〕《華嚴經傳記》卷一。《大正藏》第 51 冊，154 頁。

〔註13〕參考《中國華嚴宗通史》第 136 頁。

〔註14〕據唐・圓照《貞元釋教錄》卷十七。《大正藏》第 55 冊，894～895 頁。

在漢地廣爲流傳。華嚴宗之主經，即爲《八十華嚴》。

二、《華嚴經》音義

　　自東晉佛馱跋陀羅的六十卷本譯出以後，《華嚴經》逐漸受到漢地佛教學人之重視，對其傳誦、講習乃至疏釋之情形也漸行熱烈。而至有唐一代，尤其是實叉難陀譯出八十卷本後，此經傳播更達以鼎盛。不僅因專弘此經而蔚成一宗，而且還促進了華嚴學的廣泛開展。其中除大量關於新舊《華嚴》的講習疏解外，爲正確研讀《華嚴經》而作音義者亦不乏其人。其中有：

　　1、玄應爲舊譯《六十華嚴》作音義，收入其《大唐眾經音義》（二十五卷）〔註15〕第一卷。《玄應音義》作爲公認的現存最早的佛經音義，流傳甚廣，影響頗大。而六十卷本的《大方廣佛華嚴經音義》〔註16〕被玄應列於首卷，可見玄應對其十分重視。此音義作爲《玄應音義》之重要一部分，也因其廣傳，而見於不同寫本與刻本。尤其是後者，因其「南北」兩大系統之流傳，不僅在中國大陸影響深遠，甚至在韓國有高麗藏本，日本有縮刷藏本以及黃檗藏本等。〔註17〕另外，因慧琳作《一切經音義》〔註18〕時，同時也收錄了《玄應音義》，〔註19〕故玄應之《華嚴經音義》還有《玄應音義》本與《慧琳音義》本之別。

　　2、「賢首國師」法藏作爲華嚴宗的實際創始人，不僅親身參與了實叉難陀八十卷《華嚴經》之譯事，還參加了地婆訶羅譯場，爲補新譯《華嚴》，法藏不僅「以宋〔註20〕唐兩翻對勘梵本」，還「持日照之補文綴喜學之漏處，逐得泉始細而增廣月暫虧而還圓」。〔註21〕除此，他還積極從事《華嚴經》的解說與著述，對華嚴宗的發展起了極大作用。其中突出的一項即爲其對新舊《華嚴經》皆有研究，皆著音義。據《唐大薦福寺故寺主翻經大德法藏和尚傳》載：「讀誦者竹

〔註15〕以下簡稱《玄應音義》。

〔註16〕以下簡稱《六十卷音義》。

〔註17〕參考于亭《〈玄應一切經音義〉研究》第二章《版本考》。中國社會科學出版社，
　　　　2009 年。

〔註18〕以下簡稱《慧琳音義》。

〔註19〕收錄於《慧琳音義》卷二十。

〔註20〕應爲「晉」之誤。

〔註21〕《法藏和尚傳》：《大正藏》第 50 冊，281 頁。

葦聲訓爲簿橇，而況天語土音，燕肝越膽。苟非會釋，焉可辨通，遂別鈔解晉經中梵語爲一編，新經梵語華言共成音義一卷。自敘云：讀經之士實所要焉。」〔註22〕由此可認爲，法藏曾作《華嚴音義》，且分爲兩部分，一部分是舊譯《華嚴》中之梵語，另一部分爲新譯《華嚴》之梵語華言。另外，新羅崔致遠曾作《法藏傳》，言及：「新經音義不見東流，唯有弟子慧苑音義兩卷。或者向秀之註《南華》，後傳郭象之名乎？或應潤色耳。」〔註23〕岡田希雄〔註24〕認爲，據此可以想像在崔致遠之時，〔註25〕賢首大師的音義中，舊譯《華嚴經》之梵語音義一卷曾傳到朝鮮，但卻未見八十卷新譯音義。然而宋元祐五年，日本寬治四年（1090），高麗僧人義天所撰《義天錄》〔註26〕中卻記有賢首大師的「梵語一卷，音義一卷」。儘管難以判斷「梵語一卷」究竟爲舊譯還是新譯，然義天之時，賢首之新經音義曾於朝鮮半島流傳，應爲史實。〔註27〕此後日本寬治八年（1094）興福寺沙門永超所撰《東域傳燈錄》記載賢首之著作《華嚴經探玄記》以下共有二十部。其中：

　　　翻梵語一卷　古經

　　　梵語及音義二卷　新經　序註一卷

此處註曰：「已上二部出傳云：右新舊二經所有梵語，及新經難字悉具翻，及音釋記經之士，實所要焉云云。」此處所謂「出傳」乃賢首大師所著《華嚴經傳記》五卷，其卷尾有「雜述」條，記載賢首著述，正有如此記載。由此，

〔註22〕《大正藏》第 50 冊，282 頁。

〔註23〕《大正藏》第 50 冊，282 頁。

〔註24〕岡田希雄有《新譯華嚴經音義私記解説》（以下簡稱《解説》）之文，貴重圖書影本刊行會複製本付載。昭和 14 年（1939）12 月。

〔註25〕崔致遠於新羅天復四年，日本延喜四年（904），賢首大師歿後 192 年作《賢首大師傳》。

〔註26〕《義天錄》內題爲《海東有本見行錄》。

〔註27〕而劉春生則引湯用彤《唐賢首國師墨寶跋》「書中謂別來二十餘年，是致書應在則天長壽歲之後。別幅中之《華嚴梵語》當係八十卷本時作」之語而判斷：由此看來，《華嚴梵語》就是新經音義。並指出：「崔氏不察，以致謬說流傳。」（劉春生《慧苑及〈華嚴經音義〉的幾點考證》；載《貴州大學學報》1992 年第二期）此說可供參考。

我們可以判斷賢首確實曾為新經撰述過音義。然惜皆僅存書名，不見流傳。
〔註28〕

　　3、著者難以確認之《華嚴傳音義》。根據《東域傳燈錄》，一般認為賢首大師法藏撰有《華嚴傳音義》，今不存。又根據《華嚴宗經論疏目錄》、《諸宗章疏錄》等，宋慧叡著有《華嚴傳音義》一卷。今亦不存。水谷眞成《佛典音義書目》根據《第二十二回大藏會目錄》，記載東大寺圖書館藏有道濬（又云慧濬撰）於天平寶字四年（760）所撰《華嚴傳音義》一卷。高山寺藏道濬著《華嚴傳音義》一卷。而此道濬即為東渡扶桑傳播華嚴教義，被尊為日本華嚴宗首傳之道璿律師。若如此，此音義當於日本撰成，留待後述。

　　4、慧苑所撰《新譯大方廣佛華嚴經音義》。據《新譯大方廣佛華嚴經音義》卷首語、《開元釋教錄》卷九、《貞元新定釋教目錄》卷十四、《宋高僧傳》卷六等載，慧苑（673～743？）乃京兆（今陝西西安）人，「少而秀異，蔚有茂才」。〔註29〕出家後，師從賢首國師法藏十九年，兼通梵漢，尤精《華嚴》，為法藏「上首門人」、「六哲」〔註30〕之一。智昇讚其「勤學無惰，內外兼通，華嚴一宗，尤所精達」。〔註31〕儘管慧苑因在判教方面另立新說，與師說相左，受到澄觀等批駁，然我們或許也可認為這正是慧苑研究《華嚴經》，深明奧義，能突破舊說，在《刊定記》中提出自己獨到見解之處，匡正師說。〔註32〕正如劉春生所指出：「慧苑能做到法藏的上首弟子，並在《刊定記》中匡正師說，足以證明他的華

　　〔註28〕根據水谷眞成《佛典音義書目》第二《華嚴部》；載《中國語史研究》第 12～41頁，三省堂，1994 年 7 月。初發表於《大谷學報》第二十八卷第二號，第 61～74頁，昭和 24 年（1949）3 月。

　　〔註29〕據宋・贊寧《宋高僧傳》卷六。《大正藏》第 50 冊，739 頁。

　　〔註30〕法藏門下「從學如雲」，其中知名弟子，有宏觀、文超、智光、宗一、慧苑、慧英六人，故稱「六哲」。法藏在八十卷本《華嚴經》譯成後曾作《略疏》，但僅完成四分之一即謝世，慧苑與同門宗一分別續寫。宗一續滿二十卷，其文現已逸失；慧苑所續名為《續華嚴經略疏刊定記》。慧苑本為承師之遺志而作此刊定記，然因書中有與師說相左之處，故四祖清涼大師澄觀作《華嚴大疏鈔》以破斥其異轍。此後正統之華嚴宗人亦皆以其為異系。

　　〔註31〕據唐・智昇《開元釋教錄》卷九。《大正藏》第 55 冊，571 頁。

　　〔註32〕魏道儒也指出：「慧苑在法藏之外另立新說，構成華嚴宗學的一個分支。」參其《中國華嚴宗通史》第 163 頁。

嚴經造詣非一般弟子可比。」〔註33〕慧苑對華嚴宗的一大貢獻即爲其博覽經書，考核詁訓，撰著《新譯大方廣佛華嚴經音義》〔註34〕二卷，「俾初學之流，不遠求師，覽無滯句，旋曉字源」。〔註35〕一般認爲《慧苑音義》很可能是在法藏的《華嚴梵語及音義》基礎上撰成的，然而慧苑在其音義序文與本文中皆卻根本未曾提及其師之音義，此舉頗令人費解，似有如其撰寫背師自立的《華嚴經探玄刊定記》。〔註36〕盡管如此，岡田希雄還是認爲慧苑之音義無論從數量還是到質量，應皆優於其師，而且似也早於其師在朝鮮半島流傳。盡管日本的情況難以判斷，然《慧苑音義》在日本曾廣爲流傳，也確爲史實。然賢首之音義卻僅見書名，其他尚難以明瞭。

　　盡管慧苑因其學說而被後世華嚴宗人排除於正統之外，其事跡、其著作，所記甚少，然其所著《新譯大方廣佛華嚴經音義》（二卷）卻作爲最著名之單經音義，流傳頗爲廣遠。此蓋爲澄觀等正統弟子所始料未及。這首先是《慧苑音義》得益於《開元錄》著錄，故後各版藏經中，《慧苑音義》皆以單刻本而入藏。其次當然是因爲八十卷《華嚴經》流傳廣，影響大，爲其作音義者多。傅增湘《藏園群書經眼錄》卷十著錄宋寶祐三年（1255）李安檜刊本，每卷後有音釋。明北藏本也是每卷後附有音釋。〔註37〕敦煌文獻中還有「新譯大方廣佛花嚴經音義摘字」類，與《華嚴經》俗字、音義相關之殘卷兩個：〔註38〕一爲 S5712，另一爲北宇 82 號。〔註39〕另外，《慧苑音義》也沒有像窺基和雲公的音義一樣在《慧琳音義》出現之後就銷聲匿跡，而是因爲成書不

〔註33〕劉春生《慧苑及〈華嚴經音義〉的幾點考證》；《貴州大學學報》1992 年第 2 期。

〔註34〕以下簡稱《慧苑音義》。

〔註35〕《宋高僧傳》卷六。《大正藏》第 50 冊，739 頁。

〔註36〕有意思的是，慧苑的《華嚴刊定記》也早就傳入日本，而且成爲奈良時代東大寺華嚴學僧加點研讀的重要資料。日本現存最古「點本」，即爲大東急記念文庫所藏的《華嚴刊定記》一卷。（參大坪併治《大方廣佛華嚴經古點の國語學的研究》第 3 頁；風間書房，平成四年（1993））

〔註37〕參劉春生《慧苑及〈華嚴經音義〉的幾點考證》。

〔註38〕張金泉《敦煌佛經音義寫經述要》；《敦煌研究》，1997 年第 2 期。

〔註39〕苗昱指出：張金泉《敦煌佛經音義寫經述要》作北宇 28 號，誤。28 號爲《妙法蓮華經》，並非《大方廣佛華嚴經》。見苗昱《〈華嚴音義〉研究》。蘇州大學博士論文，2005 年。

久即入佛藏，故隨著《大藏經》的刊刻而流傳至今。據《二十二種大藏經通檢》，〔註40〕存有《慧苑音義》單刻本的藏經有：《崇寧藏》、《毘盧藏》、《圓覺藏》、《資福藏》、《普寧藏》、《弘法藏》、《洪武南藏》、《嘉興藏》、《弘教藏》、《趙城藏》、《磧砂藏》、《永樂北藏》、《高麗藏》。儘管由於時間久遠，多部藏經中《慧苑音義》已不傳，然流傳至今的《慧苑音義》單刻本，仍有《趙城藏》、《磧砂藏》、《洪武南藏》、《永樂北藏》、《高麗藏》、《弘教藏》、《永樂南藏》和日本黃檗山寶藏院藏本共八種。〔註41〕由於慧琳編《一切經音義》時收錄了《慧苑音義》，故《慧苑音義》又有《慧琳音義》本。〔註42〕另外，清朝學者看中《慧苑音義》版本和輯佚的價值，還從藏經中翻刻出來使之流傳，於是又有一些單行的抄本與刻本。〔註43〕不難看出，《慧苑音義》曾廣爲流傳，影響深遠。

第二節　華嚴宗、《華嚴經》、「華嚴音義」在日本

一、奈良朝華嚴宗之成立與《華嚴經》之傳播

　　《華嚴經》很早就傳到日本，而且也深受皇室歡迎。初傳時之講本，應以六十卷本爲中心。然據《續日本紀》，元正天皇養老六年（722）11月有爲供奉前一年駕崩之母帝元明天皇而抄寫《華嚴經》八十卷、《大集經》六十卷、《涅槃經》四十卷及其他經卷之記事，此距八十卷《新譯華嚴經》之譯出僅相隔23年，故岡田希雄認爲儘管凝然的《三國佛法傳通緣起華嚴宗》之條，記有天平八年（736，應爲「七年」之誤，即735）玄昉〔註44〕携一切經來時，八十卷《新

〔註40〕童瑋《二十二種大藏經通檢》，中華書局1997年第一版。

〔註41〕參考苗昱《〈華嚴音義〉版本考》；載徐時儀・陳五雲・梁曉虹《佛經音義研究——首屆佛經音義研究國際學術研討會論文集》，上海古籍出版社，2006年。

〔註42〕收錄於《慧琳音義》卷二十一、二十二、二十三。

〔註43〕參考苗昱《〈華嚴音義〉版本考》。

〔註44〕玄昉（げんぼう？～746年），奈良時代法相宗僧人。俗姓阿刀氏，大和（今奈良縣）人。出家後從龍門寺義淵習唯識學說。養老元年（717）奉敕入唐，從智周學法相宗。留學18年，受唐玄宗賜紫袈裟。天平七年（735）歸國，帶回經論5000餘卷及佛像等，以興福寺爲弘法中心。後受任僧正，入宮中内道場。與橘諸兄、吉備眞備一起活躍於當時政界。被尊爲法相宗「第四傳」。

華嚴經》也同時傳來之說，然正史之明確記載應在此之前。〔註45〕

　　聖武天皇（701～756）作為日本第四十五代天皇，其在位期間，處理天災地變，氏族對立、叛亂等政治危機極為得體，並極力採納唐朝文物制度，用以充實國政。他篤信佛教，尤其重視華嚴宗，力圖以華嚴思想來實現其政教一致的政治思想。他創建國分寺、東大寺，發心鑄造盧舍那大佛。其在位時，朝野之間建寺、造像、寫經之風極盛，從而形成日本佛教美術巔峰時期瑰麗而莊嚴的「天平美術」。他還兩次派遣唐使，使日本出現了天平文化盛景。

　　聖武天皇天平八年（736），天竺婆羅門菩提僊那、林邑國佛哲和大唐道璿律師皆來到奈良。據《婆羅門僧正傳》，菩提僊那（Bodhisena；704～760）〔註46〕在此後的二十四年中，直到天平寶字四年（760）五十七歲示寂，皆以諷誦《華嚴經》為心要。而道璿律師（702～760）〔註47〕則來自唐東都大福先寺。他曾師從北宗禪神秀大弟子普寂。普寂雖為禪僧，卻亦精通華嚴之學。故道璿不僅從普寂習禪，也同時學習華嚴宗教義。應日本學僧榮睿、普照至唐之邀，道璿於唐開元二十四年、日本天平八年（736）攜《華嚴章疏》東渡扶桑，弘闡華嚴宗，兼傳戒律，教人不倦，化導甚廣。有學者認為，高山寺藏《華嚴傳音義》即為其撰著。〔註48〕道璿是將禪、律、華嚴傳至日本之第一人。後被尊為日本禪宗第二祖、華嚴宗初祖。此後，鑑真和尚（687～763）於天平勝寶六年（754）歷經千險萬難，終於東渡成功，所攜奉送給朝廷的佛教典籍中，就有八十卷《新譯華嚴經》。

　　天平十二年（740）金鐘寺之良弁（ろうべん；689～773）邀請新羅學僧審祥（？～742）於金鐘道場講《六十華嚴經》，達三年之久。審祥曾入唐師從賢首大師學習華嚴學說，精通華嚴教義。從法藏到日本傳播華嚴學說，故日本也有將其尊為「華嚴初祖」之說。〔註49〕天平十三年（741），聖武天皇

〔註45〕岡田希雄《解說》。

〔註46〕菩提僊那為南天竺人。曾因慕五臺山文殊菩薩之靈應而到中國。唐玄宗開元二十三年（735，一說十八年），又與道璿及林邑國佛哲東渡日本。

〔註47〕河南許州人，俗姓衛。

〔註48〕參考白藤理幸《高山寺古辭書資料第二・解說》；《高山寺古辭書資料第二》（高山寺典籍文書綜合調查團編《高山寺資料叢書第十二冊》）。東京大學出版會，1983年。

〔註49〕此與前「道璿為日本華嚴宗初祖」之說法不一。此處蓋因審祥是日本開講《華嚴

依照《華嚴經》與《金光明最勝王經》之思想下詔於日本全國建立官立寺院，此後於各諸侯國之國府所在地建立國分寺。翌年天平十四年（742），金鐘寺被定爲大和國的國分寺，更寺名爲金光明寺。因位於平城京（奈良舊稱）之東，天平十九年（747）正式名爲東大寺。東大寺與各國國分寺在組織上雖無從屬關係，但因位於中央，由天皇主持修建，而國分寺則在地方，由地方政府的國司監造和監管，故東大寺事實上成爲總國分寺，擔負起日本全國官立寺院總本山之職能。〔註50〕天平十九年（747）始興工修建金堂大佛殿。金堂之本尊盧舍那大佛，約高達 16.2 米（53 英尺），於天平勝寶四年（752）開眼，此即依《華嚴經》及其系統經典所鑄。盧舍那大佛作爲《華嚴經》中至尊，法度無邊，光芒普照，正合聖武天皇以佛法爲本治理國家之心願。據說東大寺大佛乃模仿龍門石窟奉先寺盧舍那佛而造。而奉先寺盧舍大佛則以對華嚴宗護持甚力的女皇武則天爲原形。良弁於大佛之建立，盡力甚巨，後入東大寺立華嚴學，講《華嚴經》，辦華嚴會，華嚴宗自此在日本大興。東大寺也就成爲華嚴宗之中心道場。東大寺以外，元興寺、藥師寺皆講華嚴，西大寺亦兼講華嚴，華嚴教學居南都〔註51〕重要地位，華嚴宗也就成爲「南都六宗」〔註52〕中影響最大的宗派。

伴隨華嚴宗的成立與興盛，《華嚴經》作爲華嚴宗所依據之宗經，自然頗受重視。奈良朝時期，寫經事業頗爲隆盛。從以前之一部或幾部，擴展至《一切經》。如天平六年（734），聖武天皇敕願抄寫《一切經》；天平十二年（740）、天平十五年（743），光明皇后兩次發願抄寫《一切經》；神護景雲二年（768），孝謙天皇也曾發願抄寫《一切經》。作爲華嚴宗「聖典」之《華嚴經》，自然成爲古寫經之重要內容。如《正倉院文書》除天平三年（731）寫經目錄上有「《大方廣佛花嚴經》八十卷」之名〔註53〕外，還有天平十一年（739）書寫八十卷《華

經》的第一人，故尊其爲初祖。總之，二位高僧皆爲日本早期傳播華嚴，創建日本華嚴宗的里程碑式的人物。

〔註50〕儘管「總國分寺」一詞最早見於鎌倉時代，奈良時代尚無此說。

〔註51〕奈良作爲日本古都，史稱「平城京」。延曆 3 年（784），皇室開始遷都，後定至「平安京」——京都，改稱奈良爲「南都」。

〔註52〕亦稱「奈良六宗」，指創立於奈良時代的六個佛教宗派：三論宗、成實宗、法相宗、俱舍宗、華嚴宗、律宗。

〔註53〕大坪併治《石山寺本大方廣佛華嚴經古點の國語學的研究》第 2 頁。風間書房，

嚴經》之記事。又如富岡文庫舊藏有《大方廣佛華嚴經》卷第四十二，被確認爲寫於奈良朝。內題之下有「新譯」，故知爲八十卷本。背面有「法隆寺一切經」黑印。而能滿院所藏的《大方廣佛華嚴經》卷第四十三，也有「法隆寺一切經」黑印。直線文字，頗能彰顯唐風。〔註54〕天平十三年（741）聖武天皇詔勅建金字經所，選用質量上乘麻紙，用紫草根染色，並選拔優秀的寫經生，於金字經所敬書佛經。其筆鋒銳利峻拔，字體端莊渾厚。其中有紫紙金字的八十卷《大方廣佛華嚴經》，現有小林一三氏藏經卷第七十；〔註55〕又有藏於東京五島美術館的紫紙金字《華嚴經》卷第六十四，被認爲還留有天平餘韻。後雖無識語，其所成時期不詳，然據筆致與體裁，與國寶紫紙金字《金光明最勝王經》酷似，故書寫時期也在「天平二十年」（748）前後。〔註56〕珍藏於東大寺圖書館，因「二月堂燒經」而聞名的紺紙銀字《大方廣佛華嚴經》（二卷），也寫於金字經所。寬文七年（1667）二月十四日東大寺二月堂失火，所藏佛經多散佚民間，東大寺僅存紺紙銀字《大方廣佛華嚴經》二卷。此被認爲是奈良朝唯一現存的紺紙經。〔註57〕而藏於京都國立博物館之唐寫本八十卷《華嚴經》第八卷中使用了則天文字，說明此本書寫年代應爲中國唐朝初期（八世紀），很早就傳到了日本。

二、奈良朝「華嚴音義」之傳抄與撰著

（一）「華嚴音義」之傳抄

因朝廷之庇護，僧侶之努力，天平年間，華嚴思想盛行，華嚴宗派擴大，由此華嚴教學研究也隨之展開。除了體現於經生熱情書寫《華嚴》類經典外，〔註58〕「華嚴」類經典之註疏著作也傳到日本並被抄寫，現在正倉院文書中還

平成四年（1993）。

〔註54〕參考田中塊堂《古寫經綜鑑》，第211～215頁。大阪：三明社，昭和28年（1953）。

〔註55〕同上，第215頁。

〔註56〕因國分寺經被認爲書寫於天平二十年前後。參考每日新聞社「重要文化財」委員會事務局所編《重要文化財 18 書跡・典籍・古文書I》（每日新聞社，1976）此條解說（山本信吾）。

〔註57〕參考植村和堂《日本の写経》，第19頁。東京：理工學社，1981年。

〔註58〕實際上，除新舊《華嚴》之傳抄外，還有很多「華嚴」類別譯經也傳到東瀛，並被經生熱情書寫。可參考石田茂作《写経より見たる奈良仏教の研究》第二章〈奈

能見到劉謙之《華嚴論》（六百卷）等名稱，共有 58 種。〔註59〕這些論著主要
爲解讀與研習《華嚴經》而作。儘管《玄應音義》與《慧苑音義》撰成之確切
年代學界尚未有定論，然根據正倉院文書，天平年間含有六十卷《華嚴經音義》
的《玄應音義》以及專爲八十卷《華嚴經》編撰的《慧苑音義》〔註60〕已經傳
入日本，而且作爲學習與研究《華嚴經》之重要工具書被廣泛利用。水谷眞成
《佛典音義書目・華嚴部》根據《大日本古文書》及《奈良朝現在一切經疏目
錄》記載，奈良朝時期就有《新譯花嚴經音義》二卷，撰者不記，然根據內容，
應爲《慧苑音義》，天平十一年寫（739）；《華嚴經音義》二卷，作者「慧遠」，
應作「慧苑」，勝寶五年（753）；《新華嚴音義》二卷，撰者不記，寫年不詳，
然根據內容，應爲《慧苑音義》。至於收於《玄應音義》卷一的六十卷《華嚴經
音義》，奈良時代更是廣爲流傳。根據水谷眞成《佛典音義書目・眾經部》記有
天平九年（737）寫的《一切經音義》，儘管卷數不明，撰者不記，然根據內容，
應爲《玄應音義》；另外還有寫於天平二十年（748）的《一切經音義》十九卷以
及書寫年代不詳，〔註61〕撰者不記的《一切經音義》二十五卷，然根據內容，可
知也是《玄應音義》。由此，不難看出，無論是作爲《玄應音義》一卷的舊經音
義，還是專爲八十卷新譯所撰之《慧苑音義》，在華嚴宗興起，華嚴教學隆盛的
奈良朝時期，曾被作爲研讀《華嚴經》的重要工具書，廣爲流傳，得以充分利用。

根據日本文獻記載，日本現存或曾傳的新舊「華嚴音義」，主要有以下：

1、玄應為六十卷舊譯《華嚴經》所撰之音義

《玄應音義》早就流傳日本，六十卷《華嚴經音義》也就隨著《玄應音義》
的廣傳而保存至今。特別值得一提的是：除了因藏經刊刻以及另外單刻本以外，
日本還保留有大量的古寫本的《玄應音義》，其中自然也包含卷一的《華嚴經音
義》。水谷眞成《佛典音義書目・眾經部》所舉出奈良時代的三種《玄應音義》，
雖皆僅爲書名，然卻可證明奈良時代確實存在過。而隨著研究的逐漸深入，更
多的古寫本《玄應音義》得以問世，雖多爲奈良以後寫本，但溯其淵源，應上

良朝の六宗）第一節《花嚴宗》；東洋書林，1982 年。

〔註59〕《写経より見たる奈良仏教の研究》第 79 頁～83 頁。

〔註60〕以上 58 種「註疏」著作中，就有慧苑的《新譯大方廣佛華嚴經音義》，不過記爲
「四卷」。

〔註61〕因被記載於《奈良朝現在一切經疏目錄》等，故可認爲是奈良朝時期所寫。

至奈良朝。〔註62〕

2、賢首大師法藏所撰之音義

法藏作爲華嚴宗的實際創始人、集大成者，對新舊《華嚴經》皆有研究，前已有述。根據日本《華嚴宗經論章疏目錄》〔註63〕等記錄，寫有法藏或賢首大師之名的《華嚴音義》共有五種：《大華嚴經音義》（一卷）、《新舊華嚴經音義》（二卷）、《華嚴傳音義》、《華嚴梵語及音義》（二卷）以及《華嚴翻梵語》共五種，然惜皆未見留存。

3、著者難以確認之《華嚴傳音義》

根據《東域傳燈錄》，〔註64〕一般認爲賢首大師法藏撰有《華嚴傳音義》，今不存。又根據《華嚴宗經論疏目錄》、《諸宗章疏錄》〔註65〕等，宋慧叡（細注「《東域》云道慧」）著有《華嚴傳音義》一卷，今亦不存。水谷眞成《佛典音義書目》根據《第二十二回大藏會目錄》，記載東大寺圖書館藏有道濬（又云慧濬撰）於天平寶字四年（760）所撰《華嚴傳音義》一卷。高山寺藏道濬著《華嚴傳音義》一卷。而道濬應爲東渡扶桑傳播華嚴教義，被尊爲日本華嚴宗首傳之道璿律師。故此音義當於日本撰成。

4、《華嚴傳音義》（一卷）

如上所述，日本《東域傳燈目錄》以及《華嚴宗經論章疏目錄》等所記此音義，著者不一。但一般認爲現高山寺藏本《華嚴傳音義》之祖本作者爲赴日傳戒的唐洛陽大福先寺道璿律師。〔註66〕儘管也有不同意見，然其作者漢籍學識淵博，精通文字音韻之學，卻爲所公認。高山寺藏本《華嚴傳音義》

〔註62〕如日本國際佛教學大學院大學學術フロンティア實行委員會就於2006年編集影印
　　　　出版了《日本古寫經善本叢刊——玄應撰一切經音義二十五卷》，其中收入金剛寺
　　　　一切經本、七寺一切經本、東京大學史料編纂所藏本、西方寺一切經本、京都大
　　　　學文學部藏本中的《玄應音義》。

〔註63〕《大日本佛教全書》第1冊。日本佛書刊行會，日本大正二年（1913）。

〔註64〕《大日本佛教全書》第1冊。

〔註65〕《大日本佛教全書》第1冊。

〔註66〕以上東大寺圖書館所藏的道濬（又云慧濬撰）於天平寶字四年（760）所撰《華嚴
　　　　傳音義》一卷與此是否祖本同一，因筆者未曾見到原件，故難以判定。但因道璿
　　　　於天平寶字四年（760）遷化，故作者爲同一人似有可能。

被認爲寫於鎌倉初期，元祿十六年（1703）、昭和九年（1934）有過兩次修補。
而且原來是卷子本，江戶時代已被改裝成一般摺本。音義收錄法藏所著《華
嚴經傳記》中詞語共 360 個（漢字 766），對其施以音注（用反切或同音注，
共約 380 餘條）、義注，並加以詮釋，辨析詳密，並伴有出典，且多爲初唐法
藏以前漢文典籍，尤其多援用《漢書》、《後漢書》等史書，而且不見和訓與
假名。

此音義下，寫有「沙門道璿撰」字樣。此應即前所記於聖武天皇天平八
年（736）携《華嚴章疏》來日初傳華嚴之道璿。儘管道璿的傳記類中，並未
見記載此音義之名，然白藤理幸等根據引書以及音注，從內容上判斷，似難
以否定此音義非道璿之作。然是在日本所撰，抑或其來日前已著成，尚不得
而知。〔註67〕

《華嚴傳音義》於昭和十三年（1938）7 月 4 日被指定爲重要文化財。其
影印本被收於高山寺資料叢書第十二冊《高山寺古辭書資料第二》。而東大寺圖
書館藏本有《華嚴傳音義》一卷，被認爲是高山寺本的江戶時期寫本。

5、《慧苑音義》

諸種「華嚴音義」中，最著名的自當應屬慧苑的《新譯大方廣佛華嚴經音
義》。《大日本古文書》以及《奈良朝現在一切經疏目錄》等有天平十一年（739）
寫《新譯花嚴經音義》二卷、勝寶五年（753）書《華嚴經音義》二卷之記載。
而現存最古寫本，尚有石山寺所藏，收於《石山寺一切經》的上下二卷本。卷
上寫於安元元年（1175）；卷下寫於應保二年（1162）。沼本克明認爲此應屬「原
撰二卷本系」。〔註68〕儘管卷上與卷下皆多有誤寫，然作爲《慧苑音義》之最古
本，其資料價值不言而喻。至於入藏的《慧苑音義》，則隨著各種大藏經的刊刻
而廣傳。〔註69〕學界已多有考探，不贅。

〔註67〕 以上主要參考白藤理幸《解說》；《高山寺古辭書資料第二》（高山寺資料叢書第十
二冊）。東京大學出版會，1983 年。

〔註68〕 參沼本克明《石山寺藏の辭書・音義について》；《石山寺の研究―― 一切經篇》。
法藏館，昭和 53 年（1978）。

〔註69〕 其中還應包括慧琳編撰《一切經音義》時收錄於卷 21，卷 22，卷 23 的《慧苑音
義》。

（二）「華嚴音義」之撰著

奈良朝的佛教界充滿了學問研究的氣氛。僧人們在充滿激情地大量抄錄從中國大陸傳來的佛經音義的同時，還出現了抄寫者加筆添注的現象，「和風化」音義開始出現。古老的萬葉假名被用來記音釋字，此即所謂「倭訓」或「和訓」。這說明當時的日本僧人已經不再滿足於單純忠實地臨摹抄寫底本，而是在抄寫過程中，或標出某字的讀音，或添加自己的理解，或糾正某些訛誤，等等。他們已經開始用自己的筆記錄下了他們對某些文字和語詞的理解。這就標誌著佛經音義這種訓詁體式在日本也得到了很大的發展。

隨著佛教在日本的發展和深入，奈良時代的僧人中不乏熱衷解讀佛經（尤其是各派的宗經）的學問僧，他們開始模仿中國僧人，在中國所傳音義書的基礎上編撰爲己所用的新佛經音義，一般多爲單經音義。根據三保忠夫研究考察，〔註70〕以下幾種音義可被認爲產生於天平至寶龜年間：

　　　　平備撰《法華經音義》二卷，蓋在天平十九年（747）以前；

　　　　行信撰《最勝王經音義》一卷，當於天平勝寶二年（750）以前；

　　　　信行撰《法華經玄贊音義》一卷，則可能在天平寶字四年（760）
　　以前；

　　　　《大般若經音義》（撰者或爲信行）乃爲天平神護三年（767）
　　以前；

　　　　法進撰《最勝王經音義》三卷，應於天平勝寶六年（754）至宝
　　龜九年（778）之間。

雖然，確切年代實難肯定，但大概可認爲是自天平年間後半起，於感寶、勝寶、寶字、神護之間，〔註71〕學僧們曾極爲熱衷地爲解讀佛經而編著相關佛經音義。如奈良朝末平安初期法相宗著名學僧信行就著有《大般若經音義》三卷、《大般涅槃經音義》六卷、《大智度論音義》三卷、《瑜伽論音義》四卷、《梵語集》三

〔註70〕三保忠夫《元興寺信行撰述の音義》。東京大學國語國文學會《國語と國文學》1974
　　　年第六號（月刊），至文堂出版。三保忠夫《大治本新華嚴經音義の撰述と背景》。
　　　《南都佛教》第 33 號，昭和 49 年（1974）。

〔註71〕日本天平感寶元年，又爲天平勝寶元年，爲公元 749 年；天平寶字元年爲公元 757
　　　年；天平神護元年爲公元 765 年。

卷、《法華音義》二卷、《法華玄贊音義》一卷等多部音義。〔註72〕儘管傳承至今者罕見，但根據歷史記載，專家考證，確實是「存在過」。

華嚴宗是奈良朝時期「南都六宗」之重要宗派。隨著華嚴宗的發展與興盛，有關《華嚴經》之訓釋解說的各種資料自也逐漸增多。而以東大寺爲首的華嚴學僧在中國所傳《華嚴音義》的基礎上，根據當時所傳之《華嚴經》，也開始編撰爲日本人研讀《華嚴經》之音義。因八十卷《新譯華嚴經》以及《慧苑音義》皆已傳到日本，〔註73〕且頗爲廣傳流播，當時的華嚴教學研究又相當興旺，一些華嚴學僧在《慧苑音義》的基礎上，利用「音義」這一來自中國傳統的訓詁體式，重新爲八十卷《華嚴經》編撰爲己所用之音義書，亦可謂時之必然。現存有以下兩種：

《新華嚴經音義》，作者不詳，現存大治年間寫本。

《新譯花嚴經音義私記》，作者不詳，現存小川家藏本。

因後者爲本書研究之基本對象，故當於下章加以重點論述。現對奈良朝所成之《新華嚴經音義》加以簡單介紹：

大治本《新華嚴經音義》

大治三年（1128 年）四月至六月，法隆寺僧人覺嚴、隆暹等人書寫玄應《一切經音義》，共二十五卷七帖。後第二、第三帖亡逸，故現存五帖十九卷，爲東京博物館所藏，被稱爲「大治本《一切經音義》」。昭和七年（1932）由山田孝雄博士翻印公刊，後又被古典研究會收於《古辭書音義集成》第七、第八冊。〔註74〕山田博士曾指出：玄應《一切經音義》之刻本以北宋版爲最古，南宋高麗二版相匹敵，乃其次。而大治本則應位居其間。然最能呈現有唐一代之實貌者，當爲大治本。加之其他皆爲彫版刻本，大治本卻實實在在爲八百年前〔註75〕筆寫之物，對於想瞭解其書風書體的人來說，寫本具有刻本所沒有的可貴特色。〔註76〕

〔註72〕參考三保忠夫《元興寺信行撰述の音義》。

〔註73〕岡田希雄認爲：儘管確切傳入時間難以判定，但應該是相當早。（《解説》）。

〔註74〕汲古書院，昭和 51 年（1976）。

〔註75〕山田孝雄博士 1932 年言此，今日我們再提，則已近乎九百年矣。

〔註76〕參考山田孝雄《一切經音義刊行の顛末》。

　　大治本爲學界所矚目之另一重要特色即其卷第一之末所附《新華嚴經音義》。此乃對八十卷本《新譯華嚴經》加以訓釋之「卷音義」，學界多稱之爲「大治本《新華嚴經音義》」（以下簡稱「大治本《新音義》」）。玄應《一切經音義》卷一雖收錄對舊譯六十卷《華嚴經》所作之音義，然卻不載新譯八十卷《華嚴經音義》。此蓋書寫大治本之際，爲方便起見而將八十卷經音義添加於卷一之末。但此八十卷經音義或於大治本之前被添加，大治本書寫者又以該《玄應音義》爲底本寫成大治本亦未可知。〔註77〕

　　現存大治本《新音義》只是大治年間的一個寫本。其祖本之作者與年代皆不詳。山田孝雄在其《一切經音義刊行の顛末》中曾指出：「此《新華嚴經音義》莫非爲賢首大師於則天武皇后朝所述？賢首音義夙有所聞，然吾不知世間確有其傳本。若果爲賢首所撰，則當屬稀世珍寶。即非如此，於他處無可尋覓之際，此處得以幸存，亦當爲學界之大幸。」然其此說並無證據。岡田希雄、小林芳規等學者皆認爲此音義乃經日本人或日籍漢人之手而成者。三保忠夫在《大治本新華嚴経音義の撰述と背景》一文中對大治本《新音義》有詳密考證，認爲其祖本之撰述年代應爲天平勝寶〔註78〕年間，撰述者蓋爲中閒階層學僧，而且撰述者及其撰述場所亦可考慮爲是當時華嚴教學頗爲隆盛的東大寺，或者是屬於東大寺系統的寺院。

　　大治本《玄應音義》卷一後所附此音義識記有「新華嚴經音義」之書名（而《玄應音義》卻皆只舉經名，不言「音義」），其下有細注「八十卷、序字及𠙽等文者並集後紙」。「𠙽」乃則天文字之「天」字。此乃標明經序中文字與武后新字之音義，置於八十卷經文音義之末尾。故此音義實際可分爲兩部分：前爲八十卷經文所作音義；後爲則天序等所作音義。後半部分又包含：①「序字天冊」以下爲則天序中部分字詞之音義。②三十五個正字條目，其中包括十六個則天文字，十八個俗字。〔註79〕③正字條目後有《大方廣佛華嚴經》之經名，其下爲舊經與新經之品名卷數等的對比說明。④解釋了在品名中出現的如「十

〔註77〕參考岡田希雄《解説》。

〔註78〕天平勝寶元年（749）～天平勝寶九年（757）。

〔註79〕實際上應是 34 個正字條目，其中俗字條目 17 個。但因此音義將「鬧」之不同俗
　　　　體分開立目，故總體爲 35 條。

住・十行・十無盡藏・十迴向・十地・十定・十通・十忍・十身相海」等類術語。此後作爲《玄應音義》第一卷卷尾所題「一切經音義第一」之下還有「注水」、「虹」、「煌煜」、「程」四個字詞的音義。岡田希雄在其《解說》中指出：此四條是否爲《華嚴經》中之字詞，尙不明，至少不見於《慧苑音義》。何故有此四條？爲何置於此處，難以判斷。

此音義之前半部分，亦可稱之爲正文部分，根據岡田希雄統計，共收錄字詞 307 條。〔註80〕這與共收錄辭目約 1300 的《慧苑音義》相較而言，實屬篇幅短小者。其中雙音語詞佔絕大多數，計 233 條，單字計 7 條，三音語詞計 12 條，四音語詞計 33 條，四音以上短語計 19 條。〔註81〕有個別辭目有卷數混錯的現象，如第五卷之音義末尾兩條「樹岐」與「庇暎」置於第六卷。而第八卷所出六條實際爲第九卷之內容。相反，第九卷之「卐」（「卍」）字應在第八卷。也有註釋中混入別的辭目的現象。如「卐」字注中又混進了「慣習」辭目及釋義。〔註82〕但整個體裁與傳統的《玄應音義》相同，注音釋義，析字辨形，皆呈古風。而且此音義除用漢文註釋外，還保留有作爲「倭言」万葉假名的和訓十四項二十語。儘管不多，但卻體現了早期在日本所撰音義之特色。〔註83〕川瀨一馬曾經舉出其中十一例和訓，認爲其形式與被推定爲信行所撰的《大般若經音義》（中卷，石山寺藏）相似。〔註84〕這一點已深爲日本國語學史、古籍訓點界所矚目。

〔註80〕筆者也曾統計過，爲 305 條。又三保忠夫亦計爲 305 條。俞莉嫺統計爲 304 條（俞莉嫺《慧苑音義研究》，2009 年 5 月，上海師範大學碩士學位論文）。

〔註81〕參考俞莉嫺統計。

〔註82〕此亦蓋爲統計數字稍有差異之因。岡田希雄做過詳細調查，本文尊其說。

〔註83〕音義書在日本，起初自是傳自中國，多爲漢籍與佛典音義。其後日本人開始仿此爲範，編纂日本的音義書。其濫觴即起於用万葉假名書寫所附的漢文注文。其後又開始用片假名。隨著時代遞進，假名的比重增加，遂緻漢文注消失，只用假名標註音訓體式之產生。

〔註84〕川瀨一馬《增訂古辭書の研究》第 42 頁。雄松堂，昭和六十一年（1986）再版。案：信行被認爲是奈良朝法相宗行基（668～749）之助手，法相宗著名學僧，著有多部音義，住元興寺（飛鳥寺）。其生存年代被推測蓋爲奈良朝末期至平安時代初期。（參考三保忠夫《元興寺信行撰述の音義》）

與《慧苑音義》相同，大治本《新音義》亦爲對八十卷《新譯華嚴經》所作之音義，但兩種音義不僅在辭目數量的收錄上有較大出入，而且即使條目相同，或有關聯，但音注和義注之不同之處亦甚夥。〔註85〕三保忠夫在對兩種音義進行考證後得出大治本《新音義》與《慧苑音義》並無關係的結論。相反，大治本《新音義》的撰者卻參考了玄應的舊經音義（即玄應爲六十卷本舊譯《華嚴經》所作的音義），而且並不僅僅拘泥於卷一的《華嚴經音義》，甚至從全二十五卷（或二十六卷）的《玄應音義》總體部分選出合適的內容並加以利用。〔註86〕小林芳規《解題》指出：大治本《新音義》雖爲《新譯華嚴經》之音義，但卻未見引用《慧苑音義》，應屬《玄應音義》系統。

另外還須說明的是：《新華嚴經音義》一般被認爲僅見於大治本。然隨著近年來天野山金剛寺所藏一切經的調查與研究，〔註87〕人們在 2006 出版的《日本古寫經善本叢刊第一輯・玄應撰一切經音義二十五卷》〔註88〕中，發現金剛寺本卷一之卷末也附有《新華嚴經音義》，且首尾齊全。經學界考證，金剛寺本的《玄應音義》可認爲屬大治本系統。而根據卷末題記，此本之書寫年代應爲嘉禎年（1236，1237）左右，晚大治本約一百餘年。故儘管從善本的角度，金剛寺本有優於大治本之處，〔註89〕然本書在以下研究中，仍以大治本《新音義》爲代表。

〔註85〕 當然，相同之處並非不見。三保忠夫調查後就指出，音注方面就有二十例與《慧苑音義》一致。然從兩種音義的整體構成考察，不同之處居多，二者無關之結論應該是穩妥的。參見三保忠夫《大治本新華嚴經音義の撰述と背景》。《南都佛教》第三三號。

〔註86〕 三保忠夫《大治本新華嚴經音義の撰述と背景》。《南都佛教》第三三號。

〔註87〕 天野山金剛寺位於大阪府河內長野市，爲眞言宗御室派大本山。寺內藏有多達四千卷的寫經資料，稱「金剛寺一切經」。學界認爲其主要以自平安末期至鎌倉時代後期斷續書寫的佛經爲主體而構成。

〔註88〕 2006 年 3 月由落合俊典爲首的國際佛教學大學院大學學術フロンティア實行委員會整理出版了《日本古寫經善本叢刊第一輯・玄應撰一切經音義二十五卷》，其中包括「金剛寺一切經本」、「七寺一切經本」、「東京大學史料編纂所藏本」、「西方寺一切經本」、「京都大學文學部藏本」五種古寫本。

〔註89〕 參考箕浦尚美《玄應撰〈一切經音義〉書誌——金剛寺・七寺・東京大學史料編纂所・西方寺藏玄應撰〈一切經音義〉について》。

三、奈良朝以降日僧所撰之「華嚴音義」

奈良時代的華嚴宗主要以東大寺爲首。由於規模逐漸擴大，此後又分成兩個派別：東大寺派與高山寺派。東大寺派雖爲正統主流，受朝廷保護，但也因此不得不與國家權威相結合，易受傳統規範限制，難以普及民間，爲一般大眾所接受。而「非主流」的高山寺派，卻因爲鎌倉時代明惠上人的出現，華嚴宗纔脫離朝廷貴族之專有，開始與日本民俗相融合，華嚴宗逐漸向民間普及，華嚴宗重新大興。

明惠（みょうえ；1173～1232）又作明慧，名高辨，紀伊（和歌山縣）人。早年曾遍從諸師學華嚴、密教、禪法。還於高雄山宣講華嚴。後鳥羽上皇敕賜栂尾山以行復興，稱高山寺，爲華嚴之道場。因受朝廷、北條泰時之皈依而爲上下所崇信，明惠也就被尊爲日本華嚴宗之中興祖師。位於京都山林深處的栂尾高山寺〔註90〕也就成爲繼東大寺後華嚴宗的又一中心道場，華嚴教學研究的又一重鎮。而高山寺華嚴教學集團的一大重要研究成果，就是爲《華嚴經》標註字音，這已成爲研究鎌倉時代漢字音的極爲寶貴的資料。而此華嚴教學集團中的另一成果就是利用「音義」這一傳統工具繼續撰著音義書。現存有三種：

《華嚴傳音義》，作者道璿。

《新譯華嚴經音義》，作者喜海。

《貞元華嚴經音義》，作者不詳。

其中《華嚴傳音義》，作者道璿，爲中國唐代赴日傳戒之律師，前已介紹。以下，我們將重點介紹另外兩種：

1、《貞元華嚴經音義》（一卷）

此乃爲四十卷《貞元華嚴經》所作之「卷音義」。摘出經文中的難字、難詞〔註91〕共 594 條，下用反切爲其字注音，字旁附有黑色假名字音，還有用朱筆爲各字所加之聲調符號。這種形式與我們後文將要述及的《新譯華嚴經音義》（喜海本）相同。而其背面書有「安貞二年四月廿六日書寫畢、按畢」字樣。其日期與喜海本《新譯華嚴經音義》僅差兩日。故此音義雖未記撰者之名，然

〔註90〕作爲華嚴宗寺院，高山寺早於寶龜五年（774）由光仁天皇恩准而創建。至鎌倉建永元（1206）年，明惠上人住持之時纔改名爲高山寺。

〔註91〕有一部分只能算是詞組，而非詞。

學界根據體裁形式、用紙等，認為作者蓋亦為喜海。〔註92〕但沼本克明指出：兩種音義所用書籍並不相同。而且還有音義相同，但所附音注卻有異之處。大部分注吳音，但還有若干與漢音相交叉。〔註93〕總之尚有不少問題留待研究解決。

　　儘管此音義只注音，不釋義，亦無出典，與《玄應音義》《慧苑音義》等相較，略顯簡單，但仍為學界所矚目。我們僅從漢語史的角度考察，其所標音注就為研究漢語中古音提供了寶貴資料。而所錄字形，則能反映出當時所傳《貞元華嚴經》的用字面貌，對研究日本漢字的傳播與發展也是重要材料。

　　《貞元華嚴經音義》於昭和二十四年（1949）2 月 18 日被指定為重要文化財，收錄於《大正新修大藏經》第五十七卷。1983 年東京大學出版會出版了由高山寺典籍文書綜合調查團編的《高山寺資料叢書》。《貞元華嚴經音義》影印本被收於第十二冊《高山寺古辭書資料第二》。

2、《新譯華嚴經音義》（喜海撰）

　　喜海（きかい；1178～1251），鎌倉時代中期華嚴宗僧人，號義林房。出家後入高山寺師從明惠上人。喜海在高山寺隨明惠學習華嚴教義，成為明惠上人之高足。他曾與明惠一起從事華嚴教學並書寫校核注釋書《華嚴經探玄記》。根據明惠遺書，作為高山寺久住之一人，寬喜四年（1232）喜海被定為高山寺學頭〔註94〕。明惠沒後，喜海亦住高山寺十無盡院。其著作有記錄明惠上人行動的《高山寺明惠上人行狀》以及有關華嚴教義的《善財五十五善知識行位抄》等流傳後世。除此，還有即為對八十卷本《華嚴經》的卷音義——《新譯華嚴經音義》。

　　喜海本《新譯華嚴經音義》共收錄《新譯華嚴經》中難詞 1320 個，其中多為雙音節詞，也有部分單字和三字辭目，付以假名、四聲、清濁及反切。此書卷末有題記：

　　　　嘉祿三年（1227）丁亥六月二日酉魁，於西山梅梶之禪房，集兩

　　　　三本之音義，抄寫之，偏為自行轉讀，敢不可及外見也。〔註95〕

〔註92〕白藤禮幸《高山寺古辭書資料第二・解說》。

〔註93〕沼本克明《高山寺藏資料について》：《高山寺典籍文書の研究》。東京大學出版會，昭和 55 年（1980）。

〔註94〕大寺院中擔任統括學問之僧人。

〔註95〕原文無句讀，此乃筆者所添加。

此題記與音義文字同筆。其後還有別筆題記：

> 寬喜元年（1229）八月十八日与五六輩交合再治了。

> 寬喜元年八月廿七日子剋點并假名數度交撿畢。

可知此音義實際並非如喜海所言「偏爲自行轉讀」〔註96〕，而是与「五六輩」華嚴學僧共同「交合再治」，而且對聲點以及假名（字音）又進行了討論。這不僅體現了當時高山寺有關華嚴經研究事業之鼎盛，而且還傳達出當時有幾種《華嚴經》音義存在之信息。〔註97〕嘉祿三年，明惠尚在世，五十五歲，喜海五十歲，已從明惠上人研習華嚴三十年，此音義正爲其研究成果。

　　儘管喜海本之《新譯華嚴經音義》基本只注音並不釋義，且無書證以及詳密辨析，但其所用反切以及假名之特色，特別是根據川瀨一馬考證，其中使用異體假名處也不少。〔註98〕這無論是對日語語音與日本文字還是漢語音韻之研究，皆被認作是重要的參考資料，已經引起學界矚目。

　　來自古印度、古西域的華嚴學說，在華夏這塊廣袤的土地上，植根並發展而成爲華嚴宗。《華嚴經》所突出的「圓融」思想，反映了廓大的「盛唐」氣象；而博大雄渾、涵容萬象的大唐文化，特別是來自帝王的扶持，更促進了華嚴宗本身的發展與壯大。華嚴宗在盛唐就走出國門，傳入正積極引進大唐文化的東瀛日本，並同樣深受皇室歡迎。在聖武天皇的大力扶持下，華嚴宗一度頗爲興盛，成爲「奈良六宗」之首。隨之勃然興起的華嚴教學研究也成爲奈良朝佛教文化的重要特色，從大量傳抄書寫經典，到模仿漢僧爲解讀《華嚴》而註疏音

〔註96〕實際乃作者的謙遜之語。

〔註97〕根據白藤禮幸《高山寺解說》考證，寬喜元年（1229）至寬喜二年（1230）之東大寺寫經資料上，尚有記錄，如：「寬喜元年九月十七日於竹內之房以御堂之本/重交之畢/并難字付假字了/小比丘了弁」（《大方廣佛華嚴經》卷第三十四（新譯）卷末題記）（第一○函18）。又如：「寬喜元年九月十九日於高山寺又挍合了/又以音義付假名了　勤杲」（《大方廣佛華嚴經》卷第卅五卷末題記）（第五八函1）。又如：「寬喜元年十月四日以御堂本按即了/以音義點了　西谷小僧空弁」（《大方廣佛華嚴經》卷第四十四卷末題記）（第一○函23）。由此可証，當時的高山寺《華嚴經》之研究頗爲盛行，《華嚴音義》亦非一種。

〔註98〕川瀨一馬《增訂古辭書の研究》第374頁。

義。以上簡單梳理，目的是希望讀者能對奈良佛教文化，特別是對日本華嚴宗有較爲完整的認識。因爲我們的研究資料《新譯華嚴經音義私記》正產生於這一歷史時期。

第二章　《新譯華嚴經音義私記》概述

　　日本僧人爲八十卷《新譯華嚴經》所作之音義，現存共有三種。其中高野山喜海所撰，已屬鎌倉朝，時代稍晚。現在可以確認撰於奈良時代的八十卷《華嚴經》音義，有《新華嚴經音義》與《新譯華嚴經音義私記》兩種。前者我們已在第一章介紹了大治年間寫本，即大治本《新音義》。〔註1〕本章我們將重點論述本書研究對象《新譯華嚴經音義私記》（以下簡稱《私記》）。

第一節　作者與年代

　　《私記》現存小川睦之輔氏〔註2〕家藏本，〔註3〕爲日本現存最古之寫本佛

〔註1〕儘管後又有金剛寺本公刊（見國際佛教學大學院大學學術フロンティア實行委員會整理出版的《日本古寫經善本叢刊第一輯・玄應撰一切經音義二十五卷》），其中卷第一後也附有《新華經音義》，但學界仍多以大治本爲代表。

〔註2〕小川睦之輔（おがわーちかのすけ，1885～1951）日本大正～昭和時代的解剖學者。曾留學歐美。大正10年（1921）任京都帝國大學教授。從事肺部解剖與眼之再生等實驗發生學研究。

〔註3〕此本曾由貴重圖書影本刊行會複製，岡田希雄專爲此撰《新譯華嚴經音義私記解說》，（後簡稱《解說》）昭和14年（1939）12月15日發行。後又由日本古典研究會整理收錄於《古辭書音義集成》第一冊。汲古書院，昭和53年（1978）第一版，昭和63年（1988）又第二次印刷。除有全書之影印外，尚有小林芳規之解題（《新譯花嚴經音義私記解題》，以下簡稱《解題》），石塚晴通之索引，使用非常方便。

經音義。此本被認爲雖非《私記》原本，卻是現存唯一傳本，故可視之爲「孤本」。〔註4〕

　　儘管此本之抄寫年代尚不能確定，然據學界考證，蓋可視其爲奈良朝（710～784）末期之寫本，而其祖本之撰著應爲奈良朝。〔註5〕《私記》作者不詳，然學界基本認爲是日本僧人。《私記》應是在慧苑《新譯華嚴經音義》（以下稱《慧苑音義》）以及《新華嚴經音義》〔註6〕的基礎上，有所補刪，並添加少許和訓而成者。因小川家藏本已是「孤本」，故學界對《私記》之研究皆只能以此本爲據。川瀨一馬、小林芳規等通過對此書書誌的考證，以及對此書字體以及和訓形式、上代特殊假名之使用方法的研究，〔註7〕認爲應是從天平勝寶（749年～757 年）年間之後半個世紀之間，於華嚴教學盛行的東大寺或屬於其系統

另外，民國時期羅振玉先生在日本發現此本，並經其手借回中國，由墨緣堂影印出版，題名爲《古寫本華嚴音義》。該書正文前有羅振玉親筆書寫之序，詳述影印此書之始末：「予廿餘年前寓居海東，嘗與内藤湖南博士訪老友小川簡齋先生于大阪。簡齋富收藏，出示古寫本《華嚴經音義》二卷。書迹古健，千年前物也！中多引古字書，而間載倭名，知爲彼土學者所作，非慧苑著也。與湖南皆以爲驚人祕笈，因與商寫影以傳之藝林，簡齋翁慨然許諾。乃歐戰後疫癘起，予匆匆携家返國，遂不果寫影。未幾，而翁捐館舍。又十餘年，博士亦修文天上，前約幾不可復尋矣！乃聞翁後人克承家學，所藏均完好，爰請羽田大學校長亨爲之介，重申前約，再得請。於是，斯編乃得流傳人間。影印既完，謹記始末，以志小川翁兩世之嘉惠，並記羽田校長之紹介，以告讀是書者。庚辰（筆者按：1940）開歲之十四日抱殘老人羅振玉書。」同年 6 月 19 日，羅振玉病終謝世。

〔註4〕　參考岡田希雄《解說》。

〔註5〕　岡田希雄在《新譯華嚴經音義私記倭訓攷》（京都帝國大學《國語·國文》第十一卷第三號，昭和十六年（1941）三月）一文中經過考證，認爲此古抄本至晚應爲奈良朝末期所書寫，而其撰著則應在奈良朝。

〔註6〕　即前所介紹大治本《新華嚴經音義》之祖本。

〔註7〕　小林芳規引三保忠夫的研究以證早期撰著含有和訓之音義在東大寺。唐僧法進天平四年（754）赴日，其所撰《最勝王經音義》（佚）中就包含和訓。而法進所撰《沙彌十戒并威儀經疏》也有一例和訓。由此判定當時含有和訓的音義，應撰於法進所在之東大寺。（法進乃鑒眞和尚弟子，跟隨鑒眞歷盡千難萬險赴日弘法，并助鑒眞於東大寺創立戒壇院。歷任該寺律師·少僧都·大僧都等僧職，天平寶字 7 年（763 年）就任該寺戒壇院之初代戒和尚。筆者注）又川瀨一馬《增訂古辭書の研究》第 41～42 頁。

的寺院中撰述而成者。〔註8〕小林芳規在其編著的《図說日本の漢字》第九章有
關於日本古辭書的內容，在「作爲漢和字書材料的音義」部分就以《私記》爲
例，並定義爲八世紀之際經日本人之手所成，小川家藏本則亦書寫於八世紀的
奈良時代。〔註9〕

　　另外，此本體裁也可幫助判斷其年代。據岡田介紹，他所見小川家藏本《私
記》爲雙層箱裝。其外箱頗爲粗糙，箱蓋表題有：

　　　　神龜天平年間之古寫經

　　　　華嚴經音義私記上下

　　　　二卷

字樣。書爲卷軸裝式卷子本。

此本上卷卷首有另加的附頁，記有「永延」之跋語〔註10〕：

　　　　新譯大方廣佛華嚴經音義二卷　馬道手箱

　　　　右一部二卷其本見在

　　　　沙門釋慧苑，京兆人，華嚴藏法師上首門人也。勤學無惰內外

　　　兼通，華嚴一宗尤所精達。苑以新譯之經未有音義，披讀之者取決

　　　無從，遂博覽字書，撰成二卷。使尋翫之者不遠求師而曉書字義也。

　　　以此久言留于彼土，云何此土不披習歟？〔註11〕

此跋語末句之前採錄《開元釋教錄》卷九之言，而最後一句似爲永延之語。而
「馬道手箱」四字與「永延」跋語字跡不同。小林芳規《解題》考證「馬道」
當爲人名，而東大寺所藏奈良時代如《華嚴略疏刊定記》卷十三等寫經封面附

〔註8〕　參考小林芳規《解題》。又岡田希雄曾親睹小川家藏本實物，發現卷下尾題與元祿六
　　　　年（1693）僧人英秀修裱此本所記「識語」之行間（不足一寸之距）隱有「延曆十三
　　　　年甲戌之春寫之了」之識語字樣，因被人擦消，故模糊不清。「延曆十三年」爲公元
　　　　794年。（岡田希雄《解說》）。此亦可作爲將《私記》定爲奈良末期寫本之佐證。然
　　　　小林芳規認爲識語中「甲戌」二字斜排書寫乃近世（江戶）書式。（小林芳規《解題》）

〔註9〕　小林芳規《図說日本の漢字》，大修館書店，1998年。

〔註10〕墨緣堂影印此本時將永延此「識語」置於全書末尾。

〔註11〕最後一句苗昱在其博士論文中曾認爲「字迹潦草，難以辨認，留待再考」。此處根
　　　　據岡田希雄《解說》錄入。最後一句下橫線爲筆者所加。

頁也有「馬道」之名，故由此也可推測蓋與東大寺有關。另外，岡田希雄也根據此書兩卷卷尾均有「信」之陽刻朱印而判斷此本可能曾藏於東大寺一段時期，因東大寺所藏與《華嚴經》有關的古書上亦可見「信」之印章。然此印章加蓋於何時，卻難以判明。〔註12〕

此書分上下兩卷。其卷末皆有「徹定珍藏」之印，爲本書收藏者之一竺徹定〔註13〕之藏書章。徹定爲江戶末明治初學僧。他不僅收藏此書，還專門爲此寫跋：

> 此私記二卷，南京一乘院開祖定昭僧正舊藏也，筆力宕拔，墨色如漆，頗有理源大師筆意，與常絕異。余觀古經不爲少，然未見勁健巧妙若此者。江州石山寺收弆《玉篇》廿卷，其骷稍類，蓋神

〔註12〕岡田希雄《解說》。岡田認爲此印與同爲竺徹定所藏的東大寺舊藏之書《華嚴文義要訣》（國寶）卷尾上方所押之印相同。根據山田孝雄博士之說，東大寺所藏華嚴關係之古書，皆有此印。蓋東大寺曾整理過一次華嚴關係的古書，皆蓋上此印。

〔註13〕竺徹定（じく てつじょう，1814～1891），又號松翁・古溪・杞憂道人・古經堂主等，江戶末明治初淨土宗僧人、佛教史家，本書收藏者之一。徹定六歲即出家得度，不久即上京城修習。28 歲時，又在江戶三緣山增上寺參學，且不久成爲該寺學寮主。明治時期曾爲京城知恩院第七十五代住持。徹定出家前舊姓鵜飼（うがい）。明治五年（1872）政府規定僧侶亦需自報姓氏，借此際，徹定將姓改爲與出家前舊姓「鵜飼」讀音相同的「養鸕」，故一般多以「養鸕徹定（うがい てつじょう）」之名見於文獻。徹定善於書畫、詩文，撰述頗豐，有《古經題跋》二卷、《續古經題跋》一卷、《譯場列位》一卷、《增補蓮門經籍錄》二卷（文雄原撰，竺徹定增補）等著作。清人金邠曾在爲其《花嚴經疏零本》所作跋中描繪其人：「徹定，日本僧也，字松翁，學通儒釋。余嘗識其人，稱爲定公，嘆是今日讚寧、惟淨一流，著述頗富。所見板行者凡數種，曰《古經題跋》，曰《譯場列位》，曰《釋教正謬》。」評價頗高。徹定甚愛古經，曾因發現《大藏經對校錄》（忍澂著，京都鹿韹谷法然院所藏）有誤寫及脫漏等情形，遂開始收集古寫經以確定資料。其後多有成就，終成爲著名古寫經收集鑒定專家。徹定所藏古經甚夥，且多爲精品之作。徹定寂後，其藏品歸知恩院所藏，其中如《法王帝說》、《大唐三藏玄奘法師表啟》等，堪爲極品。甚至有一部分還流傳至中國。如2011 年榮寶齋所拍賣 0677「唐人寫經」《花嚴經疏零本》（一卷）即本爲徹定所藏，上有其題跋：万延二年辛酉（1860 年）仲夏，佛眼山竺徹定識。鈐印：古經堂主人、徹定之印。金邠在《跋》中就指出徹定「篋藏古經极夥……所見古寫本近十許種。」

龜〔註14〕、天平〔註15〕間寫經生名匠所作也。音義與宋元諸本不同，有則天新字廿五，又法作泩，染作漆，寂作寀，徑作倢，可以證古文字矣。《金石文考》云：唐人日曰二字同一書法，宋以後始以方爲曰，長者爲日，而古意失矣。此本亦有此類。註腳中往往附和訓與和名，鈔稍有異同，所以名《私記》也。此本既流落人間幾乎一千餘載，今幸落我手，而獲觀古哲之心畫，亦翰墨因緣之幸福也歟！文从辛酉嘉平月吉旦于佛纇古經堂芸窗下。

竺徹定

這篇跋語爲研究《私記》時代和作者提供了某些線索，有一定幫助。

首先，此跋開篇即明確指出《私記》爲「南京一乘院開祖定昭僧正舊藏〔註16〕」。「南京（なんーきょう）」爲平城京（即現奈良）之別稱，與平安京（即現京都）稱「北京（ほっきょう）」相對應。「南京」（也稱「南都」）是日本奈良時期的政治中心。而「一乘院開祖定昭」爲平安時代中期眞言宗僧人，住興福寺，天祿元年（970）於興福寺創一乘院。天元二年（979）昇任大僧都。而卷上末尾左下也有墨書「僧之昭之本也」。「之昭」即「定昭」。由此可表明此書曾經僧人定昭〔註17〕之手被收藏。當時日本首都已從長岡遷至平安新京。長岡、平安的二次遷都，並未將號稱「南都七大寺」的東大寺、法隆寺、興福寺、元興寺、大安寺、西大寺、藥師寺遷往新京，故奈良寫經生所寫的古經應還保存在舊都平城京（南京）的各大寺院中。此蓋爲「僧之昭之本也」之較爲合理的解釋，亦可作爲判別此本應早於平安時代之佐證之一。另外，竺徹定還根據此本字體特色，認爲「蓋神龜、天平間寫經生名匠所作也」。而且還認爲此本之書法「頗有理源大師筆意，與常絕異」。理源大師（832～909，りげんーだいし），爲平安前期眞言宗之僧人。據思文閣網絡

〔註14〕神龜：日本年號，724～728 年。

〔註15〕天平：日本年號，729～748 年。

〔註16〕僧正：日本僧官名。

〔註17〕定昭（じょうしょう，906～983），也寫作「定照」，或稱「嵯峨僧都」、「一乘院僧都」等。其父爲左大臣藤原師尹。定昭出家後曾於興福寺隨忍覲修習法相宗，受灌頂後，任大覺寺別當。966 年昇任權律師、979 年昇任大僧都。另外還曾歷任東寺長者‧興福寺別当‧金剛峯寺座主等。970 年創建興福寺一乘院。

版《美術人名辭典》〔註 18〕、《日本佛教史綱》〔註 19〕等載：理源大師本爲光仁天皇子孫，名恒蔭王，諱聖寶（しょうぼう）。他曾於東大寺拜眞雅僧正出家，於元興寺學三論宗，又隨東大寺平仁傳法相宗，從玄永學華嚴宗，後至興福寺任維摩法講師。在研究了顯教各宗之後，再歸眞雅僧正之門，學習眞言宗，接受祕密儀軌。由此可知，理源大師對華嚴宗有過研究，而其曾住過的興福寺，也是定昭創立一乘院的地方。他還曾於醍醐寺、東大寺建東南院，並任貞觀寺座主、東大寺別當、東寺僧正與長者等。日本《美術人名辭典》收錄「理源大師」條，可見其書法自有其特色，已成一家。《醍醐寺大觀》第三卷〔註 20〕《書跡》部分收錄《理源大師筆処分狀》〔註 21〕，已被指定爲「國寶」。

另外，竺徹定之跋文還從則天文字、俗字字形、「日日同書」等角度論述《私記》與宋元本有明顯不同，確爲千年之物。此外，由於「註腳中往往附和訓與和名」，因此稱爲「私記」。這些正是本書的研究重點，留待後敘。

我們還注意到小川本《私記》除有竺徹定《跋》外，其後尚有三位中國清朝文人士夫之「跋」〔註 22〕，對我們了解此書的年代也有幫助。清代首任中國

〔註 18〕http://www.shibunkaku.co.jp/biography/

〔註 19〕村上專精《日本佛教史綱》。東京，金港堂書籍株式會社，1898 年。

〔註 20〕岩波書店，2001 年 12 月。

〔註 21〕以下爲《理源大師筆処分狀》之部分。

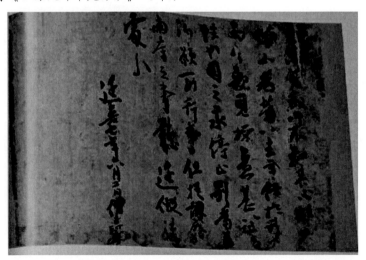

〔註 22〕即金邠、何如璋、張斯桂。金邠：字望橋，號瘦山。室名：觀澗閣。江蘇金山人。詩人，善書亦工畫。曾遊歷東瀛。曾爲徹定所藏撰寫序跋。何如璋（1838～1891）：

駐日本公使、欽差大臣何如璋就指出：

> 《華嚴經》爲唐則天朝京兆沙門惠苑譯。苑復撰音義兩弓（卷），
> 日本鈔錄者坿以和訓，故名《私記》。標題有馬道手箱，疑即其人書
> 也。聖武初號神龜，當唐開元十一年癸亥，後六歲改紀天平，峕（時）
> 通使中華，始服冕受朝，勅諸衛（道）建護國、滅皐（罪）二寺，
> 造金銅盧舍那像及浮圖，《華嚴經音義》流播東土，殆斯時歟？其書
> 骨力剛凝，和人音釋漢文，當亦以此爲最古。

首句將《華嚴經》譯者說成是慧苑，不確。前已有述，不贅。而關於《私記》
作者，說法亦並不完全統一。如上引何如璋之跋，就認爲《私記》應是日本經
生在抄錄《慧苑音義》時，附以和訓而成者。又其中有「標題有馬道手箱，疑
即其人書也」，認爲抄寫者或爲「馬道」。即將小川本《私記》認作是《慧苑音
義》的另一古寫本。只是「沉薶釋藏，讀者無人，而多聞者不知」。〔註23〕此說
並不十分準確。〔註24〕岡田希雄、小林芳規等日本學者經過考證研究，基本認
爲儘管作者不詳，但可確定爲日本人。其中最爲重要的證明資料就是其中有一
百六十餘條和訓資料。另外，《私記》的主要參考資料是大治本《新音義》祖本
與《慧苑音義》。而《私記》在稱同爲日本人所撰的大治本《新音義》祖本時爲
「一音義」，而稱《慧苑音義》卻爲「唐音義」。當然，《私記》作者還應是僧人，
且爲華嚴學僧。我們在第一章就已經指出：奈良朝時期，新舊《華嚴經》皆已
傳入，且廣爲傳播。特別是因爲深受皇室崇信，以東大寺爲首的華嚴宗成爲「南
都六宗」中影響最大的宗派。而在學問研究濃厚的奈良佛教中，華嚴教學頗爲
興盛。如良弁就曾在東大寺立華嚴學，講《華嚴經》，辦華嚴會。而無論是教學
還是研究，其基礎還是正確研讀《華嚴經》。而當有關研讀新舊《華嚴經》的重
要工具書——《華嚴經音義》（玄應爲六十卷舊譯、慧苑爲八十卷新譯所各撰《大

字子峨，進士出身，後接翰林院編修，清代首任駐日公使、欽差大臣。張斯桂（1816
〜1888）：字景顏，號魯生，清光緒二年（1876）十二月，被奉旨賞加三品頂戴，
出使日本國首任副使。光緒三年十一月（1877 年 10 月），正使何如璋與副使張斯
桂率從官十餘人一行乘船東渡日本，成爲晚清國人眞正赴日本調查、學習之濫觴。

〔註23〕見金邠爲《私記》所作〈跋〉二。

〔註24〕作爲外交官的何如璋等人可能主要從此音義文字書法考慮。本書以下關於《私記》
的「性質、體例與内容」部分有詳述。

方廣佛華嚴經音義》）皆已傳來，且日僧中也已興起編撰「音義書」之風時，好學勤研的華嚴學僧編撰出爲己所用的《華嚴經音義》並不出乎意料，恰是順應潮流之舉。小林芳規指出《私記》應是於華嚴教學盛行的東大寺或屬於其系統的寺院中撰述而成立者，〔註25〕故其作者當爲華嚴學僧。

以上我們主要對《私記》的作者與年代作了論述。然而，因爲是「孤本」，學界說法亦並不統一，有待深入探討的問題尚有不少。本書則希望通過從文字的角度所進行的深入研究，冀其結果能有助於更爲確定地判斷此書的成立年代與作者等問題。

第二節　性質、體例與內容

一、性　質

與當時從中國所傳到日本的玄應《眾經音義》、慧琳《一切經音義》、慧苑《新譯華嚴經音義》等相同，《私記》屬「佛經音義」書，即對八十卷本《新譯華嚴經》加以訓釋的「卷音義」。此書上卷尾題《八十卷花嚴經音義》、下卷尾題《大方廣佛花嚴經音義》，也明確標明其爲「音義」書。而上下卷外題（在後補的表紙上所貼附的白紙題簽）均有《花嚴經音義私記》書名。之所以又名之爲「私記」，根據卷下卷末竺徹定所加跋語，乃因「註腳中往往附和訓與和名鈔，稍有異同，所以名私記也」。另外，此本於元祿六年（1693）曾由僧人英秀修裱過，英秀在卷下之卷末寫有識語：「八十經私記上下二卷依破損爲興隆之今修復軸表紙付畢。」而「私記」右側有「音義」二小字，看得出是覺出有誤後補上去的，然似亦可認爲是因書寫者爲強調「私記」而漏寫了「音義」。

以「私記」爲書名，可體現兩層意思：其一，此書並非《慧苑音義》之單純另一「古寫本」。〔註26〕其二，此乃奈良時代日本學僧學習研究《華嚴經》、《慧

〔註25〕小林芳規《解題》。

〔註26〕前所引何如璋跋語認爲其所成年代當於唐開元年間（日本天平年間），並將其視爲《慧苑音義》之古寫本。又民國時期羅振玉借回中國，由墨緣堂影印出版（1940年）時，題名爲《古寫本華嚴音義》。事實上，多有人誤認其爲《慧苑音義》之古寫本。如 2011 年 1 月美國密西根大學圖書館（the University of Michigan Library）曾將此本再版上網（Reprints from the collection of the University of Michigan

苑音義》之重要成果之一。據小林芳規考證：古代日本（至平安時代）的學問形態（學習以古典經書爲中心的漢籍，提高漢字能力）是以大學寮〔註27〕爲中心而展開的。讀解漢籍，有「師說」和「私記」的形式。所謂「私記」，是指在讀解漢文典籍之時，對於「師說」的個人記錄。〔註28〕由此，我們可以理解爲：此書是當時的日本僧人在中國所傳來音義基礎上進行加工的再創作，故和風化濃郁。

　　儘管承自中國傳統音義書，如《玄應音義》，如《慧苑音義》，然作爲出自日僧之手的《私記》，其性質與前之先行音義書，仍有所不同。岡田希雄指出小川本《私記》中存在很多錯誤，如此書體例辭目用大字，釋語用雙行小字，但多有大小字相混之誤。還有辭目脫落或釋語空漏，也有臨近辭條之釋語相混，以及所出辭目卷數有誤等等。諸如此類，岡田認爲其責任主要在於書寫者（即指小川本之抄寫者），但此書作者也有很多必須承擔的責任。對此頗爲負面的評價，池田証壽撰《新譯華嚴經音義私記の性格》〔註29〕一文，從三個方面詳盡分析論述《私記》所具有的性質：①註釋書；②音義；③辭書。指出《私記》之撰者似並未過多拘泥於音義體式，所採取的撰述方法有時頗爲自由，故與《慧

Library），其作者名即爲：Huiyuan。又《在綫佛教詞典》（http://cidian.fojiaoyongpin.com/article_12951150980.htm）之解釋爲「日本京都小川睦之輔所藏者，係本書（慧苑《大方廣佛華嚴經音義》（二卷））之古寫本，題爲《新譯華嚴經私記音義》，今爲日本國寶之一」，也是將此本視爲《慧苑音義》另一寫本。

〔註27〕大學寮是日本古代教育中的重要環節，是培養律令制國家官吏不可或缺的重要因素。大學寮主要模仿唐朝教育機構的設置特點，按照學令規定，統一六學，在首都建立大學寮，主要負責學生的教育與考試，以培養官吏爲目的。根據《大寶律令》等，大學寮屬式部省管轄，設大學頭以下四等官及史生，教官有博士一名，助博士（助教）、音博士、書博士、算博士各兩名。學生一般400人，其他還有算生30人，書學生若干人。學生原則上是奏任官（三等以下的高官）的子弟以及知識家族的子弟。教科書有《周易》、《尚書》、《周禮》、《儀禮》、《禮記》、《毛詩》、《左傳》、《孝經》和《論語》等經書及其註釋書。而算生則學習《孫子》、《五曹》等九種漢籍。書學生則注重筆跡巧秀。其體制一仿唐法，由此培養出來的人才，構成奈良時代知識階層的主要成分。（參考小林芳規《図説日本の漢字》第30頁。大修館書店，1998年）

〔註28〕參考小林芳規《解題》。

〔註29〕《國語國文研究》第75號（北海道大學國文學會），昭和61年（1986）。

苑音義》等傳統音義相較,《私記》多有看似不統一,不成體統和未加整理等內容存在,〔註30〕若以《慧苑音義》為標準而片面地看待《私記》的話,其中有許多實例,〔註31〕皆可認定是因其撰述者之不成熟所致。然正因其所呈現出的如此的多樣特性,《私記》可被看作是如實體現了當時學僧學習經典實際情況的殘存資料。這對我們理解《私記》的特性有很大幫助。

二、體例與內容

《私記》按照《新譯華嚴經》卷數的順序,將從經文中選出的單字、語詞、詞組、短語及經句列出,作為辭目,再根據中國辭書的體裁對所釋漢字的形、音、義加以解說。此外,還附以與舊譯六十卷《華嚴經》文字、譯語、本文、品名等的比較,〔註32〕并增加了最能體現日本音義特色的和訓。

《私記》分上下兩卷。其構成為:卷上以則天武后經序之音義為始,《新譯華嚴經》卷第一〈世主妙嚴品第一〉至卷第二十五〈迴向品第二十五之三〉之音義緊接其次,共 514 行。卷下乃卷第二十六〈迴向品第二十五之四〉至卷第八十〈入法界品之二十一〉之音義,共 631 行。然從《私記》對《新譯華嚴經》正文的立目解釋來看,全書實際又可分為兩部分:第一部分是經卷一至經卷七十一,第二部分則為經卷七十二至經卷八十。兩部分從書法筆意上看,雖為同一人所寫,但內容上有明顯的區別:第二部分與《慧苑音義》基本相同,可以認作是《慧苑音義》最後九卷的又一抄本。

以下我們主要從選辭立目與注音釋義兩大方面,簡述《私記》體例與內容之特色。

(一)選辭立目

《私記》共收錄辭目約 1700,〔註33〕多於《慧苑音義》,更多於大治本《新音義》,其中主要包括以下類:

〔註30〕如有相當條目與《華嚴經》本文並無直接的關係。有的即使有關,然不成體統,未加整理之實例也多有存在。

〔註31〕池田先生文章在對《私記》三種特性加以分析時,詳舉此類實例,可為參考。

〔註32〕參考小林芳規《解題》。

〔註33〕根據小林芳規統計。

　　單字辭目：這一部分又主要包括單音詞辭目與正字辭目。

　　1、單音詞辭目。與《慧苑音義》相較，《私記》還增加了部分古漢語單音節詞爲辭目。其中有的本爲文言所用，如《新譯華嚴經》之首有武則天所製《經序》，用純文言寫成，有些詞語已經難懂，故需解釋。《慧苑音義》中的九個單音辭目，即屬此類。《私記》不僅將慧苑《經序音義》中的九個文言單音詞中的六個「挹、隘、爰、覃、式、繕」收入其中，還增收了「匪、歟、囊、筌、俄」等文言單音節辭目。另外，又增加了對一些單音常用詞的解釋，如：「譯、序、製、胼、纔、添」等。這些既不見於《慧苑音義》，亦不見於大治本《新音義》，它們對中國讀者來說，不屬難詞之列，而對於畢竟應屬於中途結識漢語的日本讀者來說，或許編纂者覺得應該作爲辭目列出並加以詮釋。

　　2、正字辭目。正字辭目堪爲《私記》之一大特色。首先集中出現於《經序音義》，共 34 條。其中有 16 條爲則天文字，另 18 條則爲俗字。〔註34〕因有些字並不見於《則天序》，且被集中收錄，又僅列正俗字形，〔註35〕並不標音釋義，故藏中進將其歸納爲「《新譯花嚴經》所用異體字一覽」。〔註36〕除此，《私記》經文正文之音義中也多有正字辭目出現。《私記》作者或示其古文，或揭示俗體爲何，正字如何書寫，或闡述某字從某旁，爲某部等從字形上加以辨析。池田証壽也指出《私記》具有辭書性質，如將相類似的漢字置於同一辭目或於次項作爲辭目列出；在同一辭目中列出異體字等。其中有相當一部分內容與《華嚴經》本文無關。〔註37〕這些成爲漢字俗字研究的极好資料，爲學界所珍視。這也是本書的重要內容，留待後章詳述。

　　以上所述單字辭目，主要出現在「經序音義」部分。儘管《慧苑音義》也同有「經序音義」內容，然卻未見收錄如「譯」、「製」、「胼」等常用詞辭目。《私記》畢竟只是當時華嚴學僧研讀《華嚴經》的筆記性著作，有些詞對慧苑這樣的大家來說，或許覺得不必詮釋，然對於奈良時代的日本僧人，仍屬需要音義之內容。而類似「《新譯花嚴經》所用異體字一覽」的 34 個正字辭目，也不見

〔註34〕實際上我們也可將此皆歸於「俗字」，因則天文字歸根到底也屬於俗字之一類。

〔註35〕有些正字實際上是當時的通用字，而並非眞正的「正字」。

〔註36〕藏中進《則天文字の研究》第 98 頁。東京：翰林書房。1995 年。

〔註37〕參考池田証壽《新譯華嚴經音義私記の性格》；載《國語國文研究》第 75 號。北海道大學國文學會。昭和 61 年（1986）3 月。

《慧苑音義》。這一部分基本上是參考大治本《新音義》，雖然有些字形並不相同，蓋爲二書作者所見《華嚴經》寫本不同。但無論如何，可以認爲：當時人們誦讀的《新譯華嚴經》中，這些俗字多見，故需集中收錄，以「一覽」形式呈現。

複音辭目：這一部分又主要包括雙音節辭目和多音節短語詞組、經句辭目。

1、雙音節辭目

《私記》所收錄辭目，以雙音節以上的複音詞居多。其中有單詞、複合詞、詞組等。小林芳規舉出「平坦」、「圖書」、「卻敵」、「聚落」、「遊行」等例，并認爲這些都反映了漢語合成詞的狀態，在日本漢語史研究上也深受矚目。〔註38〕梁曉虹曾對《私記》、《慧苑音義》和大治本《新音義》三種音義中的複音辭目做過統計：《私記》上下兩卷，共收錄雙音節辭目約842個，佔其總辭目的將近50%，比《慧苑音義》要高出許多。〔註39〕其中自卷一至卷十的雙音辭目就有：

光茂	一切	爲幹	枝條	扶踈	垂陰	欻暉	纓絡
嚴麗	萃影	堂榭	樓閣	皆砌	户牖	備體	瑩燭
髻中	逞暢	赫奕	須蝙	攉幹	迴曜	祐物	主稼
海潮	環髻	旋澓	器仗	花藥			

（以上經卷第一）

| 一毫 | 摧殄 | 舒光 | 曩世 | 精爽 | 誘誨 |
| （以上經卷第二） | | | | | |

| 滋榮 | 滌除 | 慰安 | 漂淪 | 畏塗 | 淪墜 | 网均 | 諸有 |
| 難辨 | 遊覽 | 克殄 | 曠劫 | | | | |

（以上經卷第三）

| 該覽 | 泉澗 | 霈澤 | 恬怡 | 祁倪 | 蠲除 | 攉幹 | 險詖 |
| 盲瞽 | 弥綸 | | | | | | |

（以上經卷第四）

〔註38〕參小林芳規《解題》。

〔註39〕梁曉虹《〈新譯大方廣佛華嚴經音義〉與〈新譯華嚴經音義私記〉之詞彙比較研究》；南山大學《アカデミア・文學語學編》第79號，2006年1月

塡飾	夷坦	光瑩	凝睟	遞發	炳然	閒錯	鈴鐸
門闡	洞啓	棟宇	氛越	樹岐	聳擢	弥覆	

（以上經卷第五）

華叢	普振	戶牖	階砌	花藥	正定	鬢髻	莊瑩
克證	興興	覺學	舉與	斯人			

（以上經卷第六）

旋摩	包納	歘發	示已	我曹	叵思	擾濁	廣博
旋環	三維	八隅	儼然	平脩	共美	區分	迫隘

（以上經卷第七）

昔於	諸有	流流	瑛映	徹徹	嚴麗	㫋檀	芬馥
四照	梵香	恚發	劃壞	平坦	階陛	楯欄	赫弈
暫停	城郭	四與	垣墻	繚繞	洄澓	越氫	聳幹
壇墠	娑婆						

（以上經卷第八）

慣習	寶堞

（以上經卷第九）

軌度	祁倪	水天	遞接	堅硬	醜陋	煎熬	迫隘
壇墠	海蜯	瑁疊	酸楚				

（以上經卷第十）

　　一共 141 個。其中有個別重複，如經卷第四和第十中「祁倪」，經卷第一和第六中的「階砌」等。也有一部分並非詞而是詞組類的，如「正定」、「難辦」、「共美」、「諸有」等；還有只是爲正字而收，如經卷第六的「興興、覺學、舉與」等；甚至有只能算是破詞的，如「示已」、「爲幹」、「昔於」等，但大部分可視之爲雙音詞，或正在凝固過程中的詞組，如「慣習」、「慰安」等。

　　而《慧苑音義》卷一至卷十音義的雙音結構辭目共 76 個，要比《私記》少將近一半。其中，有 45 個兩部音義相同，當然是《私記》抄自《慧苑音義》。有 31 個《慧苑音義》收錄而《私記》未收，其中包括「摩尼、㫋檀、羅睺、夜叉、尸棄」等雙音節音譯詞共有 10 個。

　　大治本《新音義》卷一至卷十音義共收錄辭目 59 個，其中雙音辭目有 53

個，比例高達近 90%。其中有 40 個與《私記》相同。而三種音義完全相同的雙音辭目只有 13 個。

由此，我們認爲《私記》的編撰者似乎比慧苑更加注意到了漢語雙音化的特色，並且盡可能在《私記》中來體現這一特色。而究其原因，其一，是因受其大治本《新音義》的影響，而大治本又是受《玄應音義》的影響。《玄應音義》收錄的辭目，以中國本土通用的古漢語詞彙爲主，由梵文音譯或意譯而產生的翻譯名詞（外來詞）爲次，〔註40〕從結構上看，自然多見雙音辭目。大治本《新音義》收錄辭目要少於《慧苑音義》和《私記》，然所釋辭目多爲雙音古漢語詞，此正類似《玄應音義》。而且還如日本學者所指出，大治本《新音義》的撰者並不僅參考了玄應對六十卷本《舊華嚴經》的音義，而是整體上受《玄應音義》的影響。《玄應音義》以釋複合詞爲主，並兼備單字音義的性質，從大治本《新音義》，我們正可認識到此點，故而可以認爲大治本《新音義》屬於《玄應音義》系統。〔註41〕

其二則是因爲《慧苑音義》過多地收錄多音節辭目，特別是多收了一些不固定的短語結構，在其後的《私記》就盡可能地避免了這一現象，其中很明顯的就是將其中的多音節短語結構辭目，或只取其中的雙音節詞，或截爲單字或雙音辭目，如：經卷第四，《慧苑音義》中的「霈澤清炎暑、恬怡最勝道、如盲瞽」三條，到《私記》中分別成爲「霈澤、恬怡、盲瞽」三個雙音詞，而這三個詞，與大治本同。《慧苑音義》經卷第七中的「三維及八隅」以及經卷第八中的「垣墻繚繞」，在《私記》中分別爲「三維」、「八隅」以及「垣墻」、「繚繞」雙音辭目。經卷第十一「樓櫓却敵皆悉崇麗」一條，《私記》中只取「樓櫓」。經卷第十三中的「曉悟群蒙」，《私記》則只留「曉悟」。「湍流競奔逝」，則分爲「湍流」（大治本有此條）、「競」與「奔逝」三條。「機關木人」，則只解釋「機關」。「如鑽燧」，取「鑽燧」（此條同大治本）。或者採取刪除不取的作法，例如卷上經卷第一中「妙音遐暢無處不及」、經卷第二「爲啓難思」、經卷第三「癡翳常蒙惑」、「一切智道靡不宣」、經卷第六「法界周流无不遍」以及「或覆或恨住」、經卷第二十三「入苦籠檻」、「衆苦大壑」、「五欲所致」、「志獨無侶」以及

〔註40〕陳士強《佛典精解》第 1004 頁。

〔註41〕參考小林芳規《新譯華嚴經音義私記解題》；三保忠夫《大治本新華嚴經音義の撰述と背景》。

「顧復一切眾生」等，在《私記》中均未收錄

雖然，從辭書學的角度看，不管是詞也好，詞組也好，只要有注釋價值的，辭書皆可收錄。辭書從問世起，其性質、作用就是幫助讀者理解，使用詞語，這一本質屬性也決定了語文辭書收詞的總原則。某些自由詞組如果顯然有其適用性，自然可以收錄。然而，不難看出，如果除去《私記》私人筆記的某些特徵，僅從辭書音義辭目來考察，與《慧苑音義》相較，《私記》似更為科學一些。

2、多音節短語詞組、經句辭目

除雙音詞以及詞組外，《私記》也收錄了一些短語詞組和經句作為辭目。短語詞組，如：經卷第八之「無央數」、「一切切」、「澄渥其下」、「香水澄停」、「如𣲷字之形」等。又如經第十五卷之「將歿者」、「生死俓」、「咸令順寂除」、「如雨山相打」等。

然而與《慧苑音義》相比，明顯為少。這是因為《慧苑音義》多收外來音譯詞，而外來詞三音節以上者佔相當比例。此外，短語性以及破詞性的辭目也比《慧苑音義》少。如兩種音義經卷第九的辭目均收得較少，慧苑只有 8 個，而《私記》只有 5 條。但是《慧苑音義》中 8 條中有 5 條為四字或五字的短語：「世界名尸利」、「狀如四洲」、「師子頻伸」、「世界名多羅」、「天城寶堞」，而這些大治本均未收錄。

另外，《私記》增加了部分《新譯華嚴經》中的經句作為辭目，有的甚至可以說是長句，如：

此積集寶香藏香水海右旋次有香水海（經卷第九）

以上之句就是截自《新譯華嚴經》第九卷〈華藏世界品第五之二〉，編撰者將此作為辭目，實際是為版本校勘的筆記。又如：

於彼常思已勝法者：古經云：思維正法不放逸。（經卷第十四）

以上辭目即截自《新譯華嚴經》第十四卷〈賢首品第十二之一〉中之七字長偈中一句「於彼常思已勝法」。

不隨世間流，亦不住法流者：古經云：亦不隨順世間流轉，亦

不受持正法流轉。私思言流轉者，云不生減意耶？（經第卅四卷）

以上辭目即截自《新譯華嚴經》卷四十四卷〈十忍品第二十九〉中經句「不隨

世間流，亦不住法流」。

以上二例中所謂「古經」即指舊譯《華嚴經》，釋文內容主要是新舊《華嚴經》之比較。且二者皆爲經句後綴以「者」字用作辭目，應爲古代注釋書用字特徵之一。〔註42〕

但有的經句卻稍有所改動，如：

五熱隨日轉牛狗鹿戒：可具百論並疎耳。（經卷第十四）

以上辭目在《新譯華嚴經》第十四卷〈賢首品第十二之一〉，本爲兩句偈語「或受五熱隨日轉，或持牛狗及鹿戒」之合併。

以上或許也能說明《私記》具有注釋書的性質，因其收錄辭目帶有更多的個人筆記色彩。〔註43〕

與《慧苑音義》這樣傳統音義相比較，《私記》收辭立目相對自由，除了前所言及一般語詞，經句以外，還增加了一些佛教名詞，如《經序音義》部分的「四念處」、「四正斷」、「四神足」、「五根」、「五力」、「七覺支」、「八聖道」等，釋文後又言「以上四念處等法爲卅七品也」。按此「卅七品」非《華嚴》之第卅七品，而是「卅七道品」，是指爲追求智慧，進入涅槃境界之三十七種修行方法，循此三十七法而修，即可次第趨於菩提，故又稱爲菩提分法。蓋作者認爲研讀《華嚴》之目的在於按此三十七道品之次第修行，以達解脫涅槃。

此外，《私記》在每一經卷卷首還增加了每一會的說明和新、舊譯《華嚴》卷、品內容的對比。新譯《華嚴》共九會三十九品，於《慧苑音義》中並無特別的說明，而《私記》卻在大治本《新音義》的基礎上，將《新譯華嚴經》中的每一會和品名亦作爲條目加以說明，只是大治本《新音義》統置於音義正文之後，而《私記》將其置於每一經卷卷首，或該品之下。而《私記》中於每一會前均有說明，或是內容的概括，或是與舊譯《華嚴》的對比。如：

新翻《華嚴經》一部有八十卷卅九品四万九千頌，千三百十八紙。初會六品：起初盡十一卷，謂：《世主妙嚴品》、《如來現相品》、《普賢三昧品》、《世界成就品》、《花藏世界品》、《毗盧舍那品》。右

〔註42〕參考池田証壽撰《新譯華嚴經音義私記の性格》。

〔註43〕梁曉虹：《〈新譯大方廣佛華嚴經音義〉與〈新譯華嚴經音義私記〉之詞彙比較研究》。南山大學《アカデミア文学・語学編》第七九號。2006年1月。

件六品中後五品者本名《盧舍那品》。（經卷一）

舊譯《華嚴經》一部有六十卷卅四品三万六千頌，千八十一紙：初會但有二品謂《世間淨眼品》、《盧舍那品》。（經卷第一）

新翻《華嚴經》卷第一：世主妙嚴品第一：盡第五卷舊經名「世間淨眼品」，言世主者，人天八部一切世界主，故下文云：「尒時諸菩薩及一切世間主」。舊經云：「尒時諸菩薩眾及一切世界諸王」（經卷第一）

《世界成就品》：第七卷半，舊經第三卷半，文有名无。尒時普賢菩薩告諸菩薩言：世界海有十種事，謂世界海起具囙緣等。（經卷第七）

經第八卷花藏世界品第五之一：第八、九、十亦如前品，文有名无。經云：「尒時普賢菩薩，乃至此花藏世界海，是毗盧舍那如來往昔淨修大願之所嚴淨」等。舊本第四卷初云：「佛子，當知此蓮花」。（經卷第八）

初品首云：「尒時世尊在摩竭提國，阿蘭若法菩提場中，始成正覺，於普光明殿坐蓮花藏師子之座。」舊經云：「佛在摩竭提國，寂滅道塲，初始得佛普光法堂，坐蓮花藏師子座上。」（經第十二卷）

而生於智慧：舊經云：「非從智慧生，亦非无智生」。（經第十九卷）

經云：「往詣無量諸佛國土，若見若於中於佛土心無所著」。若見若於中者可无字耳。舊經云：「往詣无量无邊不可說諸佛國土，見彼佛國心无所著。」（經第廿卷）

總的來說，《私記》的收辭立目，具有在《新譯華嚴經》這個有定範圍內的無定性。凡此經文所及，皆在選收之列，不受任何學科範疇的約束。這與《玄應音義》多收古漢語詞，《慧苑音義》多錄外來詞相比較，頗有不同。其收辭範圍遠超出一般漢語辭書，或者一般傳統音義的範圍，也突破了傳統音義辨音釋義特色限制，而是圍繞《新譯華嚴經》，凡是一般僧徒不明白的，要解釋的，皆在其範圍之內。這也是作者爲了幫助佛教徒及研讀佛經的人解疑釋惑的指導思想在收辭立目原則上的體現。然而，我們也不難發現，《私記》所錄辭目，甚至超過

了《華嚴經》的範圍。如以上所述正字部分。之所以會出現這樣的情況，主要還是因爲「私記」體式所造成。

（二）注音釋義，釋文體例

作爲「卷音義」，《私記》根據八十卷《華嚴經》卷數順序，把從本文中〔註44〕選出的單字、語詞、詞組、短語及經句列出，根據傳統音義體裁加以「辨音釋義」。主要有以下特色：

1、《私記》被認爲主要是在《慧苑音義》與大治本《新音義》（祖本）之基礎上撰著而成者，故其中有些釋文內容基本就是照抄二書。如與《慧苑音義》相比較：

> 瑩燭：瑩，烏定反。《廣雅》曰：瑩，摩也。謂摩拭珠玉使發光明也。《蒼頡》曰：燭，照也。言相照發光也。（《私記》經卷第一）

> 瑩燭：瑩，烏定切。《廣雅》曰：瑩，摩也。謂摩拭珠玉使發光明也。《蒼頡篇》曰：燭，照也。言相照發光。（《慧苑音義》卷一）

> 俻體：劉兆〈住〉〔注〕《儀禮》曰：俻，畢盡也。言盡體嚴之也。（《私記》經卷第一）

> 備體：劉兆注《儀禮》曰：備，畢盡也。言盡體嚴之。（《慧苑音義》卷一）

特別是《私記》從經卷七十二至經卷八十，與《慧苑音義》基本相同，可以看作是《慧苑音義》的又一抄本。

《私記》也有基本抄自大治本《新音義》的情況，如：

> **溗燈**：上又爲柒。且**熛**（**慄**〔註45〕）反。城池也。林也。木汁也。（《私記》經第廿五卷）

> 溗燈：又作柒字。且慄反。城池也。林也。木汁也。（大治本第廿五卷）

> 或**駈**上高山：与駈**驅**字同。去虞反。疾也。馬馳也。古文爲**毆**。（《私記》經第六十六卷）

或**半**上高山：上**馳**字同。去虞反。疾也。馬馳也。**牽**也。古文爲**駐**字。（大治本第六十六卷）

2、還有相當一部分釋文爲《慧苑音義》之縮寫，只是省略了出典。如：

緬惟：上，弥演反。思貌也。（《私記》經序）

緬惟：上，彌演切。賈逵注《國語》曰：緬，思貌也（《慧苑音義》卷一）

嚴麗：上，疰也。下，著也。（《私記》經第一卷）

嚴麗：王逸注《楚辭》曰：嚴，莊也。《小雅》曰：麗，著也。（《慧苑音義》卷一）

3、兩種音義皆參考。一般多先根據《慧苑音義》，但省略書證出典之名；接著再根據大治本《新音義》，其中的「一音義云」即與大治本《新音義》祖本相當。如：

廛：音義作**廛**字，除連反，謂市物邸舍也，謂停估客坊邪（邸）〔註46〕也。《尚書大傳》曰：八家爲鄰，三鄰爲明（朋）〔註47〕，三明爲里，五里爲邑，此虞憂（夏）〔註48〕之制也。又一音義作**廛**店。上除連反，謂城邑之居也。店又與怗〔註49〕同，都念反。（《私記》經第六十七卷）

廛店鄰里：廛，除連反。鄭注《禮》曰：廛謂市物舍也，謂停估客坊邸也。《尚書大傳》曰：八家爲鄰，三鄰爲朋，三朋爲里，五里爲邑，此虞夏之制也。廛字經本從厂作者謬也。（《慧苑音義》卷下）

廛店：上除東〔註50〕反。居也，謂城邑之居也。下又坫同，都念反。（大治本第六十七卷）

〔註46〕《私記》「邪」寫作「**邪**」，當爲「邸」字之訛，此條「邸舍」之「邸」寫作「**邘**」，《慧苑音義》作「邸」。

〔註47〕旁有訂正小字「**朋**」。字形漫漶，但可看得出，爲「朋」字。

〔註48〕旁有訂正小字「夏」。

〔註49〕「怗」應爲「坫」字之誤。

〔註50〕「東」應爲「連」字之誤。

案：《私記》此條以單音節「廛」爲辭目，釋文參考慧苑說。然後半部參考「又一音義」，即大治本《新音義》，釋「廛」、「店」二字。這種引用順序並無定規，也有先取大治本《新音義》，後用《慧苑音義》之例。如：

接我唇吻：接正可作哜字，與吶喉字同。子盍反。入口曰吶。

倭言須布，唇口也。吻，〔註51〕無粉反，謂唇兩角頭邊也。口左岐良。（《私記》經第六十八卷）

接我唇吻：上應作哜字，與吶㗫字同。子盍反，入口曰吶，倭言須布。（大治本第六十八卷）

大治本無「吻」字之註。故《私記》作者根據《慧苑音義》添加「吻，無粉反。《蒼頡篇》曰：吻謂唇兩角頭邊也」之釋。

　　4、與玄應、慧苑等人所撰音義相較，其最大差別，或最能體現《私記》內容特色的，就是此書中「和訓與和名鈔」。竺徹定早就曾經指出，《私記》因爲「注腳中往往附和訓與和名」，「所以名《私記》也」〔註52〕。用万葉假名標註和訓內容，是日本人早期撰寫佛經音義的重要標誌。儘管《私記》中有一部分和訓內容來自大治本《新音義》，然數量卻遠比後者要多。〔註53〕主要有以下形式：

（1）參考大治本《新音義》，用「倭言……」，如：

階墀軒檻：墀，除尼反。（略）又云塗地也。倭言尔波弥多。……

（《私記》經第六十卷）

案：此即參考大治本《新音義》「墀」之和訓「倭言尔波弥知」。

《私記》作者也多將「倭言……」形式改成「倭云」或簡爲「言」等。如：

皆砌：上，古諧反。道也。上，進也，陛也。下，千計反。限也。倭云石太太美。（經第一卷）

堂榭：下，辭夜反。堂上起屋也。倭云于天那。（經第一卷）

〔註51〕「吻」字大寫，另外標出。《私記》常有如此大小寫混淆之處。岡田希雄在其《解說》中早就指出。

〔註52〕見小川本竺徹定之「跋」。

〔註53〕大治本《新音義》共有和訓「十四項二十語」。《私記》有一百六十三條。岡田希雄宥有《新譯華嚴經音義私記倭訓攷》長文，詳密考證二書之和訓內容，可參考。

案：以上《私記》亦參考大治本《新音義》，只是將其「倭言」改成「倭云」。
又如：

　　　　寬宥心：……下禹究反，寬也，過也，遺忘也。言由留須。（經
　　第二十八卷）

案：大治本此條爲「寬宥」，「宥」字音義與《私記》全同，只是和訓處作「倭
言」。

　　　大治本中十四項二十語和訓，皆用「倭言……」形式來表示。和訓用「倭
言……」形式，還可從元興寺信行所撰《大般若經音義》（石山寺本）中見到，
故此蓋爲奈良時代音義和訓常用表現方式之一。

　　　（2）因爲《私記》和訓內容遠多於大治本《新音義》，故大部分都有其獨
自的表示方法。如用「音……（川）訓……」形式〔註54〕。

　　　　筆削：下音刪去也。刪，音讚，訓〔註55〕波夫久。筆謂增益也。
　　（經序）

　　　　摧殄：音最，川久太久。下徒典反，病也，盡也，滅也。（經
　　第一卷）

　　　　雨滴：下音敵，川水粒也。（經第十三卷）

　　　　市肆：上又作巿。巿音之，訓〔註56〕伊知肆，陳也。上音四，
　　訓伊知久良，謂陳貨粥髙〔註57〕物也。鬻（經第六十三卷）

他如，部分注文中漢字順序用日語語順標記。如：

　　　　盲瞽：下公戶反，无目云，又云……（經第四卷）

　　　另外，《私記》還出現「合（二合）」、「又」、「或」等用語。「合（二合）」
表示其所出二字辭目爲合成詞，「合（二合）」之後表示其義。如：

　　　　平坦：合平也。（經第八卷）

〔註54〕參考小林芳規《解題》。《私記》中的「訓」皆作「川」，故也可寫作「音……川」。
〔註55〕此字原寫作「川」，後有人在「川」字左加一「言」旁，與原字組成「訓」字。
〔註56〕此處原本亦爲「川」，後左加一「言」旁而成「訓」。
〔註57〕「粥髙」應爲一字，即「鬻」之俗字，但書手誤將一字分寫成二字。

　　　　圖書：上音豆，訓二合文句〔註58〕也。（經第卅六卷）

「又」字則爲《私記》先後引用大治本《新音義》和《慧苑音義》時所用連詞。
如：

　　　　竄匿：上，出玩反。匿也。又逃藏也。匿，隱也。（經第十五卷）

　　　　竄匿：上，出玩反。竄匿也。（大治本《新音義》第十五卷）

　　　　竄匿：竄，麁亂反。《玉篇》曰：竄，逃藏也。《廣雅》曰：匿，

　　隱。（《慧苑音義》卷十五）

以上先引大治本《新音義》，然後用連詞「又」引出《慧苑音義》。有時用「又
云……」亦同。當然也有先引《慧苑音義》，再用「又」等引出大治本《新音義》
的情形。不贅舉。

　　有時也有用連詞「或」表示代替同一引用中的另一出典。如：

　　　　年齒：齒，列也，謂與己同行列也。或云齒，數也，年壽之數
　　也。（經第廿六卷）

　　　　年齒：杜注《左傳》曰：齒，列也，謂與己同行列也。司馬彪
　　注《莊子》曰：齒，數也，謂年壽之數也。

以上「或」實際代替慧苑所舉另一出典「司馬彪注《莊子》曰」。〔註59〕此蓋因
《私記》體例以不舉出典爲主之故。

　　5、《私記》中有一部分詞條只立辭目而無釋文或釋文不完整。如：「生貴
天子」、「曲躬」、「阿脩羅手」、「閻浮提樹」、「侍側」、「疲倦」等四十餘條皆
只有辭目，而無釋文。而「與」、「不可轉法」、「門闥」等條釋文又只有開頭，
並不完整。

　　實際上，岡田希雄也早已在其《解說》指出此點，并將其與其他訛誤〔註60〕
歸置一起，認爲主要是此本（小川家藏本）之書寫者學識不夠所緻。然因無祖
本與其他寫本相校核，實難以判定是否一定是抄者之誤。

〔註58〕小川本中「句」字作「⿰口𠃌」，頗爲難辨。此從小林芳規，認作「句」字。

〔註59〕以上部分主要參考小林芳規《解題》。

〔註60〕共列有七類，實際上有十幾種錯誤。

（三）《私記》與《慧苑音義》、大治本《新音義》之關係

關於《私記》的體例與內容，我們還可以通過其與《慧苑音義》和大治本《新音義》的比較而了解更多。前已有述，《私記》是在《慧苑音義》與大治本《新音義》（祖本）之基礎上，又參考其他文字音韻訓詁資料撰著而成的，故基本材料來源爲《慧苑音義》與大治本《新音義》。除此，還參考了《玄應音義》、《玉篇》以及其他資料。清水史曾撰有《小川本新譯華嚴經音義私記音注攷──その資料的分析と整理（一）》一文，從《私記》音注的出典考證：《慧苑音義》佔 49%；大治本《新音義》佔 19%；《玄應音義》佔 3%；《玉篇》佔 9%；其他佔 20%。〔註61〕所以，池田證壽認爲《慧苑音義》和大治本《新音義》是《私記》的中心資料，而《玄應音義》和《玉篇》等可被視爲二次性資料。〔註62〕以下我們對《私記》以及被認爲是其「中心資料」的《慧苑音義》、大治本《新音義》之關係加以簡單論述。關於此點，日本學者已有很多研究成果。〔註63〕另外，苗昱的博士論文第二章《〈華嚴音義〉的版本》第二節《古寫本〈華嚴音義〉》也多有論述。我們參考諸說，加以簡述。

1、《私記》與《慧苑音義》之關係

《慧苑音義》是《私記》最重要之參考資料，故這兩種音義之間關係最爲密切。

我們先從收錄辭目數量看，《慧苑音義》約有 1270 條，《私記》約 1740 條，〔註64〕比《慧苑音義》多出約近 500 條，然《私記》中多有錄出辭目，卻無註釋之現象。其中《慧苑音義》所見辭目，《私記》不收者有約 180 條。〔註65〕故

〔註61〕《野州國文學》21 號，昭和 53 年（1978）3 月。

〔註62〕池田証寿《〈新譯華嚴經音義私記〉について──先行音義との關係──》。《北大國語學講座二十周年記念──論緝・辭書・音義》。汲古書院，昭和 63（1988）年。

〔註63〕除岡田希雄、小林芳規等學者以外，還多有研究。如池田證壽專門有《新譯華嚴經音義私記について──先行音義との關係──》，對《私記》與《慧苑音義》與大治本《新音義》之關係有較爲全面的考察。可參考。

〔註64〕此從岡田希雄說。筆者也曾統計過，與此稍有差異。見拙文《〈新譯大方廣佛華嚴經音義〉與〈新譯華嚴經音義私記〉之詞彙比較研究》。又池田証寿《〈新譯華嚴經音義私記〉について──先行音義との關係──》一文有準確統計，可參考。

〔註65〕此從岡田希雄說。池田証寿統計爲 195 條。

儘管二音義辭目收錄有相當差異，但大部分辭目爲二音義所共有。前已提及，其中特別是經卷七十二卷至經卷八十，則幾乎爲《私記》照抄《慧苑音義》，故辭目完全相同。前者只有一條「阿閦如來」爲《私記》獨自所錄辭目，但卻無注。〔註66〕

岡田希雄《解說》還考察了二音義共同所錄詞目釋語之同異。分三種：（1）完全一致，或幾乎相同（其中含有《慧苑音義》釋語以外，《私記》著者所補之注文）者。如《經序音義》中的「造化權輿」、「龜龍繫象」、「人文」、「萬千八歲」、「同臨有截之區」、「七十二君」、「家纏五蓋」、「鷲巖西峙」等。此中多有《私記》著者所加之補記，如經卷十五有「須臾」條，二音義釋語相同（不過《私記》有誤脫），然《私記》緊接此條後還收有「臘」，并引《史記》、顧野王《玉篇》、《禮記》等書證釋文共 49 字。而此條慧苑未收。實際上，「臘」本爲「須臾」釋語中字，《私記》著者順帶爲其加以詮釋。故「臘」字本應小寫爲妥，蓋爲看得清楚而寫成了大字。（2）引用書名以外，完全一致，或幾乎相同（此中亦含《私記》著者所補之注文）者。《私記》作者引用慧苑釋語時，多省略所引書名。當然，也有舉出書名者，尤其是經卷七十二以降，因完全照抄《慧苑音義》，故書名全錄。另外，還有一條釋語中，慧苑引多種書證材料時，《私記》作者或省略，或舉出，或整理引文，或補充資料之現象，但其中多有誤脫。（3）部分一致者（即《私記》引用部分慧苑之說解，其中當然包含作者補記）。此類大體或引註首，或採註尾，或用註中，當然也伴有作者之補記。一般說來，註文起首內容比較重要，故釋語較長，《私記》多引註首而省略其下內容。

《私記》中還出現有「音義」、「唐音義」以及「一音義」之名。岡田希雄一一作過考察，其結論爲：用「音義」時，有慧苑引《漢書音義》加以詮釋，而《私記》略爲「音義」者，如經卷五之「如川鶩」條。也有難以判明「音義」爲何者，如經卷三十五「三界焚如苦無量」條中的兩處「音義」。還有爲《慧苑音義》之省，此經校核《慧苑音義》，即可明瞭。而其中多處「唐音義」就是指《慧苑音義》，例不贅。岡田希雄也根據此點認爲可判定《私記》作者爲日本人。另外「一音義」則多指大治本《新音義》之祖本。

〔註66〕池田証壽《〈新譯華嚴經音義私記〉について——先行音義との關係——》。

2、《私記》與大治本《新音義》之關係

《私記》與大治本《新音義》（祖本）作爲八十卷《新譯華嚴經》之音義，同出自日本僧人之手，又皆爲奈良末期所作，而且《私記》還將大治本《新音義》作爲重要參考資料，故二音義之間關係頗爲密切，然也有很大差異。

我們也先從收錄辭目數量看，兩種音義在辭目收錄上有較大出入。大治本《新音義》除《經序音義》中的則天文字以及「十住」、「十地」等品名以及末尾四條外，共計 307 條，遠少於《慧苑音義》和《私記》。然這 307 條中，與《私記》所同者有 277 條。〔註67〕岡田希雄也考察了二音義所同錄辭目釋語之同異。分三種：（1）釋語完全不同者。如《經序音義》中的「天冊」條。《私記》此條根據《慧苑音義》稍有省略，故而不同。（2）完全一致，或幾乎相同者。如經卷二十七的「鬢額」，二音義釋語完全相同，只是《私記》注「額」字音「雅格」，漏了「反」字。而此條不見《慧苑音義》。其中也有和訓一致之處。如經卷二十八《私記》釋「寬宥心」，大治本《新音義》爲「寬宥」，同用「由留須」。岡田希雄統計，大治本《新音義》中有十四條和訓內容，其中七條與《私記》相同。另外，還有部分一致之例，如經卷五之「鈴鐸」。總之，《私記》與大治本《新音義》之釋語完全相同，或幾乎一致，即使沒有那麼一致，但達到被承認兩者之間有關程度者有 97 例。除此，《私記》還有在一條釋語中既參考大治本《新音義》，也引用《慧苑音義》之現象。岡田希雄統計，《私記》之注文與大治本《新音義》及《慧苑音義》一致，或者部分一致者共 64 例。如此，加之前所述 97 例，約有 150 條左右與大治本《新音義》有關。此數字約佔大治本《新音義》辭目總數（307）之半。而從《私記》與大治本《新音義》所同錄辭目數（277）看，也已遠過半數。故《私記》作者已經在很大程度上參考了大治本《新音義》。

至於《私記》中出現的「一音義」之名，即指大治本《新音義》之祖本。然而也還存在不同情況：（1）「一音義」與大治本《新音義》相同。儘管多少有異，然可認爲是與大治本《新音義》同屬一類之音義。（2）「一音義」非大治本《新音義》祖本。亦可認爲是被二音義所採用之祖本。《私記》引用了此音義，而大治本《新音義》祖本亦據此音義而成。（3）大治本《新音義》實際上雜抄自《私記》，並根據其他材料增補而成。三種皆爲想象之結果，難以確定，然從

〔註67〕根據岡田希雄說。

《私記》與大治本《新音義》釋文之引書考察，（3）應該不成立。另外，岡田也根據《私記》在釋義中多稱《慧苑音義》爲「唐音義」，而單稱大治本《新音義》祖本爲「一音義」，認爲大治本《新音義》祖本之著者應爲日本人。

《慧苑音義》與大治本《新音義》同爲《私記》之重要來源，有時一條中又同用二音義作爲資料，情況頗爲複雜，然小林芳規在其《解題》中曾舉「所儔」一例（經卷二十）來說明《私記》與《慧苑音義》、大治本《新音義》之間的關係，現轉錄於下：

> 所儔：ⓐ「マ直由反類也」一音義云ⓑ「又作𪉲字同到反韛也
> 依也此義當經故經文云善又用疇字直流反類也等也二人爲匹四人爲
> 疇是也又耕治田也」ⓒ「耕音常川（訓）田反」〔註68〕（《私記》）

此條慧苑亦收，然爲三字辭目。安元本《慧苑音義》〔註69〕作：

> 麾所儔：傳（儔）直曰（由）反珠‧（叢）曰府（傳）玉篇曰傳
> （儔）癡（類）也。〔註70〕

大治本《新音義》辭目與《私記》同。釋語爲：

> 所儔ⓓ「又作𪉲字」或ⓔ「用疇字直流反類也等也文（二人）
> 爲匹四人爲疇是也亦耕田治也」ⓕ「𪉲音同到反翳也韛也依也此義
> 當經故經文云善」知一切摩所儔

三本加以比較，可發現《私記》之ⓐ與《慧苑音義》一致，只是略去後者之出典。而《私記》之ⓑ則與大治本《新音義》之ⓓⓕⓔ順相當。但缺大治本之「翳也」。至於《私記》之ⓒ「音……川（訓）」則不見二本。〔註71〕

根據此條，可以認爲《私記》若同時引用《慧苑音義》與大治本《新音義》時，基本順序爲：先根據《慧苑音義》，但省略書證出典之名；接著再根據大治本《新音義》的祖本，其中的「一音義云」即與大治本《新音義》的祖本相當。

〔註68〕原本用雙行小字豎寫。

〔註69〕小林芳規指出：古寫本《新譯華嚴經音義》卷上有安元元年（1175）寫本，卷下有應保二年（1162）寫本。此可視爲《私記》之參考本。

〔註70〕根據小林芳規旁注：（ ）之旁記乃根據甲本所作的校訂。乙本「反」作「切」，他同。

〔註71〕此前已敍述，乃《私記》獨自的註釋方式。

另外，還有既不根據《慧苑音義》，也不根據大治本《新音義》祖本的加筆注文，
如冠之以「音……訓……」、「倭言」、「倭云」等的內容。這些加筆與和訓內容，
全卷隨處可見。當然，這種引用之順序並不一定，也有先取大治本《新音義》，
後用《慧苑音義》之例。而且只依據其中之一部音義之例亦多見。情況複雜，
難以概定。

實際上，要考察這三部音義之間的關係，可從多方面進行。梁曉虹曾對
《慧苑音義》與《私記》之詞彙進行過比較研究，〔註72〕發現二者在選辭立
目上有較大差異，如《慧苑音義》多收外來詞，而《私記》則有多收漢語雙
音複合詞並兼備單字音義之特色，這正是因其受大治本《新音義》之影響。
而大治本《新音義》又是受了《玄應音義》的影響。《玄應音義》收錄辭目，
以中國本土通用的古漢語詞彙為主，由梵文音譯或意譯而產生的翻譯名詞（外
來詞）為次，〔註73〕故有釋複合詞為主，並兼備單字音義之性質。

另外，我們也曾專門從俗字的角度，對《私記》與大治本《新音義》進行
過比較研究，〔註74〕認為二音義祖本之撰作時間，大治本《新音義》祖本當於
前，《私記》在後。但作為寫本，卻正好相反，小川家藏本在前，大治本在後。
故《私記》更能體現漢字古風。如《私記》中有「日日同書」，呈「唐人古意」
之現象，〔註75〕然此卻不見於大治本《新音義》。又如《經序音義》34 個正字
辭目中，「眞」字，大治本作「真」，《私記》作「真」，明顯是避諱字。而大治
本之「華」與《私記》之「華」，藏中進認為兩字皆為「華」字欠末筆，也是
避諱字，但我們認為大治本之「華」似並不欠末筆，只是末筆未寫到底而已。
但《私記》之「華」倒是眞正少最後一筆。而且，雖然《私記》參考了大治本
《新音義》祖本，將《經序音義》中的 34 個正字辭目一併收錄，然字形也頗有
差異，特別是則天文字。另外，雖然作為寫本，大治本時間在後，但從整體來
看，此本中因訛寫而成的俗字較小川家藏本更多些。〔註76〕這可能是因輾轉抄

〔註72〕梁曉虹《〈新譯大方廣佛華嚴經音義〉與〈新譯華嚴經音義私記〉之詞彙比較研究》。

〔註73〕陳士強《佛典精解》第 1004 頁。

〔註74〕梁曉虹·陳五雲·徐時儀《〈新華嚴經音義〉與〈新譯華嚴經音義私記〉之俗字比
　　　　較研究》，南山大學《アカデミア文学・語學編》第八八號，2010 年 6 月

〔註75〕見《私記》竺徹定之跋。

〔註76〕我們僅就二本同錄辭目為基準比較而言。實際上，因二本容量相差甚大，岡田希

寫所綴。俗字是本書的主要內容，故我們將於後章加以詳述。

最後，我們參考岡田希雄在其《解說》和《新譯華嚴經音義私記倭訓攷》中對《私記》與當時所傳音義的關係加以表格化，將會很清楚：

《玄應音義》卷一《華嚴經音義》→《新華經音義》→《新譯華嚴經音義私記》

《慧苑音義》↗

三、學術價值

小川家藏本《私記》在日本被視為國寶之一。不僅因為其撰著與抄寫時間久遠，且為舉世「孤本」，還因為其具有很高的資料價值，早就引起學術界的關注，日本學者對其非常重視，從各個不同角度對其進行研究，所得成果頗豐。主要體現於以下方面：

（一）作為日本國語史研究的重要資料

《私記》產生的年代，儘管漢字已經從中國和朝鮮半島傳入日本，但日本文字的重要組成部分的「假名」書寫系統尚未正式產生。〔註77〕然而在漢字文化的觸發下，日語發展的歷史已經拉開序幕。最為突出的就是，源自《萬葉集》，被稱為「萬葉假名」的表音系統已經產生。作為本用一套指定的漢字，純粹假借其發音來表記日文詩歌的万葉假名，至奈良時代已不僅只用於為詩歌標音，而成為一種借用漢字的音讀與訓讀來標記古代日語音節的文字。奈良時代，日僧興起撰著音義之風，而用万葉假名標註和訓內容，也就成為早期日僧撰寫佛經音義的重要標誌。根據三保忠夫等學者的研究，當時的平備、行信與法進等學僧所撰寫之音義應該就存有和訓內容。〔註78〕儘管這些音義現已不存，無從查考，然而現存的石山寺本《大般若經音義》（中卷）注文之後，間有万葉假名之注，〔註79〕而大治本《新音義》中也有作為「倭言」万葉假名的和訓十四項二十語，然而現存佛經音義中所含和訓內容最多者莫過於《私記》，故已成為日本奈良時期語言研究的重要資料。我們簡舉以下二例：

雄也早就指出《私記》中也有不少錯字、訛字、脫字等訛誤現象。

〔註77〕眾所周知，日語文字由漢字與假名兩套符號組成，混合使用。

〔註78〕參考三保忠夫《元興寺信行撰述の音義》與《大治本新華嚴經音義の撰述と背景》。

〔註79〕共十二項十三語。

　　例一：《經序音義》中有「苞括」條，不見《慧苑音義》與大治本《新音義》。
《私記》主要參考《玉篇》等資料釋「苞」字，然「裛又褁同，倭言都都牟」
之和訓，卻應爲《私記》作者所加。「倭言都都牟」，根據岡田《倭訓攷》，假名
作「ツツム」。「裛」與「褁」皆當爲「裏」之俗字。「裏」字訓「ツツム」，《萬
葉集》中並不少見。〔註80〕

　　例二：《私記・經第十七卷》中有「喉吻」條釋曰：「下，无粉反。口邊
也，脣兩邊也。上音吳〔註81〕，訓乃美土。」「乃美土」即爲和訓，據岡田《倭
訓攷》，假名作「ノミド」。「ノミド」爲「のど（喉）」之古語。《国語大辞典》、
《広辞苑》等辭書「のみ－ど【喉・咽】」條下書證資料，正用《私記》此例。
實際上，我們在整理《私記》時，已經發現其和訓內容多被《国語大辞典》
等大型辭書作爲書證資料，有一部分還是作爲最早出典而使用，可見其在日
語國語史研究中的地位。

（二）作為漢語音韻研究的珍貴資料

　　李無未指出：日本漢語音韻學研究，經 1200 年左右的時間已經形成了獨
有的學術傳統。其重要特點是從訓釋漢字讀音入手，從而展開一系列學術研
究，賦予了漢語音韻學以日本「漢字音」的豐富內涵，「漢字音」成爲漢語音
韻學研究的重心所在。日本漢字發展與漢語語音變化有著十分密切的關係，
有的是同步的，有的不是同步的，這就需要人們不斷加以深入認識。日本漢
字音研究與中國漢語音韻學研究的結合，使得日本漢語音韻學研究具有了無
限的生命力，反過來說，又豐富了漢語音韻學的內涵。〔註82〕而日本漢語音
韻學的研究資料也非常豐富，異彩紛呈，其中音義書是極爲重要的一種，特
別是日本僧人所撰述的音義以及具有「和風化」，即早期日本僧人在中國傳來
音義基礎上加工而成者。現存多種奈良、平安時代古寫本音義書，是古代日
本學者對漢字音研究的直接成果，爲後人考訂日本漢字音系統提供了第一手
資料。

〔註80〕參考岡田希雄《倭訓攷》。

〔註81〕「吳」是「喉」字日語音讀，二字吳音同爲「グ」。

〔註82〕李無未《日本傳統漢語音韻學研究的特點》；載《廈門大學學報》第六期，2007 年
　　　　11 月。

　　《私記》作爲現存最早的音義書，又出自日僧之手，除參考《慧苑音義》、大治本《新音義》祖本以及梁・顧野王《玉篇》、唐・釋玄應的《眾經音義》外，其中還有相當部分屬於撰者所添加的自己的注文。這些注文標有和訓與和音，且爲數不少。這些和訓內容以及音注資料，已引起日本學者的極大關注，有如岡田希雄、龜井孝、由坂秀世、吉田金彥、鈴木眞喜男、白藤禮幸、小倉肇、清水史等多位學者先後對其和訓、反切、直音注、同音注、字音注等進行過整理分析，考證研究，指出《私記》在古代日語音韻研究，漢語音韻研究上具有重要價值。其音注的實際狀態在日本漢字音史所起到的作用，將是今後研究的重大課題，其中還有很多個別問值得討論。〔註83〕有部分內容還可以作爲考察中國漢字音和國語（日語）漢字音的接觸點，〔註84〕有助於對日本漢字音和漢語音韻展開進一步深入研究。

　　這些成果都對漢、日兩種歷史語言研究具有極大的參考作用。〔註85〕

（三）作爲漢字研究的寶貴資料

　　作爲漢字研究的珍貴資料，亦深受矚目。早年岡井愼吾博士的《日本漢字學》〔註86〕就將《私記》與《四分律音義》列爲「上世篇」的重要材料之一。此爲本書主要內容，故我們將於後專門論述。在此，我們僅將小川本《私記》所附幾位日中學者的跋語列出，即可了然。

> 音義與宋元諸本不同，有則天新字廿五，又法作泬，染作
> 添，寂作宋，徑作侄可以證古文字矣。金石文字考云：唐人
> 日曰二字同一書法，宋以後始以方爲曰、長者爲日，而古意失矣。
> （竺徹定）

徹定主要從「則天文字」、俗字字形、「日曰同書」三方面論述此本與宋元本有明顯不同，確爲千年前之物。

> 梵（𡮉）夾筆法絕肖歐陽蘭臺道因碑。字體結構又頗似北朝，

〔註83〕清水史也有《小川本新譯華嚴經音義私記音注攷──その資料的分析と整理──》。

〔註84〕白藤禮幸有《上代文獻に見える字音注について（四）──〈新譯華嚴經音義私記〉の場合──》。

〔註85〕具體敬請參閱本書附錄「主要參考文獻」。

〔註86〕東京明治書院。初版於昭和九年（1934）9月。昭和十年（1935）十月再版。

多從北魏所造（所）之別體。與公所藏魏陶仵虎《菩薩處胎經》宛
然大同。又有武后所製字，必出於唐寫本也。披覽之下，但覺字裏
行間，古氣道上，清跋無前。海邦寫經生能用力如是，想見其篤學
攻苦，研成臼，筆成冢，池水盡黑，神哉書乎！（金邠）

　　北朝造別體字一千有餘，皆破漢魏以來之法，而增損移易爲之，
亦濫觴於漢分書也。當時盛行，故碑板之傳於今者皆一同；至隋而
衰，至唐而盡。以太宗好右軍書故也。故唐寫經無北朝別體而日本
則仍沿舊式，源流可考見云。（金邠）

金邠之二跋，皆強調《私記》中字體結構「頗似北朝」，「多從北魏所造（所）
之別體」，指出其中俗字甚夥。特別是因爲唐太宗好「右軍書故」，唐寫經中不
見北朝別體字蹤影，然《私記》中卻多見，故可考見其源流。這些都成爲我們
研究漢字俗字的重要內容。

　　古寫本《華嚴經音義》二卷，書迹古健，千年前物也。中多
引古字書，而間載倭名，知爲彼土學者所作，非慧苑著也。與湖
南〔註87〕皆以爲驚人祕笈（羅振玉）

此乃羅振玉將小川本《私記》借回中國在墨緣堂影印出版時所寫跋語，其中根
據「書跡古健」而判斷其爲「千年前物」。另外還指出「中多引古字書而間載倭
名」。被兩位大師認爲是「驚人祕笈」的重要原因，正是因爲此書之文字。

　　除以上，其他如作爲古籍整理研究的資料，也很重要。小川本《私記》後
有清朝文人金邠之跋：

　　此書與玄應《眾經音義》，近世極重之。以其不僅解釋經，而中
所引多古書之亡佚。並世傳刻本之誤謬，皆可資博覽考証。惜其沉
薶釋藏，讀者無人，而多聞者不知，未嘗不嘅歎也。

此語不過。儘管《私記》的主要參考資料（約50%），是《慧苑音義》，然還有
如大治本《新音義》、《玄應音義》、《玉篇》、《切韻》等。日本學者在研究其音
注時就已與以上資料相比勘，得出了結論。其中出處未詳部分，尤其重要。我

〔註87〕內藤湖南（ないとう　こなん，1866〜1934），日本著名歷史學家。深受中國乾嘉
　　　樸學影響，一生致力於歷史學研究，並旁及其他學科，學問淵博，世所罕見。

們特別要指出，近年來有學者將其與《玉篇》相聯繫而展開研究，成果亦不菲。
〔註88〕

　　總之，《私記》作爲奈良時代華嚴學僧爲《新譯華嚴經》所撰之卷音義，充
分體現了早期日本佛經音義的特色：主要參考從中國所傳來的音義，或刪削，
或補充，並添加和訓，且逐漸增加，和風化逐漸濃鬱。現存小川本《私記》中
有很多錯誤，有些是明顯的訛字、脫字、衍字，〔註89〕可認作是書寫所緻，但
有些也實難以判斷。因小川家藏本乃舉世「孤本」，且爲奈良時代所寫，故無論
如何，反映了當時東大寺僧人研究華嚴經典的實貌，作爲研究資料，甚爲珍貴。
〔註90〕

〔註88〕如井野口孝《新譯華嚴經音義私記の訓詁——原本係〈玉篇〉の利用——》；大
　　　　阪市立大學《文學史研究》第 15 號，昭和 49 年（1974）。《〈新譯華嚴經音義私
　　　　記〉所引〈玉篇〉佚文（資料）》；《愛知大學國文學》24・25 號，昭和 60 年（1985）。
〔註89〕請參考岡田希雄《解説》。
〔註90〕此本已於昭和六年（1931）被指定爲日本國寶。

中　編
《新譯華嚴經音義私記》俗字研究篇

　　小川家藏本《私記》作爲日本現存最古之寫本佛經音義，且爲「孤本」，被奉爲「國寶」，其資料價值與研究價值已毋庸置言，本書第二章中「學術價值」部分已作簡單論述。特別是在「作爲漢字研究資料」的內容中，我們引用竺徹定、羅振玉、金邠等先賢之語，對《私記》作爲漢字研究，特別是俗字研究之價值作了肯定。另外，近年來日中學者對《私記》作爲漢字研究資料也逐漸重視。但總的來說，至今所有研究，或爲舉例性質，或是就某一方面所作的探研，並未全面展開，深入進行。故而，我們想從俗字研究的角度出發，對《私記》中的俗字展開詳密探討，進行深入挖掘，以眞正揭示《私記》在漢字研究史上的重要歷史地位。

　　關於俗字的定義，至今學界尙未有統一意見。蔣禮鴻先生在《中國俗文字學研究導言》[註1]中指出：

　　　　俗字者，就是不合六書條例的（這是以前大多數學者的觀點，
　　　實際上俗字中也有很多是依據六書原則的），大多是在平民中日常使
　　　用的，被認爲不合法、不合規範的文字。應該注意的，是「正字」

〔註1〕 蔣禮鴻：《中國俗文字學研究導言》；《杭州大學學報》，1959 年第 3 期。

的規範既立，俗字的界限纔能確定。

郭在貽先生在《俗字研究與古籍整理》一文中也指出：

> 所謂俗字，是相對於正字而言的，正字是得到官方認可的字體，俗字則是在民間流行的通俗字體。關於正字和俗字，唐朝的顏元孫曾作過如下表述：「所謂俗者，例皆淺近，唯藉帳、文案、券契、藥方非涉雅言，用亦無爽。儻能改革，善莫能加。所謂通者，相承久遠，可以施表奏、牋啓、尺牘、判狀，固免詆訶。所謂正者，並有憑據，可以施著述、文章、對策、碑碣，將爲允當。」在這段話中，顏元孫闡明了正字、俗字以及通用字的特點及使用範圍。他認爲俗字是不登大雅之堂的一種淺近字體。他所謂的「通者」，其實也是俗字，只不過它的施用範圍更大一些，流沿的時間也更長一些。換句話說，顏元孫所謂的「通者」，就是承用已久的俗字。〔註2〕

張湧泉指出：

> 凡是區別於正字的異體字，都可以認爲是俗字。俗字可以是簡化字，也可以是繁化字；可以是後起字，也可以是古體字。正俗的界限隨著時代的變化而不斷變化。〔註3〕

日本漢字學界對漢字的「正」、「俗」解釋也有所不同。如《漢字百科大事典》〔註4〕中對「俗字」的定義基本與上所舉中國學者相同，這是承用了顏元孫《干祿字書》之說。然日本與韓國當今漢字學界似更多稱「異體字」。何華珍指出：「異體字」這一術語，由江戶時期中根元圭〔註5〕在其《異體字辨》中首創，隨後廣而用之。而杉本つとむ《異體字研究資料集成》〔註6〕惶惶20巨冊，集日中俗字研究資料之大成。首卷所附「異體字とは何か」一文，闡述了「異體

〔註2〕 參見郭在貽《郭在貽語言文學論叢》第265頁。浙江古籍出版社，1992年。

〔註3〕 參考張湧泉《漢語俗字研究》第5頁。岳麓書社，1995年。

〔註4〕 左藤喜代治等編集《漢字百科大事典》第27頁。明治書院，平成八年（1996）。

〔註5〕 中根元圭（なかね げんけい：1662～733），名璋，江戶中期數學家和天文曆學家，並精於漢學、音樂等。著有《新撰古曆便覽》、《三正俗解》、《授時曆図解發揮》、《律原發揮》、《異體字辨》等，並譯有《曆算全書》。

〔註6〕 杉本つとむ《異體字研究資料集成》第一期（全十二冊）；雄山閣，昭和五十年（1975）；《異體字研究資料集成》第二期（全八冊）；雄山閣，平成七年（1995）。

字」之出典、定義、性質、範圍，以及日中「異體字」關係、日本「異體字」發展概略，等等。日本「異體字」範圍，既包括顏元孫所指「俗體字」、「通體字」，也包括了「假名」、「省文」、「訛字」、「借字」、「國字」等，與我國學界所論「俗字」範圍大致相當。〔註7〕

事實上還有許多人願意分別出「異體字」跟「異寫字」兩個類別，但這樣的區分實際意義不大。「異寫」是從書寫者的個人風格作出的描寫性術語，而「異體」是從文字呈現的靜態現象提出的術語。從本質上並無區別。而「俗字」的概念，是與「正體」或「正字」相對的。而在實際使用中，借字、訛字都是同樣記錄語詞的符號，也是事實上的「異體字」。所以韓國學者也多稱「異體字」，如李圭甲主編的《高麗大藏經異體字字典》徑以「異體字」稱之。

綜合以上諸說，我們採用「俗字」一名，是爲盡可能總合中日韓學者之觀點。因爲以上所言及諸種皆由文字使用造成，爲與習慣所稱「正字」相別，我們以「俗字」概括這樣的用字現象。而且，我們認爲，所謂「正字」是由「俗字」遴選出來的。所以「正字」也應該是個動態的概念。而「俗字」可以包涵這種動態的全部。當然，還有一個重要原因是我們研究的對象是日本奈良時代的音義書，其俗字內容頗爲豐富，類型也很是紛雜，故而相對寬泛的定義有助於我們較爲全面地展示《私記》的用字實態，〔註8〕可較爲全面地考察中古時期漢字在海外的流播及發展。

〔註7〕 參考何華珍《俗字在日本的傳播研究》；載《寧波大學學報》（人文科學版）第 24 卷第 6 期。2011 年 11 月。

〔註8〕 蔡忠霖《敦煌漢文寫卷俗字及其現象》認爲張涌泉此觀點將俗字泛論化，並不妥貼。並具體從五個方面以釐清俗字所涵蓋之範圍。可爲一家之言。

第三章 《新譯華嚴經音義私記》所出俗字

　　《私記》作爲集釋八十卷《華嚴經》難字難詞之「單經音義」，其編撰目的自然是要幫助解決日本僧人與信徒研讀《華嚴經》時所遇到的疑難問題。當時《慧苑音義》已經傳入，《華嚴經》中的許多難字、難詞，慧苑已經爲其辨音釋義，可作爲參考資料。〔註1〕然而，《慧苑音義》並不能解決所有疑難。〔註2〕特別是《華嚴經》從震旦中國傳到東瀛日本，輾轉抄寫，加之經生書手漢文水平參差不齊，故當時流傳的《華嚴經》中各類俗字很多，有的源自渡海而來的唐寫本，也有的出自日本經生之手。這些都成爲當時華嚴僧人和一般信眾閱讀理解《華嚴經》的障礙。而當時的日本，在經歷了全面學習漢文化，原封不動地接受漢字的「全盤漢化」過程後，因寫經之風盛行不衰，書經者在亦步亦趨進行抄錄，刻意模仿漢籍原貌的同時，爲提高書寫效率，亦會有意無意採用社會普遍使用的簡省之法簡略筆畫，符號代替，同音替代等對漢字加以改造，在

〔註1〕 此亦應爲《私記》作者將《慧苑音義》作爲主要參考資料之重要原因。

〔註2〕 因爲慧苑之《音義》乃爲漢土僧俗閱讀《華嚴》而作。讀者對象不同，內容自然有異。漢譯佛經對日本僧人來說，畢竟屬外文資料，有些慧苑覺得不必詮釋的字詞，在《私記》作者看來，卻必須收釋。另外，《慧苑音義》之特色也頗爲明顯，其所收辭目，有相當部分是梵文音譯名詞，幾乎占將近一半左右，這與其前玄應所撰《眾經音義》多收古漢語詞之特色頗爲不同。

此過程中就又產生了很多新的字形。這種在漢字使用過程中出現的創制和變化，極大地豐富了漢字的內涵。〔註3〕

在這種歷史文化背景下產生的《私記》，其所反映的俗字現象就不僅只與《華嚴經》、《慧苑音義》相關，還折射出當時漢字在日本發展演變的過程。加之，如前所述，《私記》還具有一定的「辭書特性」，〔註4〕而這種特性，實際更多地就體現於收釋俗字上。故而《私記》中所呈現出的俗字現象也就反映出奈良時代漢字使用的實態，並折射出漢字走出漢土後生存並發展的歷史過程。

《私記》之顯著特色，即作者以「照錄原文」之法，收錄了大量其所見俗字。其中一部分作爲辭目，專爲考辨；一部分則在釋語中出現，即專爲詮釋俗字而舉；還有一部分，或見於辭目，或見於釋文，然皆爲作者（或抄者）任筆寫出，說明其已爲當時流行字形，時人皆識，蓋即爲顏元孫所謂「通者」，但有的從今人眼光來看，卻被划入俗字圈內。從俗字的時代性考察，這並不奇怪。相反，作爲俗字研究的內容，這也極爲重要。我們可從這些俗字本身窺探時代所留下的印跡。苗昱在其博士論文中指出：「《古寫本》不僅記載了大量的俗字條目，就是在行文中也有許多是與今通行體不同的字形。」〔註5〕其言甚恰。以下我們主要根據《私記》之辭書音義特性來考察其中所出俗字。

第一節　辭目所錄

一、單字辭目

《私記》之選辭立目，因其具有「私人筆記」性質，自有其特色。與《慧苑音義》等前期音義相較，有將「句」縮變爲複合詞，將複合詞略爲單字之特色。〔註6〕其中尤以字爲辭目者居多，故而《私記》中單字辭目遠多於《慧苑音義》和大治本《新音義》。《私記》中的單字辭目又多爲俗字，作者收釋之目的，主要是爲讀者辨識正俗，以助讀經。又可分爲如下：

〔註3〕　參考方國平《漢語俗字在日本的传播》；《漢字文化》2007 年第 5 期。

〔註4〕　參考池田証壽《新譯華嚴經音義私記の性格》。

〔註5〕　苗昱博士論文《〈華嚴音義〉研究》（蘇州大學，2005 年 4 月），第 75 頁。

〔註6〕　池田証壽《新譯華嚴經音義私記の性格》。

（一）單字辭目基本屬正字內容，即為幫助讀者辨認俗字，所以很多俗字字頭下既不標音，也不釋義，只是於其下簡單標出正字。當然，這裡所謂正字，並不能用現今的觀念來判斷，準確地說，只能是當時日本的「正字」，或者說是通行字。因為很多用於解釋字的字形，於今而言，仍屬俗字。陳五雲指出：「正字的概念隨不同的時代而有所變化，但無論在什麼時代，正字總具備有常用（使用頻率高）、公認（流通地域廣），以及官方認可這樣三個特徵的。」〔註7〕奈良時代的日本，漢字還只是作為借用文字而使用，所謂「正字」的觀念不可能很明確。但正因本國文字尚未產生，又長期全盤接受漢文化，故隨著漢字的輸入，其基本理念與特徵，自然也早就在長期的實際使用過程中而得以認同。有唐一代，正字之學興起，且由於政府的提倡和學者的努力，正字學成效顯著。尤其是盛唐時期，唐玄宗就是主張漢字規範化之重要代表人物之一，所謂「字樣之學」即唐玄宗時代的產物，唐石經也是從其時代開始。石經以楷書為標準，以儒家經典為整理對象。這對漢字正字化的推行起到了極大的作用，在漢字規範進程中具有歷史性意義。唐代顏元孫則在其《干祿字書》中明確提出「正字」、「通字」、「俗字」三大概念：

> 以平上去入四聲為次（每轉韻處，朱點其上），具言俗、通、正三體（大較則有三體，非謂每字總然）。偏旁同者不復廣出（謂「怂、夂、氏、冋、白、召」之類是也），字有相亂因而附焉（謂「彤、肜，宄、究，禕、禕」之類是也）。所謂「俗」者，例皆淺近，唯藉帳文案券契藥方，非涉雅言，用亦無爽；儻能改革，善不可加。所謂「通」者，相承久遠，可以施著表奏牋尺牘恒判狀，固免諐訶（若須作文及選曹銓試，兼擇正體用之佳）。所謂「正」者，並有憑據，可以施著述文章對策碑碣，將為允當（進士考試，理宜必遵正體，明經對策，貴合經注本，又碑書多作八分，任別詢舊則）。有此區別，其故何哉？

《私記》產生的年代，正值當時。故而，儘管《私記》中「正字」觀念不能與唐朝的正字之學相當，然使用頻率高，流通地域廣應為其所共通。所以，有時顏元孫所提出的「通者」，承用已久的俗字也可歸納於《私記》的「正字」

〔註7〕陳五雲《從新視角看漢字：俗文字學》第 19 頁。河南人民出版社，2000 年。

類。如：

001 <u>汯</u>：法字。（經卷第一）

002 <u>𠙴</u>：月。（同上）

003 <u>𠀌</u>：天（同上）

004 <u>𡊨</u>：人。（經第八卷）

005 <u>埊</u>：地。（經第九卷）

006 <u>秊</u>：年字同。（經第十一卷）

007 <u>忠</u>：臣字。（同上）

008 <u>𦥔</u>：聖字。（同上）

009 <u>厤</u>：正爲歷。（經第廿六卷）

010 <u>淬</u>：染字。（經第七十卷）

　　尤其是在爲《則天序》所作音義中，這種現象更爲明顯。在其結尾部分，共收錄有 34 個用於正字的辭目，但實際上並非全部出自《則天序》，應是八十卷《新譯華嚴經》中較常出現者，蔵中進將其歸納爲「新譯華嚴經所用異體字一覽」，[註8] 甚爲妥切。有的辭目雖以詞的形式出現，但實際「音義」對象，仍只是其中單字。除有以上所提則天文字，也有避諱字，還有其他俗字現象。如：

011 <u>⊙</u>：日（經序）

012 <u>○</u>：星（同上）

013 <u>貞</u>：眞。（同上）

014 <u>莗</u>：華（同上）

〔註8〕蔵中進《則天文字の研究》第 98 頁。翰林書房，1995 年。

015　　昭：照。（同上）

016　　駈：驅（同上）

017　　迬：迸〔註9〕（同上）

018　　大惡：大臣（同上）

019　　櫝記：授記（同上）

　　（二）有的雖非純用於正字，然因所出字頭爲俗體，故而釋文中，作者或釋義，或注音，或既注音又釋義，抑或辨析字形。蓋正字易辨，俗體難認，而通過簡單詮釋，則能明識其字。

020　　俊：音湏。訓飾也，補也，習也，長也。（經第七卷）

021　　呿：出也。（同上）

022　　昷：二字誤作一處。⊙，日字。下出字耳。（經第十一卷）

023　　衄：女鞠反。鼻出血也。（經第十五卷）

　　案：「衄」爲「衄」字俗。大徐本《說文・血部》：「鼻出血也。从血丑聲。女六切。」「衄」左半爲「血」之俗。《金石文字辨異・入聲・屑韻》引《北魏張猛龍碑》：「泣�血情深。」「血」作「𧖟」。《敦煌俗字典》「血」字下有「𧖟」「𧖟」「𧖟」等字形，皆與此相同。正倉院文書中「血」即同此。〔註10〕《經典文字辨證書・血部》：「𧖟，正。血，通。𧖟，俗，出《北魏張猛龍碑》。」故用「血」字作漢字構件時，若寫作「𧖟」者，也應歸俗字。《敦煌俗字典》「衄」作「𧖟𧖟𧖟」即屬此類。

024　　渊：深也。（經第廿卷）

　　案：「渊」爲「淵」之俗字。《金石文字辨異・平聲・先韻》「淵」字下引〈北齊天統五年造丈八大像記〉收有此字形。《敦煌俗字典》「淵」字下也有「渊」

〔註9〕　《私記》作「迬」，爲「逆」字俗形，中古多見。
〔註10〕　《漢字百科大事典》第25頁。

字，書證爲 S.318《洞淵神咒經·斬鬼品》尾題：「洞**渕**神咒經斬鬼品第七。」
〔註11〕

025　　**陵**：侵（侵）也。（經第廿一卷）

案：「**陵**」爲「陵」之俗。《隸辨·平聲·蒸韻》收有「陵」字，引〈韓勑碑〉「禮樂陵遲」，按曰：「《說文》作陵。陵从𨸏夌聲。諸碑從夌之字皆變作麦。」《玉篇零卷·阜部》、《干祿字書·平聲》等皆收釋。

026　　**螽**：音流羅反。〔註12〕（經第廿二卷）

案：「**螽**」當爲「蠡」字之俗訛。「**螽**」乃「蚤」字書寫之異，即「螽」字，亦即「蠡」字。《康熙字典·虫字部》云：「蠡，《正字通》同蠡。《前漢·匈奴傳》谷蠡王，亦作谷蠡。按：《說文》、《玉篇》、《唐韻》等書，皆無蠡字。《字彙》、《正字通》引《漢書》舊本爲據，不知舊本𠛤滅脫去頭耳。蠡係譌字，非正字也。」「蠡」之俗可作「蠡」，見《干祿字書》、《集韻》等，也可作「蚤蠡螽蠡螽」，古字書及韻書多見，不贅舉。〔註13〕《集韻·平聲·八戈》有「蠃螺螽蝸」條，釋曰：「蚌屬，大者如斗。出日南漲海中。或作螺螽蝸。」可証「**螽**」即「螺」字。

027　　**妖**：於蹻反。巧也，小也，灾也。（經第廿三卷）

案：中古俗字，「夭」字或作「夭」。顏元孫《干祿字書》：「夭夭：上通，下正。」故「夭」字作漢字構件時常作此形，多見於碑刻及敦煌文獻。不贅。《私記》亦同此。除「**妖**」字外，他如同卷辭目「良沃田」中「沃」寫作「**沃**」。

028　　**輔**：扶禹反。助也。（經第廿六卷）

案：「**輔**」乃「輔」也。《宋本玉篇·車部》：「輔，扶禹切。相也，弱也。」《敦煌俗字典》「輔」字下收有「**輔**」形。

029　　**弧**：經爲**弧**。（經第五十九卷）

〔註11〕第 520 頁。

〔註12〕此條後有和訓，此處略。

〔註13〕可參見臺灣教育部《異體字字典》。

案：《私記》「弧」寫作「**弤**」。「**弤**」與「**弧**」皆「弧」之異體。

030　　稟：彼錦反。受也。（經第六十五卷）

案：《私記》「稟」寫作「**稟**」。「**稟**」，上亩、下米，為「稟」字異體。《隸辨》「稟」字引《樊安碑》作「**稟**」。

（三）重出字。有時《私記》會在辭目（多為詞組或合成詞）後，再次重複錄其中某字。作者目的應乃是為辨析辭目中的俗字。如：

031　　澄**渥**其下：澄，直陵反。湛也。（經第八卷）

　　　　洇：五靳反。澱澤也。湛，寂也。經本為**渥**字，云泥土也。（同上）

案：《私記》上條四字辭目同《慧苑音義》。大治本《新音義》辭目為雙音節「澄洇」。《私記》緊接四字辭目後，又出單字「**洇**」。而《私記》上條對「澄」，下條對「**洇**」的詮釋參考大治本。然而後半「湛，寂也。經本為**渥**字，云泥土也」卻為《私記》所加。蓋因經中有將「洇」字訛作「渥」者，故特意重複再出單字，目的為析四字辭目中「**渥**」字。

032　　特垂矜念：上，獨也。頹（矜），憐也。謂偏（偏）〔註14〕獨憂憐也。矜字正從矛、今，而今字並作令，斯乃流遁日久，輒難懲改也。（經第廿一卷）

　　　　矜：音興，訓愍也。（同上）

案：上條辭目與釋義參考《慧苑音義》。然後者因版本多出，故辭目有的作「特垂矜念」，如高麗藏本；也有作「特垂矜念」者，如磧砂藏本。然根據慧苑辨析：「《漢書集注》曰：特，獨也。《毛詩傳》曰：矜，憐也。謂偏獨憂憐也。案：《說文》、《字統》：矜，怜也。皆從矛，令，謂我所獨念也。若從今者，音巨斤反，矛柄也。案《玉篇》二字皆從矛令，無從矛今者也。」清·臧鏞《拜經日記》：「據慧苑所引，知唐本《說文·矛部》『矜』下有『憐也』一訓，而今本止有矛柄一義。後世字書韻學混淆，致改《玉篇》誤從『今』。唐以來字書遂

─────────────

〔註14〕　「偏」當為「偏」字之訛，《慧苑音義》作「偏」。

無有作『矜』者矣。猶幸慧苑書引《毛詩傳》及《說文》、《字統》、《玉篇》皆可藉以考正。而慧苑又分『矜』、『矜』二字,當由習見作『矜』,故強爲區別耳。」據此,則「矜」本可訓憐,然因後世混淆而習用「矜」字,從而有將「矜」視爲正字者,如《干祿字書》:「矜矜」條下曰:「上通下正」。《龍龕手鏡·矛部》也以「矜」爲正字,以「矜」爲今字。但實際上「矜」與「矜」古同。大徐本《說文·矛部》以「矜」爲正字;而段玉裁《說文解字注》則「依漢《石經·論語》、《溧水校官碑》、《魏受禪表》皆作矜正之。《毛詩》與天、臻、民、旬、塡等字韻,讀如鄰古音也。漢韋元成《戒子孫詩》始韻心;晉張華《女史箴》、潘岳《哀永逝文》始入蒸韻。」可見《私記》也以「矜」爲正字。然據其「矜字正從矛、今,而今字並作令,斯乃流迶日久,輒難懲改也」〔註15〕一句,可見在日本作「矜」者已很久了。也因此,《私記》又特意另出「矜」字,且辨其音義。

033　辛酸醎淡:酸,素丸反。酢也。（經第廿五卷）

　　　醎:又可爲鹹字,胡緘反。北方味也。（同上）

　　案:「醎」字爲「鹹」字俗體,已多見,不贅。「鹹」左半稍顯漫漶,然仍可辨出是「鹹」字。根據 CBETA 電子佛典《大方廣佛華嚴經》卷二十五:「佛子!菩薩摩訶薩布施種種清淨上味。所謂:辛、酸、〔醎〕鹹〕、淡,及以甘、苦。」可知底本用字本作「醎」,修訂字作「鹹」。《說文·鹵部》:「鹹,銜也。北方味也。從鹵咸聲。胡毚切。」《玉篇·酉部》、《廣韻·平聲》及《正字通·酉部》等皆指出「醎」爲「鹹」之俗。蓋因「酉」與「鹵」形近,傳寫之際,書家多有通作者。

034　延襄遠近:延〔註16〕,長也。（經第卅三卷）

　　　襄:又爲袤。（同上）

　　案:四字辭目中「襄」字旁有加筆注字「表」。「襄」當爲「表」俗字。「表」

─────────────

〔註15〕此句爲《私記》作者所加。

〔註16〕此「延」字原作大字,於文意不合,當爲釋文。辭目出自經卷三三「阿僧祇寶樓閣,廣博崇麗,延襄遠近」。

從衣矛聲，聲符夾於形符之中。「裦」字則下更作「衣」，以彰其從衣之義。另外，聲符「矛」字上部寫作「口」，亦爲俗寫常見。至於下條「又爲袞」，「袞」應爲當時「裦」字又一寫法，此字形尚未見他例，然當時應有此寫法。

我們還注意到：《私記》作者有時在辨識某漢字時，會將相類似的字形的漢字歸置於其下，作爲單字辭目重複錄出，主要目的仍是爲了辨俗識正。此不見《慧苑音義》及大治本《新音義》，爲《私記》所獨有。

035　　羸：力爲反。正爲羸字。（經第廿一卷）

案：《說文・羊部》：「羸，瘦也。从羊㼌聲。力爲切。」

036　　贏：利也。（同上）

案：《說文・貝部》：「贏，有餘、賈利也。从貝羸聲。以成切。」

037　　嬴：姓也。普盈。（同上）

案：《說文・女部》：「嬴，少昊氏之姓也。从女羸省聲。以成切。」段玉裁注：「帝少暭之姓也。按秦、徐、江、黄、郯、莒皆嬴姓也。嬴，《地理志》作盈。」

又案：《私記》所謂「普盈」，「普」應爲「音」之訛字。「嬴」、「盈」二字音同。《精嚴新集大藏音・亡部》：「嬴，盈音。」《字彙・女部》：「嬴，餘輕切，音盈。」

038　　蠃：蛀 [註17] 也，又作蠡。（同上）

案：《說文・虫部》：「蠃，蜾蠃也。从虫羸聲。一曰虒蝓。郎果切。」「蠃」有二義：①蜾蠃爲細腰蜂，爲一種寄生蜂；②虒蝓，也作「蝓蝓」，即水螺，一說即蝸牛。今以水生者爲螺，陸生者爲蝸牛，古人無此分別。《尚書大傳》卷二：「鉅定蠃。」鄭玄注：「鉅定，澤也……蠃，蝸牛也。」此義又作「蠡」，即《私記》「蠡」。《廣韻・釋魚》：「蠡、蠃、蝸牛，蝓蝓也。」《集韻・戈韻》：「蠃，蚌屬，大者如斗。出日南漲海中。或作蠡。」

〔註17〕此字從字形看，爲「蛀」，然應爲「蚌」之訛。具體分析，請參考第六章《〈新譯華嚴經音義私記〉疑難字考釋》。

039　　贏：又作騾。（同上）

　　案：大徐本《說文‧馬部》：「贏，驢父馬母，从馬贏聲。落戈切。」朱駿聲《說文通訓定聲》：「贏，俗字作騾。」然後俗字「騾」通行。故《干祿字書》：「騾贏，上通下正。」

040　　蠃：禾十束也。三並力義反。（同上）

　　案：「蠃」字不見《說文》。《廣韻‧戈韻》：「蠃，穀積也。或作穤。」

　　以上自 035 至 040 一組六字，與經文並無關係。然《私記》經第廿一卷有「尩獨**贏**頓」四字辭目，與《慧苑音義》相同，釋義也參考慧苑，然又稍有異。《私記》主要辨識上字「尩」。然在此條後，作者又單獨將以上六個與「尩獨**贏**頓」中「**贏**」字形近的字作為正字條目，置於其下。儘管這些字并未皆出現於《華嚴經》第廿一卷，與經文也並無關係。然因這組字筆畫較為繁複，書手抄經時，常辨別不清，多會混淆寫錯。故《私記》作者在詮釋「尩獨**贏**頓」後又特意重複錄出這一組字，順便做了形近字（形似字）的辨析。儘管似不合音義體式，然卻可從另一側面，考察其具有辭書的特性。[註18]

二、組字辭目

　　《私記》中多次出現「組字」辭目，即將一組異體字作為辭目，這種「立目」現象不見於《慧苑音義》及大治本《新音義》，有時倒與唐代字樣字書有相似之處。又分如下種類：

（一）正俗字同為辭目

　　辭目是同一字的兩個，或兩個以上不同的正俗字形，如：

001　　流流：上正（經第八卷）

002　　暎**映**：下正。光也。（同上）
　　　　又：**映**暎[註19]：上正，照也。（經第六十八卷）

〔註18〕池田証壽《新譯華嚴經音義私記の性格》。

〔註19〕此條原附於上條釋文之末，實際應獨立為一新辭條。此辭目出自經卷六八「無量光明遞相映徹」，屬於岡田希雄所指出的「大字混為小字例」。

003　召**呂呂**：上正下通用。（經第十一卷）

004　止**凵**：二同。宿也。住也。……（同上）

案：此條上有「十方東萃止」長辭目，但實際只釋其中「萃」之音義。而「止**凵**」則爲作者後加。蓋爲經文「十方東萃止」中出現了「**凵**」之寫法，故作者將其與正字「止」同置一處，便於理解。

005　**寤寤**：下正，覺也。（經第十三卷）

案：《慧苑音義》此條爲三音節詞組辭目「寤世間」。

006　**冊冊**：上正字。楚革反，書也。……（經第六十卷）

007　**蹔蹔**：上正。（經第六十卷）

案：《說文·日部》：「暫，不久也。從日斬聲。」書手常將上半部聲旁「斬」之左半下移，敦煌俗字常見。故《私記》作者已視爲「正」。又《私記·經第七卷》有「无**蹔**已」條，釋曰：「已，止也。暫，又爲**蹔**字。」字形完全同此。

008　**開開**：上正。（經第六十七卷）

案：經第六十七卷有「機開」條，只釋義並施以和訓。然緊接其下，又出「**開**開」，目的只爲正字。

很明顯，這也只是爲正字而用。當然《私記》所謂「正」，前已指出，主要是爲時人所識者。有時，儘管並非辨別字形，然卻將正俗二體一併列出，作者用意亦頗爲明瞭。如：

009　**栝**[註20]**括**：マ古奪反。止也。至也。約束。閇也，塞也，囊也，從木。（經序）

案：此條上有「苞**栝**」條，作者主要爲上字「苞」字注音釋義，辨析字形。然因「苞**栝**（括）」下字常與「栝」相混，故作者又特意追加解釋下字。「括」與「栝」二字義異音同，例可通借，不贅舉。《玉篇·手部》：「括，古奪切。閉也。」典籍中具有「止也」、「至也」及「約束」等意者是「括」字。「栝」

〔註20〕應爲「括」字。《私記》中「扌」部與「木」部常混。

為木名，或箭末扣弦處。後因二字同音，又字形相近，遂不別也。此蓋書手抄寫時不別「括」與「栝」之別，而部首又書寫相同，遂至訛誤。故《私記》作者特意專門列出。

（二）俗字並列為辭目

010　鳳爾：初。（經序）

案：經第十一卷又出：「鳳爾：古文初字。」

011　鳳爾：君。（經序）

012　鏊鏊：證。（同上）

案：經第十一卷又出：「鏊鏊：二同證字。」

013　鏊鏊：地。（經序）

014　鬲〔註21〕爾：載。（同上）

案：經第六十五卷又出：「鬲爾：二古文，同今載字耳。」

案：以上為「則天文字」。「則天文字」多有變體，故一併錄出。

015　帀爪字：万字。（經序）

案：經第廿二卷又出：「帀爪中：万字耳。」《私記》中「万」字共有六種字形，以上兩條，出三種。

016　遭遭：遭。（同上）

遭遭：遭字。遭，值也。（經第卅八卷）

017　徹徹：二同。音天智反，通也。（經第八卷）

018　敲敲：（經第十三卷）。上敲，公戶反。擊也。扇動搖也。字經本有從豈邊作皮者，此乃鍾敲字。案：《慧苑音義》作

〔註21〕兩字之間有「二」。此為書手抄經時因為竪寫而將一字誤分為兩字。「二」應與下之「爾」合成一字。

· 76 ·

「鼓扇」。

019　　醫瑿：二同藥師〔註22〕。（經第十四卷）

案：《慧苑音義》作「良醫」。

020　　碻硈：同。開也。古作启〔註23〕字。（經第五十四卷）

此二形皆爲「啓」字異體。《隸辨》「啓」字下引《帝堯碑》作「啓」，引《周公禮殿記》作「啓」。「啓」下云：「碑復變攴從又。《廣韻》：啓，發也。」《說文・口部》：「启，開也。」

021　　脩辟辟：脩長也，飾也。下二字同。（經第六十六卷）

案：《華嚴經》卷六十六：「過去世中有劫，名離垢。佛號脩臂。」「脩」「修」通。《慧苑音義》作「脩辟」，且只釋上字「脩」。「辟」當是「臂」字之譌。蓋「臂」字俗作「辟」，因譌作「辟」。《私記》此條作「修辟辟」，但兩「臂」字不同。可見此本立目時有所參考，後「辟」字似有作爲前「辟」字注釋而一起進入辭目。可能作者所見經文已是此二「臂」字，極有可能二字原作正側排列，正爲「辟」，側爲「辟」，是爲正文作注。而《私記》作者注意到二字皆非正體，故錄作辭目以求詮釋。遺憾的是，作者只寫「二字同」，却未寫出正字。

022　　渠潩：同字。（經第七十卷）

案：同卷又有：「潩，渠字。」而竺徹定在論述《私記》與「宋元諸本不同」不同時，「染作潩」即爲其例之一。

023　　卯卵：同字。（同上）

案：二皆「卵」字，此辭目出自經卷七十「卵生」。《敦煌俗字典》「卵」字下收有「卯」與「卯」，正與此同。

還有的只出辭目，却無註釋。如：

<hr>

〔註22〕此爲「醫瑿」二異體字和訓。據岡田《倭訓攷》，假名作「クスリシ」。按：「クスリシ」也作「クスシ」，「醫者」義。

〔註23〕此字本作「启」，蓋「启」字訛。

024　**犮犮**（經第廿六卷）

案：此條無釋語。二字皆爲「友」字，出自經文「奉施諸佛及諸菩薩、師長、善友」。《碑別字新編・四畫》「友」字下引《魏元禮之墓誌》作「**犮**」形。《敦煌俗字典》「友」條字收「**犮**」、「**犮**」等形，可參。

以上例列出一組俗字，《私記》作者基本不作辨析，只是或指出正字，或指出二俗形同爲一字，有的甚至只出字形。所以，作者列出這些字，目的還是在於辨識其正字。當然，也有作者加以辨析的內容，如：

025　**堺畍**：上又畍字。音秤（耕）〔註24〕薤〔註25〕反。（經第十四卷）

案：「**堺**」爲「堺」字俗形；「**畍**」乃「界」之俗體。《私記》析曰：「上又畍字。」此參考《玉篇》。實際上，「畍」、「堺」、「界」三字同爲異體。而「畍」爲本字。《說文・田部》：「**畍**，境也。從田介聲。古拜切。」《集韻・去聲・怪韻》：「畍，《說文》境也。或作堺……亦書作界。」「畍」與「界」乃偏旁位置變換之例；而「堺」與「界」則爲增加意符之例。查《華嚴經》經卷十四並無「堺界」連用之例。故而明顯是爲辨別異體字而立辭目。

026　**叡叡**：上叀字古文。叀，滅也。下衺字古文。衺，失也。（經第廿三卷）

這些組字辭目是《私記》的獨創體式。其中一個字可能出自經文，但是編撰者又將其不同字形的異體字列出。池田証壽認爲這說明《私記》具有某些辭書的特性。筆者認爲，這可能是受唐代字書的影響。本書第八章有相關研究，敬請參考。另外，不僅將一字的不同異體字列出，甚至還將兩個音義皆異，但字形相近的字收羅在一起。如：

027　**衺衺**：莫候反。又（下）〔註26〕古本反。廣也。（經第卅三卷）

〔註24〕按：《玉篇・田部》有「界，耕薤切。《爾雅》疆界也。垂也。畍，同上」，疑「耕」爲「耕」之形訛，「耕」即「耕」字。

〔註25〕《私記》「薤」寫作「薤」，當爲「薤」之俗訛。

〔註26〕「又」字原爲「反」與「古」之間補寫的小字，然不確，當爲「下」字。

案：此條爲辨析形近字「裘」與「裒」。「莫候反」爲「裒」字注音；「古本反」爲「裘」字注音。而「裒（裒）」承「袤」而來。前已言及，「袤」爲辨析其上一條「延裒遠近」中「裒」而特意再出俗字辭目。因與「裘」字形相近，故又出辭目再辨。查檢《華嚴經》卷三十三，並無「裘裒」連用之例。

三、詞組或複合詞辭目

《私記》中有相當一部分辭目，儘管爲詞或詞組，有的甚至只能算是短語結構或者經句，但實際音義之內容卻僅釋上字或下字，而且有時主要目的就是「正字」，故這部分辭目中多有俗字。如：

001　　**𡆥定**：上古文正。正字。（經第六）

案：此條爲《私記》自創條目。查檢《華嚴經》卷六有「各令如須彌山微塵數眾生住邪定者，入**正定聚**」〔註27〕之句，前「正」字爲「則天文字」，後「**定**」乃「定」之俗寫。《漢隸字源・去聲・徑韻》引《韓勑造孔廟禮器碑》作「定」。《干祿字書》：「**定**、定，上通下正。」《私記》僅釋前字，可見當時「**定**」之形不少見，不需辨。

002　　斯**𡉚**：下古文人字。（同上）

003　　如**𠕋**字之形：**𠕋**〔註28〕是萬字吉祥萬德之所集也。（經第八卷）

又：　　如**帀**字髮：**帀**是吉祥勝德之相。梵名歲伕阿悉底迦，此云有樂。今此髮相右旋，似之。非即金作**帀**形狀也。（經第廿七卷）

案：上條大治本《新音義》爲雙音辭目，作「**帀**字」；《慧苑音義》是四字辭目，作「**帀**字之形」。大治本與高麗藏本字形相近。下條字形《私記》同大治本與高麗藏。小川本《私記》「万」字多有不同。前我們在「組字辭目」中已經指出。這些字形皆當爲「卐」之轉訛。《翻譯名義集》卷六：「卐：熏聞曰《志誠纂要》云：『梵云室利鞢瑳（Śrīvatsa），此云吉祥海雲。如來胸臆有大人相，形如**𭆌**字，名吉祥海雲。』《華嚴音義》云：『案卐字本非是字，大周長壽二年

〔註27〕《大正藏》第 10 冊，29 頁。

〔註28〕《私記》「**𠕋**」字原作大字，然實爲辭目「**𠕋**」字於釋文重出，故改。

主上權制此文，著於天樞，音之爲萬，謂吉祥萬德之所集也。經中上下據漢本總一十七字，同呼爲萬，依梵文有二十八相』云云。」〔註29〕

004　水𤼣：下古文天字耳。（經第十卷）

005　暑退涼𩙻……下初字。（經第十四卷）

006　罥綱：上古泫反。《珠叢》曰：罥謂以繩繫取鳥也。字又爲羂字。（經第十五卷）

案：此條參考《慧苑音義》辨析上字。「罥」爲「罥」之俗字。《字彙補·网部》：「罥，古遠切。音卷，掛也。」又儘管未釋下字，但「綱」卻爲俗形。

007　徒㧌：下又爲㧌。力舉反。眾也。又侶伴也。（經卷第十五）

案：此條參考大治本《新音義》。後者辭目作「徒㧌」，只是「㧌」爲「木」旁。俗字「木」、「扌」旁常混。而《私記》又多「扌」、「方」交雜，故此當爲「旅」字俗體。《敦煌俗字典》「旅」字下收有「㧌」形。

008　肁方：方，始也，正也。上与年同字。（經第廿一卷）

009　爲我亞僕：亞，臣字。云大臣。臣〔註30〕。（同上）

010　暎徹：上，正爲映字。照也。下，音鐵，訓通也。（經第廿二卷）

又：　無能暎奪：暎暎，下正。訓光也。奪奪，上正。徒括反。取也，乱也，易也。（同上）

案：前「組字辭目」已經指出：「暎暎」二字，《私記》以「映」爲正字。而以上兩組復合辭目，實際仍爲此目的。然「暎徹」中「暎」當爲「暎」之訛寫。書手抄經常「日」「目」旁混淆，故多有錯訛。

011　記箭：箭，彼列反。經本作別字者，謬。（經第廿六卷）

〔註29〕《大正藏》第 54 冊，1147 頁。

〔註30〕此字重出。

案：查檢《華嚴經》卷二十六，有「願一切眾生依諸佛住，受一切智，具足十力，菩提記別」一句，「記別」下校註指出【宋】【元】【明】【宮】作「記莂」。《康熙字典·艸部》：「莂，《玉篇》彼列切，音與分別之別同。《廣韻》種概移蒔也。又《釋名》莂，別也，大書中央，中破別之也，即今市井合同。又佛家作詩曰偈，作文曰莂。《黃庭堅·與禪師書》夙承記莂。」《字彙·艸部》「莂」字下引楊升庵語「此字儒家罕用，惟佛家借用記莂字」。《慧琳音義》卷十九：「記莂，彼列反。佛受記分別其事也。」多借用，故甚至有將原來的「記別」誤以為錯者，如《私記》。又如《慧琳音義》卷二十六：「記莂，悲別反。分簡也。經文作別非也。」然而我們注意到的是：《私記》既不作「莂」，也非為「別」而是從「竹」之「箹」。「箹」是一個後起字，指以竹簡書寫契約，剖開後各執一半以為憑據。《玉篇·竹部》：「箹，分也。」《廣韻·入聲·薛韻》：「箹，分箹。一云分契。」《正字通·竹部》指出：「箹，俗字。舊注音別，分竹也。一曰分契迂泥，與艸部莂同。」

012　　得膧：膧或本為傭字，非此所用耳。（經第廿七卷）

案：「膧」為「膧」字俗形；「傭」乃「傭」字俗體。此條不見大治本《新音義》及《慧苑音義》。辭目為破詞。查檢《華嚴經》卷二十七有「願一切眾生得傭圓指，上下相稱」〔註31〕之句，實應取「傭圓」為辭目。《慧琳音義》卷四：「傭圓：癡龍反。《考聲》上下均也，大也。《韻英》庸，直也。經文有從肉作膧，俗字也。《說文》均直也，從人庸聲也。」《希麟音義》卷三「膧圓：上丑容反。《爾雅》曰：膧，均也。郭注云：謂齊等也。《爾雅》作膧字。」

012　　或駈上高山：与駈、驅字同，去虞反。疾也，馬馳也。古文為敺字。（經第六十六卷）

案：此條亦參考大治本《新音義》。後者辭目作「或𠌤上高山」。又《私記·經序音義》34 個正字辭目中也有此形：「駈：駈驅。」而且此處亦完全參考大治本。此形我們尚未能見到對應資料，但當時日本確有如此寫法，應不誤。因為「丘」字小篆作𠀉，後人有隸定作「北」，〔註32〕或因之而訛作「駈」

<hr/>

〔註31〕《大正藏》第 10 冊，148 頁。

〔註32〕段注如此。

之右旁。江戶中後期儒者松本愚山（1755～1834）《省文纂攷・十畫》：「駈，
驅，俗作駈。見《玉篇》。**止**區音近假借。」〔註33〕《私記》「**駈**」旁有添加
的「**駈**」，應爲後人不識俗字而加。一是與《私記》抄本筆跡明顯不同。二是
不知此條參考大治本《新音義》，當時應確有此字形。又明治時期小柴木觀海
編《楷法辨體・力行》「驅」字俗體舉有五個，其中「**駈**」字，〔註34〕當與「**駈**」
字相類。

　　此類例甚夥，不繁舉。實際上，《私記》的辭目，基本每條皆有俗字內容可
攷。這些俗字皆應爲當時日本所傳《華嚴經》中所出現者，它們成爲人們閱讀
理解經文的障礙，故需作爲辭目錄出，加以詮釋辨析。

第二節　釋文所舉

　　釋文爲佛經音義的重要部分，內容頗爲豐富，然並無固定格式。除了辨音
釋義外，玄應、慧苑、慧琳等音義大家還經常用傳統語言學上「六書」之法，
進行辨形析字的分析。若字體有正俗、正訛者，則一一指出，正所謂「正字辨
形，標明六書」、「明於通假，標明正字」。〔註35〕《私記》屬於音義體式，加之
又主要參考了《慧苑音義》和大治本《新音義》，而後者的主要參考資料就是《玄
應音義》。除此，還參考了《玉篇》等字書，甚至還有一些類似字樣字書，如《文
字辨嫌》等的蹤跡，因此其釋文中多有對俗字的辨析。以上「辭目所錄」所舉
例文中，已經有所體現。

　　釋文所舉，即釋文中舉出的俗字，又可分四部分：一，以俗正俗；二，援
引古書所出俗字；指出俗字；舉出《華嚴經》中俗字。

一、以俗正俗

　001　　**季**：**秊**年（經序）

　　案：辭目爲則天文字。作爲釋語的兩個「年」字，前「**秊**」爲本字。《說文・

〔註33〕《異體字研究資料集成》第一期，第五冊，第 165 頁。

〔註34〕《異體字研究資料集成》第一期，第六冊，第 144 頁。

〔註35〕參考徐時儀《慧琳音義研究》第六章，上海科學院出版社，1997 年版。

禾部》：「𥢧：穀孰也。从禾千聲。《春秋傳》曰：大有秊。奴顚切」《新加九經
字樣・禾部》：「秊年：上《說文》從禾從千聲，下經典相承隸變。」《集韻・平
聲・先韻》：「秊年秊，寧顚切。《說文》：穀熟也。引《春秋傳》大有秊。或作
年。唐武后作秊。亦書作秆。」「年」爲經典相承隸變而成，故一般被視爲正
字。《敦煌俗字典》「年」字下有「秊年」二字形，引 S.388《正名要錄》：「右
字形雖別，音義是同。古而典者居上，今而要者居下。」「右依顏監《字樣》甄
錄要用者，考定折衷，刊削紕繆。」〔正字〕

002　　**舌**：匹正。（經序）

案：辭目亦爲則天文字。作爲釋語的兩個「正」字，前「匹」乃「正」字
之通俗寫法，筆畫連書而成。《說文・止部》：「正，是也。从止，一以止。」《佛
教難字大字典・止部》「止」字下有「㞢」；「正」字下有「匹」。原理相同。

003　　**喪喪**：壴袞。（經序）

又：**喪喪**：上壴字，古文。壴，滅也。下袞字。古文袞，失也。
（經第廿三卷）

又：**喪法**：上壴字，滅也。（經第卅五卷）

以上三例，辭目中的兩個「喪」字「**喪喪**」（以《經序音義》爲代表），
亦見大治本《新音義》，作「**喪**」「**喪**」。《私記》還在經第廿三卷、經第卅五卷
再次錄此二形加以辨析，說明其作者所見《華嚴經》文本，此二形多見，然確
爲難解俗字，後不見或少見。釋文用「上壴字，古文。壴，滅也」，解釋「**喪**」
形。「壴」爲「喪」字俗體。《說文・哭部》：「喪，亡也。从哭，从亡。」隸變
後，寫作「喪」（《隸辨・去聲》引《曹全碑》、《武斑碑》）。其下部「亡」形變
點爲橫作「匕」、「三」，字作「壴」（見《金石文字辨異・平聲・陽韻》引《唐
淨域寺法藏禪師塔銘》）《碑別字新編》「喪」字引《隋龍山公墓誌》作「壴」；《敦
煌俗字典》「喪」字條下的「壴」、「壴」、「壴」也屬此類。《私記》釋文又
用「下袞字。古文袞，失也」辨析「**袞**」形。釋文中的「袞」與「袞」之共
同特徵是，其下部從「衣」。此也受隸變影響。「喪」字隸變後，還可作「喪」
（《隸辨・平聲》引《楊著碑》）、「喪」（《隸辨・平聲》引《衡方碑》）等，下

半爲「亡」字俗寫，進一步俗化就與「衣」字相似了。《碑別字新編》「喪」字引《唐焦璀墓誌》作「袌」，與此相似。

004　　麼慶：麼麼（經序）

案：以上辭目中二「慶」字，雖爲俗體，然當可辨識。反倒是作爲釋字的兩個字，尚未見他例。但可看出屬於簡省而成俗字。此條參考大治本《新音義》，然大治本作「麼慶：慶慶」，與《私記》不同。因字形漫漶，很難看出被釋字與解釋字的區別。《說文·心部》：「慶，行賀人也。从心从夊。吉禮以鹿皮爲贄，故从鹿省。丘竟切。」但我們若放大看大治本四字，可見其中間本應「从心」之處，皆已訛作「从必」。小川本《私記》二形可看作是「从必」而省下部「夊」而成。《碑別字新編·十五畫》「慶」字下收有「慶」（隋杜夫人鄭善妃墓誌），中間部分即「从必」。

005　　須弥：須弥彌彌（經序）

案：以上雙音辭目，但實際爲釋「弥」字。「彌」作「弥」。《碑別字新編·十七畫》「彌」字下中收有「弥」（齊韓永義造佛堪記）、「弥」（魏義橋石像碑）等。《玉篇·弓部》：「彌」下重出「弥」，注云：「同上。」而文獻中「参」與「尒」旁常混淆，如「珍」又作「珎」等。故「弥」爲「弥」之訛俗。而「弥」明顯是書手將「弥」最後之「丿」作短「捺」收筆而成。「弥」爲「彌」字俗，見於《金石文字變異》「彌」字下有「弥」字，引《北齊天統三年造像記》、《唐葉慧明碑》等爲例。而作爲解釋字的「弥弥彌雨」，前「弥」爲「彌」之俗字，《玉篇·弓部》已見。而最後「彌」字尚未見他例，蓋因右半「爾」手書不易，字形又與「雨」相似，原稿中或有帶草連筆之類，故繕寫者就簡而爲之，省爲似「雨」，是爲訛俗字。

006　　夫叓：禸閙（經序）

案：此條亦參考大治本《新音義》，然大治本分作兩條，爲「夹：内」與「叓：閙」。將其與《私記》對應字形對應，即爲夫【夹】〔註36〕→禸【内】，夫【叓】→閙【閙】。二本解釋字皆同爲「閙」字俗體，只是「閙【閙】」較易辨

〔註36〕【　】中爲大治本字形。

識。而「丙【内】」則與《敦煌俗字典》「鬧」下所收「丙」字相似。黃征認為：
乃「市下著人，所謂『市人為鬧』之訛」。〔註37〕「市下著人」作「夹」。《干祿
字書》：「鬧夹，上通下正。」然作為被識字的「夫夂」卻字例少見。《可洪音
義》有「憒夂」，釋曰：「上右對反，下女孝反。」又《楷法辨體·サ行》：「夊」
字下收有「丙丙夂」等俗體。〔註38〕其中「夂」與「夂」皆可與《私記》辭目
第二個字形呼應。然「夫」尚未見他例。

007　　窓：窓牕（經序）

　　案：以上三形皆為「窗」字俗體。《說文·穴部》：「窗，通孔也。从穴悤
聲。楚江切。」「窗」字後隸變省作「窓」。《五經文字·穴部》：「窗窓，上《說
文》，下經典相承隸省。」釋文中的兩個俗體「窓（窓）」、「牕（牕）」，前者
應為「窗」字簡化而成。《玉篇·穴部》「窓」下有「窓」，釋曰：「同上，俗。」
《廣韻·平聲》「窗」下也有「窓，俗。」後者亦為「牕」字俗字。《玉篇·
片字部》：「牕，楚江切。牕牖，與窗同。」《康熙字典·片字部》：「按《說文》
本作囱。在牆曰牖。在屋曰囱。或作窗。《玉篇》始書作牕，亦作窓。《廣韻》
俗作窓。」

008　　墻：墻墟盧（經序）

　　以上辭目與釋文四個字形皆為「牆」字俗體。《說文·嗇部》：「牆，垣蔽
也。从嗇爿聲。牆，籀文从二禾。牆，籀文亦从二來。才良切。」隸變作「牆」。
「墻」字右半應同此，只是書手抄寫時，下未收口。《干祿字書·平聲》云：
「墻牆牆：並上俗中通下正。」《五經文字·爿部》曰：「牆牆：上《說文》，
下《石經》。」凡以「嗇」為構件之字，俗可作「啬」，或「啬」，故《私記》
「墻」「墟」二形右半當由此理據。然其左半卻前為「扌」，後為「木」。此為
書手誤寫「爿」之果。「牆」本從「爿」聲，以「爿」隸變或作「丬」，手寫
時與「扌」「木」相混而緻。

　　「盧」當為「廬」字俗體。「廬」不見《說文》。《春秋·僖公二十三年》
有「狄人伐廧咎如」，杜預注：「廧咎如，赤狄之別種也。」《玉篇·嗇部》：「牆，

〔註37〕《敦煌俗字典》287頁。
〔註38〕《異體字研究資料集成》第一期，第六冊，第175頁，

牆垣也；牆，同上。」《墨子・經說上》：「牆外之利害未可知也。」畢沅注：「牆字，牆俗寫。」典籍中「牆」「牆」二字常混用。而以「嗇」爲構件之字，俗可作「啬」，故俗體又有作「庸」，《碑別字新編・十七畫》「牆」字下引《漢曹全碑》如此作。「庸」加「土」旁，又有俗字「墉」，同書引《魏元範妻鄭令妃墓誌》即如此作。而上「墥」則將右半下部寫成「皿」，《敦煌俗字典》「牆」字下收有「墥」，類此。

009　　**馳**：駈驅（經序）

案：《說文・馬部》：「驅，馬馳也。从馬區聲。」段玉裁注：「俗作駈。」《干祿字書》：「駈驅：並上通下正。」《玉篇・馬部》「驅」字下有「駈，俗。」

010　　**扗**：**撓**。（經序）

又：扗動：上与**撓**字同。許高反。**撓**，擾也，攪也。（經第六十六卷）

案：以上「**撓**」與「**撓**」皆爲「撓」之訛書，即「撓」也。「堯」之省體俗字可作「尭」、「尭」等，故「撓」字亦可作「撓」、「撓」等。《碑別字新編・十五畫》錄《魏王基墓誌》作「**撓**」。又《魏陸紹墓誌》作「**撓**」。以上《私記》二形與此同理。只是書手抄寫時，前字左半上爲「土」下成「兄」，而後字則乾脆誤成「克」。

以上兩條《私記》參考大治本《新音義》，故加以比勘即明。前者大治本作「扗：**撓**。」後者爲：「扗動：上**撓**字同。許高反。**撓**，擾也。」（第六十六卷）儘管字形漫漶，但仍可看出二者相承。又查檢《華嚴經》卷六十六有「如阿脩羅王，能遍撓動三有大城諸煩惱海」之文句，可証此字爲「撓」。

011　　**尖**：**圡**（經序）（步）

案：解釋字「**圡**」很容易被識讀作「出」。大治本《新音義》此條作：「尖：**圤**。」《私記》「**圡**」應爲俗字「**圤**」之訛誤。

012　　**遭遭**：**遭**（經序）

案：《廣碑別字・十五畫》收有「遭」字俗形「遭」，引《魏馮邕妻元氏墓

誌》爲例。

013　　遷：遷（同上）

　　案：大治本《新音義》同此。「遷」字俗體甚夥。以上二形當爲當時常見俗體。《廣碑別字・十六畫》「遷」字下收有俗體共約八十個，其中《漢衡方碑》中有「遷」；《齊姜纂造像》中「遷」即與上二字相類。

014　　迸：迸（經序）

　　案：此字亦爲《經序音義》中正字辭目之一。「迸」爲被釋字，其釋語爲「迸」，字音字義均無。「迸」爲「逆」之俗字。敦煌漢文各期寫卷中，凡從「屰」之部件者多寫作「羊」。蔡忠霖《敦煌漢文寫卷俗字及其現象》舉「『屰』『羊』兩部件不分例」中就指出從第二期至第五期中「逆」作「迸」者共十例。而檢諸碑碣，《漢曹全碑》「逆」作「迸」；《漢楊淮表》「厥」字亦從「羊」，故知從「屰」之部件寫作「羊」，乃承自隸書之寫法。〔註39〕如此，《廣碑別字・十畫》〔註40〕「逆」字下引《魏大宋飛丞陳元斌墓誌》作「迸」，《敦煌俗字典》「逆」字下收有多例，如「迸迸迸迸」等，也就不足爲奇。《私記》用其作爲解釋字，可見在日本此亦已爲當時通用字形。又經第廿五卷有「不欸不逆」辭目，「逆」字正作「迸」，釋文中出現「逆」字亦用此形，然並無對此字形的辨析，可見已爲時人所習。又《私記・經第廿七卷》有「逢迎引納」，釋曰：「《方言》月〔註41〕謂逢迸迎也。謂迸首迎之，引入住處也。」其中「逆」亦直接作「迸」。

　　「迸」應爲「逆」之另一俗形「迸」之添筆訛字。此條大治本《新音義》亦收，後者正作「迸：迸」。可証。而「逆」作「迸」，《敦煌俗字譜・辵部・逆字》引《中 57・481・下～2》；《廣碑別字・十畫》「逆」字下引《唐鄂州永

〔註39〕蔡忠霖《敦煌漢文寫卷俗字及其現象》第 313 頁。臺灣文津出版社，2002 年。除此，作者還指出：從「羊」之部件亦有寫作「屰」者，如第三期 P.2457「翔」字作「翔」（郎吏虎賁越天輕○，罷前絳飛，斷斬羅網），碑碣中則如《唐鄭州長史楊孝眞墓誌》「翔」字左半亦從「屰」。兩部件因形近混用。

〔註40〕秦公・劉大新著《廣碑別字》。國際文化出版公司，1995 年。

〔註41〕《私記》右側行間有改寫小字「曰」。

興縣主簿中山張愿墓誌》皆為此形，不贅。

015　苣草箭：苣正為莣字。其形似荻。皮重若笋，體質柔弱，不堪勁用也。荻笋勁芒音苣音。（經第十三卷）

案：此條不見大治本《新音義》，採自《慧苑音義》，作「芒草箭」。高麗藏「芒」字寫法亦如《私記》，可見「芒」作「苣」字形並不少見。根據《隸辨》卷六，「亡」之篆文作「亾」，隸變作「亾」，又多有俗譌，「巨」即為其中之一。敦煌俗字中用「亡」為部件所構字多如此作。〔註 42〕《漢隸字源・平聲・陽韻》「芒」字條下引《周憬功勳銘》，「芒」字即作「苣」。慧苑釋曰：「芒草，一名杜榮，〔註 43〕西域既自有之，東江亦多此類。其形似荻，皮重若笋，體質柔弱，不堪勁用也。其正宜作莣也。」顯然《私記》此條中詞序有了顛倒，並少了「草一名杜榮西域既自有之東江亦多此類」字。又移末句至開頭，然卻可視之為《私記》更注重對俗字的辯證。《說文・艸部》：「莣，杜榮也。从艸忘聲。武方切。」莣俗譌作「莣」。又《說文・艸部》：「芒，艸耑。从艸亾聲。武方切」。此條「芒」為「莣」的同音假借字。《爾雅注疏》卷八：「杜榮注：今芒草，似茅皮，可以為繩索履屩也。音義疏：……莣音亡字，亦作芒。」

016　順愜：愜宜為㥦字。起頰反。滿也。《楚辞》：固愜腹而不得息也。（經第廿五卷）

案：此條不見大治本《新音義》與《慧苑音義》。查檢《華嚴經》卷二十五有「願一切眾生所見順愜，心無動亂」之句，可見《私記》作者單為釋字而專列此條。《說文・心部》：「㥦，快心。从心匧聲。」《敦煌俗字典》「愜」字下有「愜、愜、愜」等形，與以上字形相似，足見其間相承之迹。釋語謂「宜為㥦字」，「㥦」當為「㥦」，即篆書隸定字之譌省。《玉篇・心部》：「愜，起頰切。服也，又快也。」下列「㥦」字，云：「同上。」《廣韻・入聲・帖韻》：「愜，心伏也。又快也。」下列「㥦」字，云：「上同。」

此類例甚夥。不繁舉。通過以上 16 例（主要為《經序音義》中例），可以

〔註 42〕見黃征《敦煌俗字典》第 265 頁「忙」「茫」「盲」字；第 266 頁「鋩」；第 418 頁「亡」「罔」「忘」「望」等字頭下所列俗字字形，不贅舉。

〔註 43〕高麗藏本作「縈杜」。獅谷白蓮社本作「杜策」。

看出：所謂「以俗正俗」實際就是用當時較爲常見的字體對《華嚴經》中的難認俗字加以辯證詮釋。用作解釋字的實際也仍屬於俗字類。這當然是用我們今人眼光來看的。這些字，或可認爲屬《干祿字書》中的所謂「通者」，或就是俗字，然在當時，至少在《私記》作者的眼中，是可識，能認者，故將其作爲解釋字。所以，我們所定義之《私記》「正字」是以編撰者爲標準的，〔註44〕具有一定的任意性。

漢字發展過程中，特別是刻本成立以前的紙本抄寫時代，因爲書寫之便利，特別是應大批量寫經的實際需要，文字運用的範圍不斷擴大。而手書寫字，並無定體可循，加之手寫之體，亦難出一致，故而現存寫本文獻中，字形紛雜，訛俗別體，頗爲多見。然而即使這樣，很多字在實際流傳過程中，會相襲形成一些「約定俗成」的共識，即一些俗字已經得到相對高的認讀程度，即所謂「通體」。這正體現了漢字的發展，以上《私記》中例，亦可證明此點。

二、援引古書所出俗字

盡管與前期的《玄應音義》、《慧苑音義》等相比較，《私記》不如玄應、慧苑等人廣徵博引，詳詮細釋，然而，作爲一本出自日僧之手而成的「單經音義」，實際上還是參考了當時所流傳的音義書、字書和韻書等相關資料，只是多省略出典而已。所以大多數情況下，仍是有源可溯，有跡可尋。日本學者白藤禮幸撰《上代文獻に見える字音注について（四）——新譯華嚴經音義私記の場合——》〔註45〕、清水史《小川本新譯華嚴經音義私記音注攷——その資料的分析と整理（一）——》等論文〔註46〕，主要考察探討《私記》「音注」，對《私記》出典做了頗爲詳細的梳理，可作爲我們的參考資料。清水史在論文中指出其「音注出典」主要有①唐・釋慧苑《新譯大方廣佛華嚴經音義》（約成於720年；《慧苑音義》）、②日僧所撰《新華嚴經音義》（約成於749～757年間；大治本《新音義》祖本）、③顧野王撰《玉篇》（543年）、④唐・玄應撰《一切經音義》（661年）、⑤隋・陸法言撰《切韻》。此外，還有出典未詳例，可見還有其他古書引用。《私記》作者參考利用這些資料，當然不僅爲漢字標出「音注」，

〔註44〕當然編撰者也就代表了當時的日本僧人，至少華嚴學僧的「正字」概念。

〔註45〕《茨城大學人文學部紀要文學科論集》第五號。昭和47年（1972）2月。

〔註46〕《野州國文學》二一・二三號。昭和53年（1978）3月・54年（1979）2月。

還常根據這些文字音韻資料，舉其所見文字、音韻、訓詁等資料，解釋漢字，辨析字形。如：

001　　普**振**：**振**字正爲震動之義。經本作**振**字者，乃是**振**給字，非震動之義也。（經第六卷）

　　　案：《慧苑音義》亦收此條，並釋曰：「振字，正宜作震，震動之義。經本作振字者，乃是振舉之振也。」可見《私記》用慧苑說。只是慧苑認爲「經本作振字者，乃是振舉之振」，而《私記》卻有所改，「乃是**振**給字」。

　　　「**振**」乃「振」之俗字，敦煌俗字多如此作。〔註47〕《說文·手部》：「振，舉救也。」「振舉」複合成詞，多表示「振作；整頓」義。而中古史籍中多見「振給」雙音詞。唐顏師古撰《匡謬正俗》卷七：「振，許愼《說文解字》曰：振，舉救也。諸史籍所云振給、振貸，其義皆同，盡當爲振字。今人之作文書者以其事涉貨財，輒改振爲賑。按《說文解字》云：富也。……此則訓不相干，何得輒相混雜？振給、振貸者，並以其飢饉、窮厄將就困斃，故舉救之，使得存云耳。寧有富事乎？」邵瑛《羣經正字》：「案：此即俗賑濟之本字。」可見，《私記》此條正是考慮到了「振」之本義。《玄應音義》卷十和卷十一均收釋「振給」條。

　　又：　**振**邨：上云〔註48〕刃反。救也。舉也。**振**又爲**辰**、**拍**字，同。又本作**賑**，之忍反。富也，又隱**賑**也。邨同。湏律反。憂也，謂憂。**賑**給之義也。邨恤此正字躰耳。（經第六十卷）

　　　案：此條大治本《新音義》與《慧苑音義》均收錄。前者辭目作「**賑**邨」，慧苑作：「振卹，振，之刃反。卹，須聿反。鄭注《禮》曰：振，救也。又注《周禮》曰：卹，憂貧也。振字古體作抯，有本作賑，賑給之義也。卹字《說文》云：憂恤，從心卹少（案：當爲省之譌略），從卩。《尒雅》通用。今案：諸書依《說文》從卩，爲勝。」可以看出，《私記》內容近於慧苑。但亦有與大治本《新音義》相似之處。

〔註47〕參見黃征《敦煌俗字典》第 548 頁。

〔註48〕筆誤，應爲「之」。

　　首先，「振」「姬」字所從之「辰」旁，即「辰」，此乃《私記》所特有之書寫形式。〔註49〕而大治本《新音義》「賑」「振」字所從之「辰」旁則與敦煌俗字「辰辰」〔註50〕相一致。《私記》「振又爲辰抵同。」「抵」字當爲抵字之誤。《說文・手部》：「抵，舉救也。从手辰聲。一曰奮也。」是《私記》「救也。舉也」之源。《爾雅・釋言》：「賑，富也。」註：「謂殷賑富有。」疏：「皆豐財也。」《張衡・西京賦》「鄉邑殷賑。」《說文・貝部》：「賑，富也。从貝辰聲。」是「又本作姬，之忍反。富也。又隱賑也」之所本。「隱賑」即「殷賑」。

002　　耽味：上都含反。嗜色爲媅。嗜酒爲酖。耳垂爲耽也。《聲類》媅作妉，今媅，媞。下或經爲耽字，時俗共行，未詳所出。……〔註51〕（經第十七卷）

　　案：此條《慧苑音義》收錄，大治本《新音義》未收。《私記》採用慧苑說：「耽味，耽，都含反。按《玉篇》《字林》等：嗜色爲媅，嗜酒曰酖，耳垂爲耽。《聲類》媅字作妉。今經本作耽字，時俗共行，未詳所出也。」〔註52〕儘管此條《私記》與慧苑所說無大異，但可以看出：其一，「媅」可作「媅」，經生在書寫時省略右半部「甚」之最後一劃而成「其」。此並非《私記》祖本如此訛寫，因爲「《聲類》媅作妉，今媅，媞」，即爲辨識。「媅，媞」，兩個字體都很清晰。「今媅，媞」並非慧苑所說，乃《私記》特意舉出。其二，《說文・女部》：「媅，樂也。从女甚聲。」《康熙字典》「媅，同妉。」《爾雅・釋詁》：「妉，樂也。」「妉」爲「媅」的換旁字。唐人認定的正字有兩種：一是《說文》所有，如「媅」；二是經典相承，如「妉」見於《爾雅》。二字中的「甚」「尤」都是聲旁，但唐代「媅」字的「甚」旁在讀音上與「媅」字音已不甚相同，而「尤」更近於「媅」字讀音，故使用「妉」字者頗多。其三，「耳垂爲耽也」一句，對照《慧苑音義》，「耽」當爲「耽」字之俗字。但或可認爲《私記》

〔註49〕可參考前「普振」條。

〔註50〕黃征《敦煌俗字典》47頁。

〔註51〕此後釋語小字有「佳可量，上仕嫁反。……」此應爲將隔一詞條後的「乍可量」及其釋語誤植於此之故，與本條無關。

〔註52〕磧砂藏本。高麗藏本「耳垂爲耽聲類媅字作妉」作「耳類媅字作妉」，有漏抄。

作者所見《慧苑音義》即如此作。《說文・耳部》：「𦕣，耳大垂也。从耳尤聲。《詩》曰：『士之耽兮。』」《宋本玉篇・身部》：「𨉗，丁含切，俗耽字。」

003　因於撫擊：**撫**，孚武反。正宜**拊**。拊，擊也。**拊**，撫字，此乃**撫**育安**撫**之字，非此日（旨）〔註53〕。捊（桴），扶留反。大曰筏（筏），小曰**桴**。謂擊皷之**桴**爲**枹**字〔註54〕。（經卷第廿二）

　　案：此條引自《慧苑音義》，但有所改易。慧苑釋：「因於撫擊：撫，孚武反。字正宜作拊。《廣雅》曰：拊，擊也。《釋名》曰：擊，搏也。〔註55〕擊謂以手指拍之曰搏也。經本作撫字，此乃撫育、案〔註56〕撫之字也。」而《私記》此處「捊（桴），扶留反。大曰筏（筏），小曰**桴**。謂擊皷之**桴**爲**枹**字」，則由《私記》作者所爲。蓋《私記》作者所見《華嚴經》中「拊」字从木旁（或更似木旁），作「柎」。《私記》認爲「柎」當是「桴」之異體。遂有「桴」字釋義，有二：一爲木排之「桴」（與「筏」相近）；一爲擊鼓之「桴」，則又可作「枹」字。案：《私記》中從「扌」之字往往將「扌」書寫作「才」，亦因之而易與「木」旁字相混。

004　無有瘡疣：疣，有鳩反。腫也。**贅**也。謂膽聚**圀**也。贅音支銳反。疣字又作肬之〔註57〕。（經卷第五十八）

　　案：「**贅**」字旁添加「**肏**」字，當是此稿抄完後，作者或抄寫者有所覆覈或修改。此條引自《慧苑音義》：「無有瘡疣：疣，有鳩反。《廣雅》：疣，腫也。《說文》曰：疣，贅也。贅，謂膽聚肉也。贅音支銳反。疣字又作肬也。」而略有刪節。慧苑「贅，謂膽聚肉也。」宋蹟砂藏本作「膽」，粵雅堂本作「膽」。對照《私記》，則作「膽」字是。《私記》「聚**圀**」則爲「聚肉」，「肉」字譌作「**圀**」，蓋《私記》之譌。「**圀**」一般認爲乃則天所造古文「國」字，非「肉」字古文。

〔註53〕岡田《解說》認爲「曰」爲「旨」字之訛，茲從。

〔註54〕《私記》「捊（桴），扶留反」至「枹字」爲大字，當爲「因於撫擊」之釋文。

〔註55〕高麗藏本作：「《釋名》曰：敷也。敷，以手拍之。拍搏也。」

〔註56〕高麗藏本作「按」。

〔註57〕「之」字無着，當爲「也」字。

然而《隸辨・入聲・一屋》中有「肉」之俗形「宍」，與則天文字「图」相似，故有此譌。《慧苑音義》作「肉」。

005　徙寘：徙，仙紫反。移也。寘猶著於地也。寘字本從四下直，今從日者俗。（經五十八卷）

　案：《新譯大方廣佛華嚴經》卷五十八：「餘世界中一切諸魔及諸外道、有見眾生，皆亦徙置他方世界，唯除諸佛神力所持應化眾生。」可見辭目正字應為「徙置」。此條大治本《新音義》不收。以上關於「置」字之詮釋，採用慧苑之說：「徙置，徙，仙紫反。《蒼頡篇》曰：徙，移也。鄭玄注《考工記》云：置，猶著於地也。置字本從罔〔註58〕下直，今從日者，俗也。」高麗藏與磧砂藏本字形均作「置」。然根據慧苑「今從日者俗」，可知《私記》作者所見之《慧苑音義》作「寘」。《說文》「置」字從网，直聲。「网」字頭隸書作「罒」或「冈」。慧苑所以謂「置字本從罔下直，今從日者，俗也。」乃為其所見「置」字已然書作「寘」。蓋慧苑所見經文有如此作。而經文在傳抄中有書者筆劃中有將「罒」草書而使二中短豎連接如一短橫，後之抄書人遂楷著「曰」。又「寘」字上作「冃」，是《私記》抄者又譌「曰」作「冃」。可見「校書如掃落葉」，譌誤不但層出不窮，且能不斷變化。這種譌變是漸變而非突變，故研究俗字要有足够的材料和十分的細心，由此才能尋找其譌變的蛛絲馬迹，並理清其脈絡。

006　羈靽：上居宜反。謂絡馬頭也。靽於兩反。扐牛頸繩也。勒上記經文為羈勒。唐音義為羈靽字。（經卷第六十二）

　案：《慧苑音義》作「羈靽」，釋曰：「羈，居宜反。靽，於兩反。王逸注《楚辭》曰：羈，謂絡馬頭也。靽，謂勒牛頸繩也。」大正藏與高麗藏本《新譯大方廣佛華嚴經》卷第六十二：「四攝無盡藏，功德莊嚴寶，慚愧為羈靽，願與我此乘！」大治本《新音義》辭目字形與慧苑同，也作「羈靽」。可見當時流傳經文相同，作「羈靽」。而《私記》釋語所記「勒上記經文為羈勒」，則表明《私記》作者所見《華嚴經》則作「羈勒」，故與《慧苑音義》所釋《華嚴經》有異，可見作者是就所見經本字形而作音義。作者最後所指出：「唐音

〔註58〕高麗藏本作「冈」。

義為**羈靮**字」，「唐音義」即指《慧苑音義》，則更可證《慧苑音義》本作「羈靮」，俗字革旁多寫作「**革**」，故為「**靮**」。

007　　漁師：上言居反。捕魚也。字又作**澩歔鮫**三形。（經第六十六卷）

案：查檢《華嚴經》卷六十六有「又如**漁師**持正法網，入生死海，於愛水中，漉諸眾生」之句，而《慧苑音義》作「如漁」，從辭書立目看，似不如《私記》恰當，但二者實際均只釋「漁」字。慧苑曰「漁，御居、疑據二反。《說文》曰：漁，捕魚也。字又作**漁歔鮫**三形者也。」〔註59〕可見《私記》參考慧苑說。而此釋語中之「**澩歔鮫**」三字與高麗藏相似，然又稍有異。「**澩**」即「**鱳**」，《說文・鱟部》：「**鱟**，捕魚也。從鱟從水。**鱳**，篆文鱟從魚。」只是俗字將「**鱳**」右下寫成「**魚**」（「魚」俗字）。「**歔**」即「**歔**」，傳承自《周禮・天官・歔人》：「掌以時歔為梁。」但訛變得很厲害。「**鮫**」即「**鮫**」，《玉篇》「**歔**」同「**鮫**」。

008　　**俾倪**：上普米反。下五礼反。堞也，女墻也。城上小垣也。或作**顠倪**，或**𣪘𤾋**矣，或為**陴𤾋**，女墻也。又陴字為**埤**字。……〔註60〕（經第十卷）

案：《慧苑音義》卷第十以「崇飾寶墒坄」〔註61〕短語為辭目，高麗藏本與磧砂藏本「墒坄」從阜從土。慧苑案：「賈注《國語》墒字作埤，杜注《左傳》作陴，《廣雅》作墒，籀文作埤，墒又音避支反。今經本作俾倪字者」。慧苑其後辨析用於表斜視之義的「睥睨」。

《私記》辭目字從大治本《新音義》，為從「人」之「俾倪」，然《私記》「**俾**」字與大治本《新音義》之「**俾**」相較，因右半「卑」之下部「十」上短撇訛為短豎，故難以與「俾」相聯。《集韻・至韻》與《類篇・人部》收有「**俾**」，「必至切，及也」，非一字。《說文・阜部》：「陴，城上女墻，俾倪

〔註59〕高麗藏本。獅谷白蓮社本為「又作**漁歔**二形。」

〔註60〕原本此後接「秀出，上思救反。美也，異也，出也」，此乃辭目未用大寫而混入釋文。此抄自大治本《新音義》。然大治本《新音義》「秀出」為辭目，下雙行釋義，頗為明顯。

〔註61〕《大正新修大藏經》第10冊此處作「崇飾寶埤坄」。

也。」段注：「凡小者謂之女。女墙及女垣也。俾倪疊韻字，或作睥睨，或作堨垸，皆俗字，城上爲小墙，作孔穴可以窺外，謂之俾倪。」段玉裁之注已很清晰，既是疊韻連綿詞，字無定型，寫法自由乃其特點，故慧苑與大治本《新音義》作者均多有例舉。《私記》儘管採自大治本，但「或作䫴倪」卻爲《私記》作者所添。「䫴」字應是「頓」字的俗寫，《玉篇‧頁部》就有如此寫法，釋爲「匹米切，傾首也」。又「毀兒」，大治本《新音義》作「毀睨」，前二字爲「毀」字俗寫。《龍龕手鑑‧文部》收「毀」，《攴部》收「毀」，均曰：「必礼反。毀也。又普礼、必詣二反。」

009　　廛：音義作厘字。除連反。謂停估客坊邪（邸）〔註62〕也。《尚書大傳》曰：八家爲隣，三隣爲明（朋）〔註63〕，三明（朋）爲里，五里爲邑，此虞憂（夏）〔註64〕之制也。上，除連反。謂城邑之居也。店又与怙（坫）〔註65〕同，都念反。又一音義作廛店：上除連反。謂城邑之居也。店又与怙同。都念反。（經卷第六十七）

案：此條釋語中兩稱「音義」。前音義應指《慧苑音義》。不過，慧苑此條以四字爲辭目「廛店鄰里」，其中對「廛」之詮釋「除連反。鄭注《禮》曰：廛，謂市物邸舍也。謂停估客坊邸。《尚書大傳》曰：八家爲鄰，三鄰爲閭，三閭爲里，五里爲邑。此虞夏之制也」，爲《私記》所用。而「廛」字俗有「厘」形者，如《經典文字辨證書‧广部》。又《正字通‧广部》中「廛」字有「廛」形，省下「土」即成「厘」。《可洪音義》中也有「廛」，〔註66〕與此相類。

又一音義乃指大治本《新音義》。其辭目即爲「廛店」，釋義與《私記》完全相同，只是「除連反」作「除東反」，蓋爲書寫之訛誤。然「廛」《私記》作

〔註62〕《私記》「邪」寫作「邪」，當爲「邸」字之訛，此條「邸舍」之「邸」寫作「邪」，《慧苑音義》作「邸」。

〔註63〕《私記》「明」字右側行間寫有小字「朋」，「朋」是。

〔註64〕《私記》「憂」字右側行間寫有小字「夏」。虞夏，指有虞氏之世和夏代。

〔註65〕「又一音義」後源自大治本《新音義》，大治本《新音義》「怙」作「坫」。《說文解字‧土部》：「坫，屏也。」段玉裁注：「其字俗作店。」

〔註66〕參韓小荊《〈可洪音義〉研究——以文字爲中心》第376頁。巴蜀書社，2009年。

「廛」，爲常見俗體。《可洪音義》中有「廛」、「廛」即同此或類此。大治本《新音義》作「廛」，此形尚未見字書，當是將「廛」下之「主」因豎畫傾斜並加點譌作「去」。

又《私記》第六十七卷：「市厘，（廛）除連反。居也，城邑之居也。厘又爲廛字，正爲廛字。」其「又爲廛字」之「廛」字與「又一音義作廛店」中「廛」字相同。《慧苑音義》有「廛字經本從厂作者，謬也」句未被《私記》所引，而《私記》有「正爲廛字」之說，可知《私記》作者並不認爲從厂之「廛」爲謬。

010　　甲曹：《廣雅》日：曹兜鍪也。鍪音牟。訓与呂比。〔註67〕或本爲甲曹。上又作錍字。曹，除救反。与鈾軸字同。曹，兜鍪也。又曹胤續継也。与呂比。（經第十四卷）

　　　　甲胄：上又爲錍字，可夫止。下又爲曹字，除救反。兜鍪也。与呂比。鍪音牟，訓与呂比。（經第廿三卷）

案：上條《私記》前《廣韻》說解取自《慧苑音義》。後有關「曹」字辨識參考大治本《新音義》，只是大治本《新音義》作「甲胄」。高麗藏《慧苑音義》亦同此。下條辭目中作「胄（胄）」字，然釋文中卻明確指出，「下又爲曹字」，不僅字形清晰可辨，還特以和訓詮釋，可見《私記》中「曹」作「胄」並非書手訛誤，而是作者所見《大方廣佛華嚴經》或《慧苑音義》字形有作「甲曹」者。

「曹」爲「曹」之俗字。「曹」本作「曹」。《說文・日部》：「曹，獄之兩曹也。在廷東。从棘，治事者；从曰。」《五經文字・日部》：「曹曹曹：上《說文》，中經典相承隸省，凡字從曹者皆放此，下石經。」《正字通・日部》曹注云：「從兩東作曹，……隸作曹，俗作曹，非。」

然而，以上例中，「曹」，根據釋義，應爲「胄」意。兩例皆有和訓「与呂比」，據岡田《倭訓攷》，假名爲「ヨロヒ」。「ヨロヒ」《国語大辞典》等漢字作「甲」、「鎧」，與「胄」同義。「胄」作「曹」，可視爲訛寫，因《私記》中常有將「肉」旁寫作「日」的現象，如前例後補之「胄」與後例「胄」。蓋字形相近

[註67] 此乃「胄」字和訓。據岡田《倭訓攷》，假名爲「ヨロヒ」。

混用。然此用法並非出自《私記》作者，而應是當時《華嚴經》寫本或其他音義中已有如此現象。我們在《可洪音義》中發現兩例：「甲冑，丈右反。正作冑。」（卷九）；「介冑，……下直右反。兜鍪也，首鎧也。正作冑羃二形也。下悞。」「冑」爲訛誤字，然「冑」，從字形上看，就是「冑」字。

之所以會如此，是因「冑」與「冑」字長期混用而致。「甲」字和訓，據岡田《倭訓攷》，假名作「カブト」。然「カブト」在日語中爲頭部保護器械，與「甲」之「鎧甲」「盔甲」義不同。岡田認爲此爲誤用。然不知如此誤用起於何時？但漢語中「冑」、「冑」二字混用早已有之。《說文‧肉部》：「冑胤也。從肉由聲。」《康熙字典‧肉字部》釋「冑」有「裔也；系也；嗣也；長也」等義。而《說文‧冃部》：「冑（冑）兜鍪也。從冃由聲。羃（羃），《司馬法》冑從革。」《五經文字‧冂部》云：「冑，兜鍪也。冑裔字從肉，今依石經變肉作月，與冂相類。」這主要是隸定後的「肉」作爲偏旁時則多隸變作「月」，其形與隸變後的「月」字相近，又與原象形的「冂」非常接近，故而每多淆混。《正字通‧冂部》「冑」字下注謂：「冑下從冃，篆作冑。冑從肉，俗省作冑。」類似的現象在後世從「舟」的「服」字「勝」字都與「月」旁合併是同樣的道理。《隸變‧去聲》：「冑」字條下按：「冑從肉。甲冑之冑從冃。《佩觿》云以冑子爲甲冑，其相承有如此者。」《隸辨‧孔宙碑》「大聖之冑」作「冑」；而《魏上尊號奏》「衣甲而冠冑」作「冑」。可見「冑子」與「甲冑」字形在隸書中就已經很難分辨。

而根據《私記》以上例，可知奈良朝時期二字已有如此混用。新井白石認其爲「誤用」，其所著《同文字考‧誤用》即指出：「冑ヨロヒ，俗鎧字。冑，直又切，兜鍪也。白蛾曰：甲冑之冑與冑子之冑不同。下從肉。甲冑下從冃，音冑。」〔註68〕

「冑」與「冑」兩字自隸變始即多相淆，比比皆是，《私記》如此，不難理解。然漢語中「曹」、「冑」相混，卻用例不多見。但實際上，此亦爲字形相似而混用。經第廿三卷「甲冑」之「冑」，其下部由「月」訛作「日」。實際上此應爲「日」，《私記》中多有「日日」不分現象。上例中，後所補之「冑」，其下正作「日」。故而在日本的寫經中，定有將「冑」字寫上部多加一橫而作「曹」

字現象，故而《私記》下例又辨釋：「又爲**曹**字，除救反，兜鍪也。」更可證當時「胄」作「**曹**」不少見，故《私記》作者反復辨析之。

另外，我們還從其它資料可以得到佐證。江戶時代松井峩山所編《古今字樣考・二字相似》指出：「**胄**，從月，甲**胄**。**冑**，從肉，世**冑**。」〔註69〕可以看出，二字已極爲相似，一般難以辨別，故辭書特意錄之以辨。又江戶時代近藤西涯編《正楷錄》中「冑」字下有「**曹冑**」二形；而「胄」下則有「**曹胄**」二形。〔註70〕又《正楷錄》下《三字相似》有「**冑**，世**冑**之**冑**，從肉。**胄**，甲**胄**之**胄**，從冃。冃音冒。**冒**，脾**冒**之**冒**。上從**図**，下從肉。」〔註71〕與以上《私記》例相同。又竹內某編《異體字彙・チ行》指出「**冑**，正作冑」。〔註72〕其上部同「曹」。《日本難字異體字大字典・文字編》中「冑」字下收有「**冑**」，並注「俗」，其上部亦同「曹」。可証在日本，將「曹」寫作「冑」者，並非《私記》才見。由此，我們認爲「曹」、「胄」、「冑」三字因字形相似，曾長期混用，這正是俗字特色之一。

011　　**驚慴**：**慴**又與**攝**字同。止葉、齒涉二反。心服曰**慴**，亦懼也。唐音義云：**慴**怯也。恐**慴**懼。經本有作**攝**字者，謬也。（經第四十七卷）

此條《慧苑音義》作：「靡不驚慴：慴，之葉反。鄭注《禮記》曰：慴，怯也。畏懼也。經本有作攝字者謬也。」大治本《新音義》亦收，但作「驚**慴**」。《私記》釋義取自大治本《新音義》，而後者又參考玄應說。《玄應音義》卷五：「慴伏，……止葉、齒葉二反。《說文》：心服曰慴。《廣雅》：慴，懼也。」但大治本《新音義》「又與**攝**同」，不甚清晰，但可辨是「攝」之手寫。而「心服曰**慴**」則與《私記》同。《慧苑音義》與大治本《新音義》辭目字形均從「心」，乃「慴」手寫之俗。但《私記》卻作「**慴**」，蓋其作者所見《華嚴經》此處已抄作「**慴**」。

另外，大治本《新音義》無後半「**慴**怯也。恐**慴**懼。經本有作**攝**字者，謬

〔註69〕《異體字研究資料集成》第一期，第五冊，第 288 頁。

〔註70〕《異體字研究資料集成》第一期，第七冊，第 312 頁。

〔註71〕同上，第 370 頁。

〔註72〕同上，第 40 頁。

也」之部分。「唐音義」即指《慧苑音義》。然慧苑本用從「心」之「懾」，故認爲「經本有作攝字者謬也」。然當時流傳於日本的《慧苑音義》「懾」已作「攝」，故《私記》作者如此照抄，故與後之「經本有作**攝**字者，謬也」不合。又「恐**攝**懼」三字，「**攝**」蓋爲衍字。《玄應音義》卷九：「懾，恐懼也。」慧苑本作「畏懼」，與「恐懼」同義，抄寫時互置，並不罕見。

　　《慧苑音義》與大治本《新音義》是《私記》最重要的參考資料。除此，《玉篇》也是主要參考資料之一。特別是因爲《玉篇》本就是字書，故而在字形辨析以及訓解上，其資料價值更大。

012　　沒**溺**：又爲**溺**字。奴的反。《說文》以沈**溺**之**溺**爲伙字。伙，奴〔註73〕的反。《說文》：沒水中也，漬也。此古文**溺**也。（經序）

　　案：《說文・水部》：「**㲻**，沒也。从水从人。奴歷切。」段玉裁注：「沒也。此沈溺之本字也，今人多用溺水水名字爲之，古今異字耳。《玉篇》引孔子曰：君子伙於口，小人伙於水。顧希馮所見《禮記》尙作伙，从水人，讀與溺同。奴歷切。古音葢在二部。」又「溺」字下，段注曰：「按今人用爲伙沒字，溺行而伙廢矣。」《玉篇・零卷》：「伙，奴的反。《礼記》孔子曰：君子伙於日〔註74〕，小人伙於水。鄭玄曰：伙謂覆沒不能自理出者也。又曰：死而不弔者三伙也。鄭玄曰：不乘船橋者也。《說文》沒水中也。野王案：《家語》子路伙，溺是也。伙，漬也。《聲類》此古文溺也。野王案：今皆爲溺字。」

　　「伙」與「溺」在水淹、水沒字義上屬於古今字關係。顧野王《玉篇》闡述其中關係，甚爲清晰。《私記》對此二字的辨析，是參考根據了《玉篇》，我們從以上所引部分，可以清楚看出其脈絡。

013　　臆：（臆）亦爲**肌**字。臆滿也。臆，氣滿也。亦爲**臆**字，在骨部。（經卷第一）

〔註73〕《私記》「奴」寫作「**扠**」，爲「收」之俗字。「收」與「溺」聲類不合，疑此爲「奴」字之訛，《慧苑音義》作「奴的反」。

〔註74〕《玉篇・零卷》原本，此字似「曰」，蓋爲「口」字訛。

　　案：此條不見《慧苑音義》及大治本《新音義》。「𠕀」應爲「肔」字。《說文・肉部》：「𪗇骨也。從肉、乙聲。臆，肔或從意。」據此，可知「肔」本義爲胸骨，「臆」爲「肔」之或體。然後多定「臆」爲正字，故「肔」也就被認作「臆」之異體字。《玉篇・肉部》：「於力切。𪗇也。臆，同上。」而「䯏」當爲「𩩲」字。此乃後起分別字。《玉篇・骨部》：「𩩲，於力切。骨也。」《集韻・入聲・職韻》：「肔臆䯏𩩲，《說文》𪗇骨也。」故而，胸骨一義，「肔臆䯏𩩲」四字互爲異體。然「臆」又有氣塞，胸滿義。《方言》卷十三：「臆，滿也。」郭璞注：「愊臆，氣滿之也。」《隸篆萬象名義・肉部》：「肔，於力反，滿也。臆也。」又《骨部》：「𩩲，於力反，𪗇也，臆也。」《康熙字典・骨部》：「𩩲，……按字當从𡕨。𡕨，古意字。《玉篇》譌作𩩲，非。」呂浩《隸篆萬象名義校釋》指出：「𩩲爲𩩲之訛字。𩩲同臆。」

014　　棟宇：上都弄反。屋欞也。欞，於靳反。𠦝也，子亦反。於馬是也，亦背臂也。亦爲𦟢字，在𦟢部。倭言车年。[註75]（經卷第五）

　　案：《說文・𤰔部》：「𦟢，背呂也。从𤰔从肉。資昔切。」又《呂部》：「𠥓，𦟢骨也。象形。……臂，篆文呂，从肉从旅。」《玉篇・肉部》：「𦟢，子亦切，背　。亦作脊。」又《呂部》：「呂，良渚切。脊骨也。……亦作臂。」《類篇・𤰔部》：「𦟢、脊。資昔切，背呂也。隸作脊。」陳新雄認爲：「𦟢」乃篆文之楷化字，「脊」則隸省，今字定「脊」爲正體，故以「𦟢」爲「脊」之異體。[註76]

015　　枝藝：上，渠綺反。藝也，又巧枝（伎）[註77]也。藝，六藝也。音枝。伎，之弤反。忮也。技（經第十一卷）

　　又：云妓侍也：枝藝字，或本爲伎，支弤反。傷也。（經第廿

[註75]　「倭言车年」係和訓，即「むね」，漢字書「棟」，屋脊之意。又指大梁。

[註76]　參考臺灣教育部《異體字字典》「𦟢　」條「研訂說明」。

[註77]　《私記》「枝」字左側有兩點表示刪除，右側補寫「伎」字。疑抄者後改。據「妓樂」條所釋，「技藝」作「技」，「害也」之義作「伎」，則「巧技」之「技」當從「扌」。此改有誤。

・100・

八卷）

案：以上「枝」，當爲「技」字訛作。俗字「扌」旁與「木」旁多混淆不分。以上兩條，實際辨析二字：技藝之「技」；有「害、恨」之義的「忮」。《篆隸萬象名義・手部》：「技，渠綺反。藝也，巧也。」「技」與「伎」音同，故本用作「黨與」之「伎」，「俗用爲技巧之技」〔註78〕。故《私記》在辭目以及釋語中「枝」字旁，有別筆改字「伎」。《說文・心部》「忮，很也。从心支聲。之義切。」段注：「很也。很者，不聽从也。雄雉，瞻卬傳皆曰：忮，害也。害卽很義之引申也。或叚伎爲之。伎之本義爲與。許人部伎下引詩籊人伎忒，言叚借也。」又段注「伎」字曰：「大雅瞻卬文，今詩伎作忮。傳曰：忮，害也。許所據作伎。蓋毛詩假伎爲忮，故傳與雄雉同。毛說其假借，許說其本義也，今詩則學者所竄易也。」《篆隸萬象名義・人部》：「伎，之豉反。害也。恨也。或忮字。」

016　臘：郎晃反。又爲藏字。來闔反。《史記》始皇卅一年十二月更名臘也。野王案：歲神名也。《周礼》云：臘以田獵所得禽而祭也。臘臘同年。（經第十五卷）

案：此條不見《慧苑音義》與大治本《新音義》。井野口孝考證此條「臘」字釋義引《玉篇》佚文。〔註79〕《玉篇・肉部》：「來闔反。接也。新故交接也，洽也。」值得注意的是：釋義中共出現了「臘」的七個字體。「臘」見收於《偏類碑別字・肉部》「臘」字下，然「臘」字卻不見於各類俗字字書。此蓋因受「臘」之異體「臈」之影響所及。《說文・肉部》：「臘，冬至後三戌臘祭百神。從肉，巤聲。」《集韻・入聲・盍韻》：「臈臘，……或作臈。」「臘」字根據《說文》意指歲終時合祭眾神的祭祀。《史記》卷六：「始皇……三十一年十二月更名臘曰嘉平。」裴駰集解：「謠歌曰：……帝若學之臘嘉平。始皇聞謠歌而問其故，父老具對此仙人之謠歌，勸帝求長生之術。於是始皇欣然乃有尋仙之志，因改臘曰嘉平。索隱：《廣雅》曰：夏曰清祀，殷曰嘉平，

〔註78〕段玉裁《說文解字字・人部》「伎」下注。

〔註79〕井野口孝《〈新譯華嚴經音義私記〉所引〈玉篇〉佚文（資料）》；《愛知大學國文學》24・25號，昭和60年（1985）。

周曰大嘉平。蓋應歌謠之詞而改從殷號也。」可見《私記》釋文引《史記》略有刪漏。一般刻本均作「臘」。畢沅《經典文字辯證書》：「臘，正。蠟，俗。臈，別。出《史記》。」「臈」乃「臘」之俗寫，可見《私記》所從當為《史記》別本。而《禮記注疏》卷十七：「臘謂以田獵所得禽祭也」孔穎達正義：「臘，獵也。謂獵取禽獸以祭先祖五祀也。此等之祭總謂之蜡。」故「臈」為「臘」之訛俗，而「獚」則為「獵」之俗字。「蔵」字則是受「臈」之影響而將「臘」之「巛」譌作「艹」所致。

017　炁器〔註80〕：上為氣字，炁，去既反。古文為氣字。氣，息也，雲氣也。（經第六十一卷）

又：　憩止：……息，氣也，止也。氣亦為炁字。……（經第六十五卷）

案：《廣韻・去聲・未韻》「許既切」下有「氣」字，謂餽客芻米；而另有「去既切」之气，謂氣息也，又列「炁」云：「同上，出道書。」「炁」，又見於《集韻・去聲・未韻》、《類篇・火部》、《四聲篇海・火部》、《字彙・火部》、《正字通・火部》及近世字詞典，皆以其為氣息、雲氣之氣之異體。

018　𠠏獨贏頓：𠠏字又作𡂡。下經文為㤘，㥞字並同，渠營反。无父曰孫也。无子曰獨也。无兄弟為𠠏。𠠏，單也。𠠏𠠏无所依也。（經第廿一卷）

案：此辭目與《慧苑音義》相同。釋義也參考慧苑，然又稍有異。慧苑引《玉篇》「无兄弟曰𠠏，无子曰獨」，無「无父曰孫」之句。另外，此句明顯意思不合。應為「無父曰孤」。《孟子・梁惠王下》：「老而無妻曰鰥，老而無夫曰寡，老而無子曰獨，幼而無父曰孤，此四者，天下之窮民而無告者。」然慧苑並未指出「𠠏」之正字。《私記》卻指出：「𠠏字又作𡂡」《說文・丮部》：「𡂡，回疾也。從丮營省聲。渠營切。」段玉裁注：「回疾也。回轉之疾飛也。引申為𠠏獨，取裹回無所依之意。」慧苑最後指出：「𠠏字又作惸嬛婷三躰」。

〔註80〕此條原附於上條釋文之末，當為錯混於此，應獨立為新辭條。然經文中並無「炁器」連用者，「炁」，同「氣」。疑此辭目出自經卷六十一「知一切眾生根行、煩惱、習氣明智門」之「氣」字。

而《私記》卻爲「下經文爲**㨔**，**儝**字」。其中「**儝**」字，從人（亻）「煢」聲，
當是「煢」之又一俗字。《玄應音義》卷第十二：「孤煢，古文惸、傓二形同。
巨營反。煢，單也。无兄弟曰煢也。」〔註81〕可見參考《玄應音義》舉出俗字。

釋語中，指出「亦爲某字」等，實際就是標明其俗體。有的參考慧苑說，
有的從大治本《新音義》，有的則採用《玉篇》、《玄應音義》等其他辭書音義著
作，其中《玉篇》作爲當時已經傳入日本的文字著作，得到充分利用。

三、指出俗字

《私記》釋文關於俗字辨析的內容，除前所舉，還有直接指出字形爲俗字。
主要有以下：

（一）稱「俗」或稱「古文」

001　戲**笑**：上字虗邊作弋，弋，音餘力反。下從**笑**聲也。有作**咲**者，
　　　俗字也。（經第十三卷）

案：此條大治本《新音義》未收。關於「戲笑」的說解，抄自《慧苑音義》。
然在抄寫時，因豎行抄寫，誤將二字合併爲一字，即「下從**笑**聲也」，當作「下
從竹夭（或作犬）聲也」。慧苑作：「笑字從竹犬聲。有作咲者，俗也。」可見
參考慧苑說，指出俗字。「咲」字見於《集韻・去聲》：「笑、咲、关：仙妙切。
喜也。」《干禄字書》：「咲笑：並上通下正。」

002　不**瞬**：**瞬**瞬，舒（舒）〔註82〕閏反。謂目開閇（閉）數搖也。
　　　正作**瞚**字，**瞚**、**瞬**俗並用。（經第廿二卷）

案：此亦參考慧苑說：「不瞬……字正體作瞚。今並隨俗作瞬也。」「瞚」字
首見《說文・目部》：「瞚（瞚），開闔目數搖也。從目寅聲。舒問切。」本「寅」
爲聲符，但音「舜」，故後產生從「目」、「舜」聲之「瞬」。徐鉉注曰：「今俗別
作瞬，非是。」《玉篇》、《廣韻》、《龍龕手鏡》等皆收「瞚」「瞬」，視爲或體。

〔註81〕徐時儀校注本《一切經音義三種校本合刊》上冊第248～249頁。上海古籍出版社，
　　　　2008年。

〔註82〕《龍龕手鏡・金部》：「舒，《舊藏》作舒。」

003 　遭：又爲遭字，又遭，俗。會也。（經第六十八卷）

案：《私記》中直言「俗字」或「俗作」等並不多，且基本採用慧苑說。唯有上例，乃《私記》本作。但《私記》多稱俗字爲「古文」。如：

004 　沒溺：又爲溺字。奴的反。《說文》以沈溺之溺爲伮字。伮，奴的反。《說文》：沒水中也，漬也。此古文溺也。（經序）

案：此條前已釋。不贅。《私記》遵《玉篇》而將「伮」「溺」視爲古今字。

005 　髻中：上，胡栝反、古活反。古文作栝（括）〔註83〕字。《左氏傳》：既復，祖（袒）〔註84〕，括髻（髻）也。杜預曰：以麻約髮也。（經第一卷）

案：《私記》「髻」寫作「髻」，左上是「髟」，右下「古」。《說文》無此字，《廣韻・末韻》「古活切」有「髻，結髻」。《集韻・末韻》「戶括切」有「髻，絜髮也。或作髻」。「戶括切」與「胡栝反」同音，《私記》引《左傳》例所用之義與《集韻》、《廣韻》「髻」字義同。故此當爲「髻」字之訛。

006 　𢷤擢：上古文竦。搜𢱢同。湏奉、所項二反。上也，高也。又竦，跳（跳）〔註85〕，上也。（經第五卷）

又： 　𢷤擢：上古文竦。㮣𢱢同。所項及〔註86〕。上也。高也。（經第卅三卷）

案：前例析字參考大治本《新音義》。後例不見大治本。《慧苑音義》收錄，

〔註83〕《私記》中「才」旁與「木」旁常混，此言結髮之義古用「括」字，下舉《左傳》例以說明。「栝」是木名，故「栝」爲「括」字之訛。

〔註84〕《慧苑音義》與大治本《新音義》均無此條。此引文出自《左傳・宣十八》，原文作：「既復命，袒括髮。」杜預注：「以麻約髮」《音義》：「袒，音但。括，古活反。」據此可知「祖」爲「袒」字之訛。

〔註85〕《玉篇・足部》：「跳，刖足也。」於此文意不通，疑爲「跳」字之訛。玄應《顯揚聖教論音義》「竦肩」條云：「古文竦慫二形，今作聳，同。須奉、所項二反。《廣雅》：竦，上也，跳也。」今《廣雅・釋詁》有「竦，上也」又「竦，跳也。」

〔註86〕案：應爲「反」字誤寫。

然僅注「聳」字字音「息勇反」，因「義已見上」。慧苑在卷五「爭聳擢」條中引《切韻》稱「聳，高也。」並未對字形加以辨析。而《私記》卻明確指出了「聳」的三個異體。

辭目中的「𦕅」即「聳」，俗書筆勢略有不同。《說文・耳部》：「聳，生而聾曰聳。从耳，從省聲。」《方言》卷六：「聳，聾也。生而聾，陳楚江淮之閒謂之聳。」郭璞註：「言無所聞常聳耳也。」而《方言》卷十三曰：「聳，悚也。」郭璞注：「聳謂警聳也。」朱駿聲《說文通訓定聲・豐部》：「聳，假借爲竦。」《說文・立部》：「竦，敬也。从立从束。束，自申束也。」可見以「聳」用作警聳義之「悚」，肅敬之「竦」，是所謂「假借」之用。

《說文・心部》：「慫，驚也。从心從聲。讀若悚。」王筠句讀：「《說文》無悚，當作竦。」「愯，懼也。从心，雙省聲。《春秋傳》曰：『駟氏愯。』」《類篇・心部》：「愯悚，荀勇切。《說文》懼也。」「𢤱」即爲其後出字形。《集韻・上聲・腫》下字頭就有「愯𢤱悚」三個。「𢘆」即「慫」之異體。《龍龕手鑑・心部》：「慫，正。𢘆，今。息拱反。驚也。」

007　　𡗗𡘍：上𠷎字<u>古文</u>。𠷎，滅也。下喪字<u>古文</u>。喪，失也。（經第廿三卷）

案：此條前已舉例。辭目「𡗗𡘍」後少見或不見，然《私記》多次舉出，應爲當時《華嚴經》中俗體。根據《私記》，「𡗗」應爲「𠷎」字古文；「𡘍」應爲「喪」字古文。

008　　或駈上高山：与駈、驅字同，去虞反。疾也，馬馳也。<u>古文</u>爲敺字。（經第六十六卷）

案：《說文・馬部》：「驅，馬馳也。从馬區聲。敺，古文驅从攴。」段玉裁注：「攴者，小擊也。今之扑字。鞭、箠、策所以施於馬而驅之也。故古文从攴。引伸爲凡駕馭追逐之偁。《周禮》以靈鼓敺之，以炮土之鼓敺之。《孟子》爲淵敺魚，爲叢敺爵，爲湯武敺民，皆用古文。其實皆可作驅，與殳部之毆義別。」《六書正譌・虞模》：「敺，虧于切。禳卻也。从攴區聲。《周禮》方相氏敺疫，敺方良。凡敺除字皆用此。俗用驅，乃馳馬也。不可通用。」可見用作古文的「敺」，實際爲俗用。「敺」字右半爲「支」俗寫。俗書「攴」「支」多混用。

　　一般所謂「古文」，指小篆以前的各種古文字。也特指戰國時通行於六國的文字。但此概念也很複雜。除孔氏壁中書外，還有所謂「巫醫卜筮种樹之書」也會把先秦古文保留到現代以後，還有實物上如璽印上的文字等等。漢魏以後，因道教的興起，又有假借道書名義而出現的古文。故而《私記》之所謂「古文」，其概念也比較模糊。有源於《說文》等的說法，但大多爲《私記》作者主觀認爲較前出現難以認讀之字就歸爲「古文」，故多指「俗字」。如我們前已舉例，《私記》多處將則天文字稱爲「古文」。這是因爲「則天文字」原也是以「古文」的名義而流行的。如：

009　　鳳爾：<u>古文</u>初字。（經第十一卷）

010　　鱻爾：二<u>古文</u>，同今載字耳。（經第六十五卷）

（二）用「又為」、「又作」、「或為」、「或作」、「亦為」、「亦作」、「今為」、
　　　　「今作」等。

011　　包納：<u>上宜爲</u>苞字。補殼反。裹也。任子也。<u>今爲</u>䏠字，在肉
　　　　部。（經第七卷）

　　案：《慧苑音義》也收此詞，釋曰：「包字又作苞，並通用也。」大治本《新音義》不見此條。對照慧苑之說，可見慧苑對「包」「苞」二字之間的關係，頗爲清晰。而《私記》作者雖然有所混淆，但釋文中所引出的兩個俗字字形，值得我們注意。

　　其一爲「苞」字，此乃「苞」之俗。敦煌俗字中有「苞」，同此。又「包」作「匸」，可佐證俗字中「勹」字旁與「宀」字旁往往相通用。〔註87〕

　　另一則爲「䏠」字，此乃「胞」之俗。《私記》認爲「在肉部」，甚確。「䏠」左旁作「目」，當是「月（肉）」旁之譌。《干祿字書》：「脆胞，上通下正。」而「胞」之異體也可作「脆」。《可洪音義》：「癬胞，息淺反。下疋兒步兒二反。正作胞皰二形也。下又七絶反。悞。」（小乘律音義第六之三舍利弗阿毗曇論第十四卷）又「樹胞，疋兒反。正作胞。」（大乘經音義第一之一大般若經第七會曼殊室利分）臺灣教育部所編《異體字字典》認爲「胞」字僅見《彙音寶

<hr>

〔註87〕二字見黃征《敦煌俗字典》第11頁。

鑑・交上平聲》，當是由《孫根碑》之「胞」字筆勢稍易而成者。檢《隸釋》卷十《孫根碑》「同胞惻愴」，「胞」字作「胞」，而同碑「抱」字作「抱」（「察孝抱疢」）。其右旁「包」亦爲筆勢稍易，可見此譌變之軌迹。而我們認爲應視爲俗字中的同形字，一讀「脆」，一讀「胞」。蓋「巳」旁似「色」，「絕」（孟郁《修堯廟碑》：「銀艾不絕」）之右旁作「色」旁，與之相似。「脆」之俗字右旁可作「色」，自然亦可作「包」。因此而成同形異字。音義中例多，不枚舉。又《龍龕手鑑・肉部》：「胞俗，胞正。」「胞」字應是在此基礎上之再訛。即以「色」訛作「邑」。故《字彙補・肉部》「胞」字下注曰：「胞字之訛。」等。

012　　繼屬：上作繫，继字今作係字，古帝反。係，結束也。亦連綴
　　　　不絕也。（經第廿八卷）

　　案：此條參考大治本《新音義》：「又作係字，古帝反。係，結束也。亦連綴不絕也。」《私記》卻特意舉出「繼」之三個俗體：「繫」、「继」、「係」。「繫」當爲「繫」字俗體。「继」爲「繼」字俗。《玉篇・糸部》：「继，今俗繼字也。」《干祿字書》：「继繼：上通下正。」「今作係字」，《說文・人部》：「係，絜束也。从人从系，系亦聲。胡計切。」段玉裁注：「按俗通用繫。許謂繫繦，卽牽離惡絮之名。考諸古經，若《周禮・司門》校人字皆作毄。《周易》毄辭，據釋文本作毄。《漢書・景帝紀》亦用毄。蓋古假毄爲係，後人盡改爲繫耳。」

013　　舩筏：下浮越反。又爲撥橃字。案暫縛柴木水中軍載曰筏也。
　　　　（經第十五卷）

　　案：此條亦參考《慧苑音義》。慧苑指出：「筏字又作撥、橃兩體也。」

014　　缺：決。……又爲缺字。（同上）

　　案：此條不見《慧苑音義》與大治本《新音義》。「缺」爲「缺」字俗體。《敦煌俗字典》「缺」字下收「缺」形。《龍龕手鑑・缶部》作「缺」。「缺」字左半似「垂」字。《佛教難字大字典・缶部》「缺」字下收有「缺」字。

015　　臟：郎昴反。又爲藏字。來闍反。（同上）

　　案：前已釋，不贅。

016　　徒掟：下又爲㹡。力舉反，眾也。又侶伴也。（同上）

案：俗書「扌」、「方」旁常相混。《敦煌俗字典》「旅」字下收有「㧞」形。又此條《慧苑音義》與大治本《新音義》皆收錄。前者辭目作「徒旅」，後者爲「徒掟」。「旅」從「木」。俗書「木」「扌」旁常相混。又大治本有「下又作㹡」。儘管字有脫損，看似漫漶，然能看得出從「方」。故《私記》此處參考大治本。也可以說明在當時日本寫本中「旅」多從「木」「扌」。

017　　僅：又爲㪍㡱字。……（同上）

案：此條大治本《新音義》辭目爲三音節「僅其半」，其後辨曰：「又作㪍㡱字。」此參考《玄應音義》卷一〈大方廣佛華嚴經音義〉「僅半」條曰「古文斟、廑二形同」。而《私記》又參考大治本。《私記》之「㪍」應爲「斟」字之訛。大治本「㪍」，其右半爲「少」，甚爲清晰，可証。又《私記》「㡱」，大治本作「㡱」，此應爲「廑」之訛字。《佛教難字大字典・广部》「廑」字收「厘」形，《四聲篇海・广部》作「庢」形。《宋本玉篇・小部》「斟，或作僅、廑。」

018　　罥綱：上，古泫反。《珠菆（叢）》曰：罥謂以繩繫取鳥也。字又爲罥字。（同上）

案：此條參考《慧苑音義》。值得注意的是：此條中出現了三個「罥」的俗形：罥罥罥。「罥」爲「罥」。《字彙補・网部》有「胃」，與此相似。「罥」多見。俗字「口」與「厶」多相混。《玉篇・网部》有「罥」字：「姑泫切。挂也，繫取也。」「罥」，《玉篇・网部》「罥」字下有「罳」字：「同上。又網張獸也。」

019　　樓閣延裒：（裒）又爲褱字。莫侯反。裒，廣也，延，長也。（經第廿二卷）

案：此條大治本《新音義》與《慧苑音義》均收錄，然前者作「延裒綺飾」，《慧苑音義》辭目與《私記》同。查檢《華嚴經》卷二十二有「百萬億寶樓閣，延裒綺飾」之句。雖均爲四字辭目，但實際只釋「延裒」二字。然大治本《新音義》與《慧苑音義》均註釋音義而並未辨識字形。

《私記》之「裒」，尚未見他書，據釋語知即「褱」字之異體字，蓋爲俗

譌。「襃」與大治本之「褎」，當爲「裒」之俗訛字。「裒」本從衣矛聲，爲彰顯從「衣」之義，故有將聲符夾於形符之中所成之俗字「裒」。《偏類碑別字・衣部》「裒」字條下引《唐大泉寺三門記》如此作。書手抄經時將「矛」上之「マ」寫成「口」即如「襃」。

020　　求其罪釁：釁又作釁，又爲釁。義鎭反。罪也，亦瑕隙（隙）[註88]也，過也。（經第五十八卷）

案：《慧苑音義》亦收此四字辭目。大治本《新音義》爲雙音節「罪釁」辭目。然二本皆無字形辨析。此條參考《玄應音義》卷一：「罪釁：義鎭反。釁，罪也。亦瑕隙也，過也。字體從舋分聲釁省，血祭也，象祭竈也。」徐本校勘記云：「錢曰：字本作釁，其作釁者，通字也。作釁、釁者并俗字也。又作衅者，別字也。」可知「又作」之「釁」，蓋爲俗字「釁」之訛寫。「又爲」之「釁」，蓋爲俗字「釁」之誤作。

021　　風黃泱熱：泱又爲痰字，謂胷中液也。（經卷第六十六）

案：此條亦參考《慧苑音義》：「風黃淡熱，《文字集略》曰：淡，謂胷中液也。騫師注《方言》曰：淡字又作痰也。」

022　　悴：疾醉反。傷也，謂容貌瘦損。字又作頼也。（經第十五卷）

案：大治本《新音義》不收此條。《慧苑音義》爲雙音辭目「憂悴」。《私記》參考慧苑說，主要爲釋字。「頼」爲「顇」之俗字。「悴」與「顇」相通。《龍龕手鏡・頁部》「頼，俗通。顇正。秦季反，瘦惡貌也。」又《精嚴新集大藏音・頁部》云：「顇、頼，上正，並秦醉反。」

023　　我曺：下或爲曺字。輩也。（經第七卷）

吾曺：曺又爲𠱾字也。輩也（經第廿一卷）

案：前者《慧苑音義》有此辭目，然卻不辨字形。後者爲《私記》獨立辭目，目的就是爲舉出俗字。「曺」字此二形「曺」「𠱾」尚未見他例。

〔註88〕《龍龕手鏡・阜部》：「隙：俗。隙：正。」

024　偉倪：上普米反。下五礼反。堞也，女墻也。城上小垣也。或作顁倪，或攲悅矣，或爲阿倪，女墻也。又阿字爲埤字。（經第十卷）

　　案：前已釋，不贅。

025　臆：臆亦爲肌字，胸滿也。臆，氣滿也。亦爲髓字，在骨部。胷，許恭反。又匈字。胷，膺也，在勹部。（經第一卷）

　　案：此爲《私記》獨立辭條，意在析字釋義。「肌」當爲「肊」字。《說文·肉部》：「肊，胷骨也。从肉乙聲。臆，肊或从意。於力切。「髓」應是「髓」字訛作。《集韻·職韻》：「肊，《說文》：胷骨也。或作臆、髓。」方成珪考正：「案：肌譌肊。」

　　此類例不勝舉。《私記》用這些術語所舉出的俗字，或從慧苑說，或參考大治本《新音義》等其他資料，也有《私記》自己的判斷。其中保存了很多俗字字形，對俗字研究具有重要參考價值。

（三）釋文末重出其中某一字或數字，然卻無釋文。其中有俗字內容。

026　佉勒迦形：佉勒迦者，謂著穀麥蒿也。蒿（經第八卷）

　　案：《慧苑音義》此條作「佉勒迦，此云篅。」澄觀《華嚴經疏》卷十一：「佉勒迦者，梵音，此云竹篅也。」《說文·竹部》：「篅，以判竹圜以盛穀也。」故「蒿」當爲「篅」之訛字。「蒿」字重出，卻無詮釋。

027　下裾：裾，記魚反。衣後也。又衣袖〔註89〕也。衣㞐衣也。倭云毛〔註90〕。㞐（經第十四卷）

　　案：以上釋文中「㞐」與辭條末所出「㞐」，岡田於其《倭訓考》中皆錄作「屌」。大治本《新音義》作「㞐」。然「屌衣」無義，句中「屌」字亦難解。「㞐」字重出，亦無解釋。

────────────

〔註89〕《私記》此字作「袖」，右有兩點表示刪去，左側行間補寫「袖」字。此辭條參考大治本《新音義》，大治本作「衣袖」。

〔註90〕此乃和訓。據岡田《倭訓攷》假名作「モ」，即「裳」義。

028　　　生死俓：下舊經爲俓，二本可作俓字。古定反。行小道路也，
　　　　耶也，過也。俓，牛耕、牛燕二反。急也，急牘也，非今旨。
　　　　牘（經第十五卷）

　　　案：此條《私記》參考大治本《新音義》。大治本作「腹」。蓋「牘」爲「腹」
之訛字。然此字形亦尙未見他例。〔註91〕

029　　　危脆：下，出歲反。危也，弱也，易斷也。弱（經第廿一卷）

　　　案：「弱」爲「弱」之俗。弱，從肉，弱，意兼聲。「弱」字，俗可作「弱」。
《楷法辨體・サ行》：「弱」字俗體作「弱」〔註92〕，即同此。《私記》辭條後
重出「弱」，亦無釋。又此條參考大治本《新音義》。「弱」字形同《私記》，
可見此形當時不少見。

030　　　悉稱：稱，昌孕反。愜，可也，好也。好言事稱人意皆曰好也。
　　　　愜（經第五十六卷）

　　　案：「愜」爲「愜」字俗體。此字形見於《金石文字辨異・入聲・葉韻》「愜」
字下引《唐內侍李輔光墓誌》；又《龍龕手鑑・心部》亦見。不贅。

031　　　其胜與膊：胜字正作臂，古文作臂，今胜未詳所出也。膊字宜
　　　　作腨，經本作胜者，謬也。臂（經第卅八卷）

032　　　膹纖：上肉部，月部无字。下，思廉反。細也，小也。膹（同
　　　　上）

　　　案：此條出自上條「伊尼延鹿王腨」中釋文：「腨又作蹲字。伊尼延者，
云鹿名也。其毛色多黑，腨形膹纖，長短得所，其鹿王最勝，故取爲喻也。」
此條參考慧苑說。慧苑作「膖纖」。蓋「膖纖」較爲難懂，故再出辭目，專門
加以詮釋。《私記》作者特意強調指出：「上肉部，月部无字。」正是辨別字形。
然「膹」該字形右旁爲「庸」，《私記・經卷三五》「庸賤」之「庸」寫作「庸」，
二形同。《私記》「肉」作漢字構件時常訛作「日」形，如「胄」寫作「冑」，「謂」

〔註91〕我們在第六章考釋「疑難俗字」時試作詮釋，敬請參考。
〔註92〕《異體字研究資料集成》第一期，第六冊，第182頁。

寫作「謂」，「腎」寫作「腎」。

033　　市肆：上又作市，市音之。訓伊知 [註93]。肆，陳也。上（下）
　　　　[註94] 音四，訓伊知久良 [註95]。謂陳貨鬻物也。鬻（經第六十三
　　　　卷）

　　以上釋文中「鬻」明顯是一字分作兩字寫的情況。其右側行有後人補寫「鬻」
字。然最後之「鬻」卻可以看出已是一字，爲「鬻」之俗體。《五經文字·鬲部》
就有：「鬻，……又音育，以爲鬻賣字。」

034　　樓櫓：櫓，郎古反。城上守御示（禦）[註96] 曰櫓也。繞城往往
　　　　別茶迫（迥）趕土堂 [註97] 名爲却敵。既高曰（且）[註98] 餝（飾），
　　　　故 [註99] 崇麗也。禦茶趕郭（經第十一卷）

　　案：釋文後重出四字：①釋文中「禦」寫作「御示」二字，然本爲一字。
書寫者或有疑問，故再出此字。②茶③趕爲疑難俗字 [註100]。④「郭」與本
條無關，不知爲何出現於此？

035　　甲冑 [註101]：《廣雅》曰：冑（胄），兜鍪也。鍪，音牟。訓

〔註93〕此爲「市」字和訓。據岡田《倭訓攷》，假名作「イチ」。

〔註94〕「伊知久良」爲「肆」字和訓，此「上」當爲「下」字之訛。

〔註95〕此爲「肆」字和訓。據岡田《倭訓攷》，假名作「イチクラ」。《広辞苑》「いち―
　　　　くら【肆·市座】」條下釋：「也作イチグラ。奈良·平安時代，市場上爲買賣交
　　　　易而置放商品之處稱いち―くら（肆·市座）。相當於後世之店鋪。」

〔註96〕《私記》「禦」字寫作「御示」二字，於義不合，應爲「禦」字。蓋經生豎行抄寫
　　　　時，誤將一字分爲兩字。

〔註97〕《慧苑音義》「堂」作「臺」。《爾雅·釋宮》：「四方而高曰臺。」《禮記·檀公上》：
　　　　「吾見封之若堂者矣」鄭玄注：「封，築土爲壟，堂形四方而高。」是「堂」、「臺」
　　　　義近。

〔註98〕「曰」於文意不通，《慧苑音義》作「且」，據改。

〔註99〕《私記》「故」寫作「攺」，當爲「故」字訛寫而致。「故」字草書作「故」（趙孟
　　　　頫書眞草千字文），《敦煌俗字典》中「故」有作「扏」形。

〔註100〕我們在第六章也試作考釋，敬請參考，

〔註101〕《私記》「冑」字左有兩點表示刪除，其右補寫「胄」字。《私記》「甲冑」之「冑」

与呂比〔註102〕。或本爲甲曺。上又作鉀字。曺（胄），除救反。
与鈾、軸字同。曺（胄），兜鍪也。又曺（胄），胤，續継也。
〔註103〕与呂比〔註104〕。鍪鏊鉀鈾軸兜（經第十四卷）

案：以上一組字「鍪鏊鉀鈾軸兜」，皆在釋文中出現。

此類例並不少見，岡田希雄、池田証壽也都指出過。岡田《解說》認爲此
爲抄本之習慣，寫出註文中應該注意的字。如此理解的話，所謂「應該注意」
也就意指這些字形本就出現於《私記》原本，然抄寫者不識，不解，或者覺得
較難，故而特意在最後列出，以引起注意。那麼這就應該只是小川本之特色。
然因無他本可校核，難以判斷。然至少可以肯定，這些字當時流傳，且多爲疑
難俗字。

四、指出《華嚴經》中俗字

作爲《華嚴經》的單經音義，《私記》除了將俗字立爲辭目，加以辨析詮釋
外，還常在釋文中指出經文中的一些俗字訛體。如：

001　　埕：五斬反。澱澤也。湛，寂也。經本爲埕字，云泥土也。（經
第八卷）

案：此條目上有「澄埕其下」四字辭目，釋曰：「澄，直陵反。湛也。」
查檢《華嚴經》八卷，有「栴檀細末，澄埋其下」一句，《慧苑音義》作「澄埋
其下」，大治本《新音義》辭目爲雙音節「澄埋」。然《私記》四字辭目中卻作
「埕」。故《私記》此後特意重出單字辭目「埕」，參考大治本辨釋音義。並添
加說明「湛，寂也。經本爲埕字，云泥土也」。蓋因經中有將「埋」字訛作「埕」
者，且字形爲俗。「埋」與「埕」之音義完全不同，《說文・土部》：「埋，澱也。
從土沂聲。魚僅切。」此應屬於字形相似而誤用。

002　　妓樂：上，渠倚反。女樂也。妓，美女也。因以美女爲樂，

多作「曺」形。前已釋。

〔註102〕此爲「胄」字和訓。據岡田《倭訓攷》，假名作「ヨロヒ」。

〔註103〕此條前半參考《慧苑音義》。自「上又作」始參考大治本。大治本無和訓。

〔註104〕此和訓重出，與上同。

謂**妓**樂也。<u>經本作從扌、攴者</u>，此乃技藝字也。或從立人者，
音章傷反。害也，非此經意也。（經第十一卷）

案：此條完全參考《慧苑音義》。「技」、「妓」音相同，故可相通，典籍多
見。但還指出經中「或從立人者」，則音與義皆不同，故「非經義」。

003　　**蚊蚋蚕蠅**：**蚋**，如銳反。小蚊也。**蠅**，又爲蠅字，餘承
反。《說文》虫〔註105〕之大腹者也。<u>經爲</u>**蜗**<u>字</u>。……（經第卅
五卷）

案：以上辭目「**蚋**」字右側貼有小字「蚋」，「蚋」是。此辭目出自經卷
三十五「蚊蚋虻蠅」。《慧苑音義》爲雙音辭目「蚊蚋」：「蚋，如銳反。《字林》
曰：蚋，小蚊也。」大治本《新音義》辭目亦爲四字，然僅釋下二字。「經爲
蜗字」，承前「蚋」之解「如銳反。小蚊也」。「蚋」之本字爲「蜹」。《說文・
虫部》：「蜹，秦晉謂之蜹，楚謂之蚊。從虫芮聲。而銳切。」「蚋」爲「蜹」
之省體。《私記》所出「**蜗**」形，實際或與「蜩」字俗體「蜗」相混而緻。

004　　**弧**：<u>經爲</u>**弧**。（經第五十九卷）

案：「**弧**」與「**弧**」皆「弧」之異體。《私記》「弓」旁亦可也成「弓」形，
如「須彌」之「彌」可寫作「弥」、「弥」、「弥」等形。

005　　威光赫**奕**：赫，許捨（格）〔註106〕反。**奕**，移益反。赫赫，盛
也。**奕奕**，明也。赫字又爲**赤**。**奕**，<u>經本爲弈字</u>，是簿弈字也。
（六十二）

案：此條參考《慧苑音義》，高麗藏本辭目作「弈」。實際上，慧苑除此，
還在卷上爲經卷一音義時已經作同樣攷辨：「威光赫弈，赫，許格反。弈，移
益反。《廣雅》曰：赫赫，明也。弈弈，盛也。弈字經本有從廾作者，博弈字
也。」辭目也作「弈」。《私記》作「赫奕」，釋文參考慧苑說。可見當時所傳
《華嚴經》作「弈」者不少見。然根據慧苑攷辨，應爲「奕」字。「赫奕」，

〔註105〕《私記》「文虫」二字寫作「**蚕**」。小林芳規《解題》認爲「詑」爲「說」字之訛，
　　　　「**蚕**」爲「文虫」二字的合書。《說文・黽部》「蠅：營營青蠅。蟲之大腹者。」
〔註106〕「捨」與「赫」韻不合，當爲「格」字之訛。《慧苑音義》作「格」。

光輝炫耀貌。《文選·何晏〈景福殿賦〉》：「故其華表則鎬鎬鑠鑠，赫奕章灼，若日月之麗天也。」李善注：「鎬鎬鑠鑠，赫奕章灼，皆謂光顯昭明也。」「奕」字從大。而用作「博弈」之「弈」，下從「廾」。「弈」、「奕」二字音同，故多可通用。《隸變·入聲》「弈」字下引〈尹宙碑〉「弈世載遜勛」，按曰：「《說文》奕，大也。下從大。弈圍棋，下從廾。碑蓋通用。」我們注意到的是，《私記》中作「**爽**」，明顯下從「火」，應爲誤字。此條五次出現「弈」，然皆爲訛字「**爽**」。或爲書手之誤，然亦不可排除當時《華嚴經》中確有此形。

006　詔誑爲**轡**勒：……**轡**，<u>經爲</u>**綑**字，鄙媚反。……**轡**，又鄙愧反。馬麋也。所以制牧車馬也。……（經第六十二卷）

案：此條辭目中「**轡**」右側行間寫有小字「**轡**」。「**轡**」字上中之「重」當爲「車」字之訛，亦即「**轡**」字。《碑別字新編》「轡」字引《隋宋仲墓誌》作「**轡**」。又此條參考大治本《新音義》，以經句爲辭目，且大治本「轡」字作「**轡**」，可見其上中正爲「車」字。然而大治本僅釋「**轡**」音義，《私記》卻特意指出：「……**轡**，經爲**綑**字」。當爲簡省而成俗字。

007　**敊**蔵：上又爲**敊**（殼）。**取**〔註107〕，……口角反，又口木反。卵之外堅也。案凡物皮皆曰**敊**（殼）也。或<u>經爲</u>**報**者，元不是字也。（經第六十八卷）

案：此條大治本《新音義》亦收，然參考玄應說。《玄應音義》卷二十二：「破殼：又作殼，同。口角反。吳會間音哭。卵外堅也。案：凡物皮皆曰殼。」《私記》與大治本參考玄應說至此。〔註108〕「或經爲**報**者，元不是字也。」此爲《私記》作者所加。釋文中「**敊**」當爲「殼」。《說文·殳部》：「**殼**，從上擊下也。一曰素也。從殳青聲。苦角切。」楷定作「殼」。「**報**」當爲「**殼**」字之訛，故「元不是字也」。

008　生死**徑**：下<u>舊經爲</u>**徑**，二本可作**徑**字。古定反。行小道路也，

〔註107〕《私記》「殼」字寫作「**取**」。疑「**取**」爲「殼」字之訛，《廣韻·覺韻》「殼」字反切爲「苦角切」，音與「口角反」同。

〔註108〕特別是大治本只到「凡物」，明顯未完，可見《私記》作者又重新參看《玄應音義》。

耶也，過也。**𨛜**，牛耕、牛燕二反。……（經第十五卷）

案：此條參考大治本《新音義》：「生死**𨛜**，舊經作**𨚗**，二本應作**𨚗**字。古定反。行小路也。邪也。過也。故**𨚗**文云非有甘露道生死**𨚗**。**𨛜**音牛耕、牛燕二反。」「**𨚗**」當爲「徑」字之俗訛。俗字「彳」與「亻」常混而不分。又「巠」作漢字構件時常訛寫似「至」，故「**𨚗**」即爲「徑」字。《私記》參考大治本指出「舊經爲**𨚗**」，可以看出當時所傳舊譯《華嚴經》中「徑」字常寫爲俗字「**𨚗**」。「俓」字不見於《說文》。「俓」有兩音：同「徑」，《廣韻·耕部》：「古定切。」《字彙·亻部》：「俓，同徑。」又《玉篇·亻部》：「俓，牛耕，牛燕二切。急也。」所以《私記》參考大治本《新音義》在此條中實際辨析了「徑」和「俓」兩個字。因爲此二字俗體爲一，難以辨認，故不僅辨別字形，還標注音讀，解釋字義。

009　　如來口上𪘁：𪘁，舊經作齗 [註109] **𪗪**，与腭同。五各反。𪘁音牛斤反，齒肉也。（經卷第卅八）

案：《慧苑音義》與大治本《新音義》此條皆爲雙音辭目「上𪘁」。《私記》釋義參考大治本：「舊本作**𪘁𪗪** [註110]，與腭**𪗪**同。五各反。齒內上下肉也。𪘁音牛斤反，齒肉也。」《私記》「**𪗪**」字左旁爲「齒」，右旁爲「虐」字俗寫，合起爲「齹」字。而大治本的「**𪗪**」字，右半爲「虎」，亦即「齜」。「齹」與「齜」皆爲「齶」之俗字。《龍龕手鏡·齒部》：「齹、齜：二俗。齶：正。」

010　　數其**滴**：古經爲渧字。……（經第十五卷）

案：「**滴**」爲「滴」之俗字。以「啇」、「商」爲構件所成字，多有混淆。《佛教難字大字典·水部》「滴」字下收有「**滴**」之字形。而「渧」爲「滴」之異體字。《龍龕手鑑·水部》云：「渧，俗；滴𣾰，二正。」《說文·水部》：「𣾰，水注也。從水啇聲。都歷切。」《康熙字典·水部》：「渧，《廣韻》都計切。《集韻》丁計切，𠀤音帝。《埤蒼》瀟瀝也。一曰滴水。《說文》本作𣾰。《梵書》省作渧。《地藏經》一毛一渧，一沙一塵。」可知「渧」應爲「𣾰」字之省。《私記》指出：「古經爲渧字」。

〔註109〕此字左半缺損，然可辨爲「齒」，根據後文音義，故應爲「齗」字。

〔註110〕爲使圖片清晰可辨，我們特意保留了原本底色。

第三節 一般行文所出

翻開《私記》，若用我們今天的眼光審視，俗字比比皆是，實非過言。此本不僅用辭目錄出大量俗字字形，直接呈現出當時所傳《華嚴經》用字特色，而且還在釋文中，通過對俗字的辨析，舉出大量俗字字形，更進一步折射出漢字發展的過程。甚至在一般的行文中，也出現了很多我們所認爲的俗字。這就充分說明，當時這些字形已經常見，且頗爲流行，屬彼時通行體。前已言及，正俗的界限隨著時代的進程而不斷變化。某些字形書寫或較原正字簡便而流行，或因爲經書中常見而爲信眾認可及採用，〔註111〕或因「經典相承」〔註112〕而得以約定俗成。總之，這些字在當時，至少在《私記》的編撰者看來，這些已是可認讀文字，不必辨析。故在行文中，信筆寫出，給後人留下當時用字最眞實的記錄。

一、前已詮釋，故後再出，不作辨析

001.1 **失**：出（步）。（經序）

案：此爲《經序音義》34 個正字辭條，亦即藏中進所言「新譯華嚴經所用異體字一覽」中之一。然小川本解釋字因受被釋字影響，訛誤似爲「出」字。此實爲「步」之俗形。此蓋小川本抄寫時之誤。「**失**」作爲正字內容在《經序音義》出現過後，此後作者並不再辨析，然我們發現此後，此本所出現「步」字時，無論辭目，還是釋語，皆爲俗形。如：

001.2 超**失**：上音召，訓越也。（經第廿六卷）

案：此條釋文僅爲上字「超」標音釋義，辭目下字儘管錄「步」字俗體，但並不作辨析。又經卅八卷有「將步」條，「步」亦爲同樣俗體，釋語亦不辨析字形。

001.3 圓光一尋：何承《纂要》曰：八寸曰咫，三尺曰武，五尺曰墨，

〔註111〕比如《私記》的音義對象是八十卷本《華嚴經》，其中常見俗字自爲華嚴宗僧人所熟知。

〔註112〕唐代張參《五經文字》中之說法。

六尺曰**步**，……（經第卅一卷）

001.4　一俱盧舍：……准計一里三百六十**步**，則一俱盧舍有一千四百
　　　　卅**步**也。（同上）

案：以上三個「步」字俗體皆出現於釋文中。而且查檢《私記》，經第六十
六卷有「雉堞崇峻」條，釋義引「何休注曰：二万尺也。周十一里卅三步二尺」，
其「步」字亦作此俗形。有意思的是經第七十五卷「車步進」條，其「步」字
為一般通行體，然在釋文中，「步」字又作「**步**」。

《私記》中共出現「步」八次，其中七次為俗，僅經第七十五卷辭目「車
步進」為通行體，這是因為受《慧苑音義》之影響，〔註113〕然而經生書寫時在
寫到釋文小字時又不自覺地用「步」之俗形。甚至因為此俗形已頗為流行，故
而「步」為構件之字亦如此作：如：

001.5　砧上：上又為碪字，**狭**林反。或云砧与店、沾同，都念反。城
　　　　邑之居也，斫剉之机地也。（經第廿六卷）

001.6　**涉**險：上，往也。（同上）

我們再以「則天文字」為例加以說明。

002.1　經第十九卷昇夜摩**瓩**宮品第十九（經第十九卷）

案：以上是經卷名稱，其中「天」用則天文字。其下有長段說明性文字，
但並不辨析此字。而且其說明文字中的「天」，則用一般字形。

002.2　婆樓那**瓩**佛所：婆樓那者，此云水也。（經第六十四卷）

此為短語詞組條，參考《慧苑音義》。只是現今我們所見《慧苑音義》之各
本皆作「婆樓那天佛所」。《私記》並不解釋「**瓩**」，但特意錄出，可證當時作
者所見《華嚴經》，此字確為則天文字。

003.1　**曌**智如來：舊云月王如來。（經第卅八卷）〔註114〕

〔註113〕因《私記》自經第七十二卷至八十卷實皆抄自《慧苑音義》。

〔註114〕此本為小字，附於「鑒」條釋文之末。然據考，實為辭條混入他條釋語。故獨立

此條爲新、舊譯《華嚴》經文語句之對比。前應爲新譯《華嚴經》之文句，可見當時寫本則天文字作「月」。

003.2　譬如日**囲**男子女**壬**舍宅山林河泉等物：舊經日云：譬如電，或日，或月，山樹，男女，室宅宅，〔註115〕墙壁，大地，流水等，皆悉能照令明淨故……〔註116〕（經第卅四卷）

案：此經句辭目，故字數較多。查檢《新譯華嚴經》卷四十四有「**譬如日月、男子、女人、舍宅、山林、河泉等物**，於油、於水、於身、於寶、於明鏡等清淨物中而現其影」〔註117〕之句，實際上《私記》作者還對其後部分也一併作了解釋，因釋義過長，我們未將釋義引全。可能也因爲經句太長，《私記》也僅以「**譬如日月、男子、女人、舍宅、山林、河泉等物**」爲辭目。《私記》於此並非辨識字詞音義，而是引「舊經」、「新經」與「古經」等，詮釋經義。所以並未特意解釋句中所出現的則天文字「**囲**」和「**壬**」以及其他俗字。

004　若向**击**住及**击**住者：舊經云若向正道，若得果證。（經第六十三卷）

案：此亦爲新、舊譯《華嚴》經文語句之對比。新譯《華嚴經》兩個「正」字皆用則天文字。

005　機關：木**壬**久マ都。（經第十三卷）

此條「**壬**（人）」出現在釋義中。但明顯如此解讀，難以理解。岡田希雄在其《解說》中指出：「木**壬**」應是大小字相混而誤之例。即此條應爲四字辭目「機關木**壬**」。岡田希雄又在其《倭訓攷》〔註118〕中辨析：「**壬**」爲則天武后所製字之一。《華嚴經》經文有「機關木人」，《慧苑音義》也是四字辭目「機關木人」。《私記》誤將辭目字置入註文。

另作辭條。

〔註115〕或有衍字「宅」。

〔註116〕此句乃《私記》新增之《新譯華嚴經》中之經句。其後尚有長釋，本文省略。

〔註117〕《大正藏》第 10 冊，233b。

〔註118〕《國語國文》，昭和 37 年（1962）9 月刊之再刊本。

006　　　無有瘡疣：疣，有鳩反，腫也。……謂膿聚圀也。……（經第
五十八卷）

此乃在釋文中使用了則天文字「圀」，但實際這是「肉」字之譌。原本《私
記》即如此譌作，還是小川本抄寫時誤識改成「圀」，實難以斷定，〔註 119〕但
至少可認爲「圀」字已不屬難識之字。

「則天文字」屬於俗字範圍。《私記》文字特色之一，即多收錄則天文字。
而且作者出於重視，參考大治本《新音義》，以「一覽」的形式，集中收釋，特
意置於經文音義前。〔註 120〕經文音義中也還有收釋之處，但正因前已多次有
釋，故以上例不再加以辨析詮釋，而只是隨文錄出。

二、當時「通體」

此類情況頗爲複雜，內容實在太豐富。我們僅以《經序音義》中的十例以
作說明。本書後有俗字總表，讀者自可一目了然。如：

001.1　　迸：迸（經序）

前「以俗正俗」部分已經論及，中古俗字中，凡從「屰」之部件者多寫作
「羊」，故「逆」寫作「迸」在某種意義上，已成爲當時通用字，故《私記》
在《經序音義》中已將其作爲正字。如：

001.2　　不欵不迸：欵，迸氣也。不迸者云……〔註 121〕

而在《私記》此後的辭條中，無論是作爲「辭目」還是釋語，共出現「逆」
字九次，皆爲此俗形。

002.1　　窓：窓窓（經序）

案：以上用「窓（窓）」作「窓」之解釋字，此形當爲常見者。故用作解
釋字。又如：

〔註 119〕藏中進認爲《私記》原本註文中也含有則天文字。第 100 頁。

〔註 120〕後者置於經文音義後。

〔註 121〕後爲和訓，皆略。

002.2　戶牖：《說文》曰：在屋云窻。（經第一卷）

002.3　窓牖：上窓。下窓也。（經第卅三卷）

有的則或出現於辭目，或出現於釋文，儘管爲俗字，但皆不爲釋。如：

003　造化攉與：造謂造作，化謂變化。《尒雅》曰：攉與（輿）
〔註122〕者，始也。言造作天地，變化万物始也。（經序）

案：以上辭目與釋文中字爲「權輿」之俗形。《碑別字新編》「權」字條下引《唐文林郎王君夫人墓誌》作「攉」。「與」乃「與」字俗寫，《碑別字新編》「與」條下字引《魏王悅墓誌》作「與」。《私記》「與」之右側行間補寫有小字「輿」。

004　龜龍縶象：尭（堯）有神龜，負圖而出；舜感黃龍，負圖而見
也。縶者，謂縶舜（辭）〔註123〕也。孔子述《易》，十翼之一
矣。（經序）

案：以上釋典故。又雖釋其中「繫」字，然並不辨析字形。辭目與釋文皆用「繫」字俗形「縶」。又如經第十五卷有「罥網：上，古泫反。《珠藪（叢）》曰：罥謂以繩縶取鳥也。字又爲羂字。」其中「縶」亦同。又經卷二十三中有「入苦籠檻」條，釋文中有「今經謂三界皆苦，如彼檻櫳囚縶眾生也」句，其中「縶」亦同。《私記》中「縶」上部聲旁「嗀」之左半「晝」誤略爲「車」，且上下結構移爲左右結構。「繫」字「晝」寫作「車」，並不少見，然改變成左右結構，卻不多見。《敦煌俗字典》「繫」字下「縶」類此，但不明顯。我們在《可洪音義》中發現一例「縶」，〔註124〕但是在《私記》中，這已是常見字形。我們統計《私記》中「繫」字共出現 12 次，其中 10 次如此作。還有兩次爲上下結構，但是在經卷第七十二以後。這實際是受《慧苑音義》的影響，因爲《私記》的最後八卷實際爲其另一抄本而已，應該是受《慧苑音

〔註122〕「與」字左側有一點，表示刪除，右側行間補寫「輿」字。

〔註123〕「繫舜」不成辭，此是解釋「龜龍繫象」之「繫」字，「舜」當是「辭」字之訛，
《慧苑音義》作「辭」。

〔註124〕韓小荊《〈可洪音義〉研究——以文字爲中心》第 501 頁。

義》原本的影響而寫成上下結構。由此我們可以斷定，漢語典籍中不多見，呈左右結構的「櫒」字在當時實際上是通用字形。

005.1　天道：日月星辰、**陰**陽變化謂之天道。（經序）

005.2　混太空：混，胡本反。字又作渾也。謂**陰**陽未分，共同一氣之皃也。（經序）

005.3　雲曀：下，於計反。**陰**雨風曰曀也。（經第十三卷）

005.4　如虹蜺：虹，……蟳蝀也。謂**陰**陽交接之氣而著之形色，雄者曰虹，雌（雌）曰蜺也。（經第五十八卷）

005.5　馬**陰**藏相：馬**陰**，隱不見相。（經第卄七卷）

005.6　我師傅：……此三公之位，佐王論道以經緯國事，和理**陰**陽。……（經第六十四）

　　案：「陰」「陰」皆為「陰」之俗字。《私記》辭目與釋文中「陰」字共出現以上七次，皆為俗體，然而《私記》卻未曾加以詮釋。這說明這兩個俗體，當時並不陌生，不必解釋。

006　同臨有截之區《毛詩傳》曰：有截，**整**齊也。言四海之外，率服截尔。齊，**整**也。區，謂域也。

　　案：「整」為「整」俗字。其下為「正」字草寫。《佛教難字大字典·攴部》「整」字下收有「整」形。以上釋文中，出「整」俗字，但並不辨析字形，可見為通行字。

007　叨承：上，他勞反。參（忝）〔註125〕也，食也，貪也，餐也。……

　　案：辭目中「承」為「承」。此後亦多有寫「承」作「承」形。《佛教難字大字典·手部》「承」字收「承」、「承」等形。

〔註125〕此字釋「叨」字義。「叨」在《經序》中用作謙詞，與「參也」義相去甚遠，疑「參」為「忝」之訛。《慧苑音義》作「忝」。又岡田《倭訓攷》也指出「參」為「忝」之誤。

008　　　俯：弗武反。下首也，曲也。俛，无卷反。**伍**頭也。（經序）

案：「**伍**」爲「低」之俗字。《龍龕手鏡・人部》：「低：正。𫝀：今。**低**：通。」「**伍**」與「𫝀」近似。《玉篇・人部》：「俯，低頭也。」

009　　　**献**睬：下，勑林反。寶也，玉也。（經序）

案：「**献**」爲「獻」字俗字。又經第廿一卷「貢高」條釋文中「獻」字亦同此。《可洪音義》卷五：「所**献**，許建反，正作獻。」《佛教難字大字典・犬部》「獻」字下收「**献**」，亦同此。

010　　　**肇碪** 〔註 126〕：上，超繞反。始也。下，開也。音白。（經序）

案：以上辭目二字皆作俗形。「**肇**」爲「肇」，《私記》經卷十四「不矯」條寫作「**肇**」，當爲「**肇**」字訛。《龍龕手鏡・聿部》：「𦘖通，肇正。」「**碪**」則爲「啓」俗字。然《私記》僅釋上下字音義，並不辨字形，說明二字也並非難字。

此類例甚夥，不贅舉。我們僅用以上十例，應可見《私記》俗字概貌，不僅如此，這十例也能呈現當時漢字應用的縮影。

以上，我們從三大方面用實例展示了《私記》中所出俗字。儘管實際只是其中一小部分，難以呈其全貌，但應能說明《私記》用字，特別是俗字的基本情況。無論是辭目所收錄，還是釋文所詮釋，也不管是一般行文任筆所寫出，都是我們以下所研究的基本對象。

〔註126〕今本《經序》無「肇啓」，此辭目當出自《經序》「摩竭陀國，肇興妙會之緣」。

第四章 《新譯華嚴經音義私記》 書寫符號及俗字舉隅

第一節 《私記》的書寫、校勘符號

　　書寫、校勘符號在《私記》中使用頻繁，要讀懂《私記》必須要清楚地了解這些符號。我國書寫、校勘符號產生得比較早，敦煌文獻中有比較完善的書寫、校勘符號體系，李正宇於《敦煌遺書中的標點符號》一文中將其歸納爲十七種〔註1〕，黃征於《敦煌語言文字學研究》一書中將其歸納爲十種〔註2〕，《私記》的書寫、校勘符號歸納起來共有四種，分別是重文號、刪除號、補充號和乙轉號。

一、重文號

　　重文號又稱疊字符號，表示重複前一個文字，這個符號產生得比較早，甲骨文中已有重文號的使用，常用「𠂤」或「＝」表示。如屯南 2651（見圖一）「方」字下「𠂤」即表示重複「方」字，此卜辭爲「戊辰〔卜〕：戌執正𢼸方＝不往。」可讀爲「戊辰〔卜〕：戌執正𢼸方，方不往。」

　　但是甲骨卜辭中重複前一個字並不一定用重文號。如屯南 673（見圖二），四段卜辭中皆有「王受又」，自上往下第三段卜辭，裘錫圭錄作：「十牛，王受

〔註1〕李正宇《敦煌遺書中的標點符號》：《文史知識》1988 年第 8 期。
〔註2〕黃征《敦煌語言文字學研究》第 12～26 頁，甘肅教育出版社，2002 年。

又＝大雨」，應讀為「十牛，王受又（祐），又（有）大雨。」「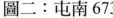」，即用「＝」表示重複「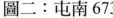」字。但第一、第二段卜辭中「王受又大雨」，亦應該讀為「王受又（祐），又（有）大雨。」這兩條卜辭都把一個「又」字當作兩個「又」字用。也就是說甲骨卜辭中，有一字不加任何記號即表重複的情況。

有時「＝」表示的不是重複前一個字，而是代替與上個字的一部分相同的那個字。如屯南 88（見圖三），「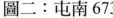」當讀為「受又」，「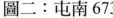」字「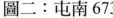」左有「＝」，表示重複「受」字下部分的「又」，這段卜辭可讀為「叀柳，王受又（祐）。」裘先生將這種重文號稱為「部分重文號」。〔註3〕

這種重文號在金文甚至簡帛文獻中都有使用〔註4〕，如孚尊（見圖四）可讀為「子子孫孫」。重文號在後來的使用中，鮮有用於部分重文，多用於單字的重文。多字重文時，於每需重複的單字下加重文號，如《克鼎》（見圖五）「辟天＝子＝明哲」，當讀為「辟天子，天子明哲」〔註5〕。

圖一：屯南 2651　　圖二：屯南 673　　圖三：屯南 88〔註6〕

〔註3〕 以上甲骨文例及解讀引自裘錫圭《再談甲骨文中重文的省略》；《古文字論集》，中華書局，1992 年。

〔註4〕 簡帛文獻的使用情況可參考馬振凱《楚簡〈老子〉中的重文識讀與分類》（東方論壇，2009 年第 4 期）

〔註5〕 此兩例引自于省吾《重文例》（《燕京大學學報》總第 37 期，1949 年 12 月）。

〔註6〕 圖（一）至（三）分別節自李旼姈《甲骨文例研究》第 517 頁、516 頁和 518 頁。（台灣書房，2003 年）該書中專門一節談重文號的運用，可參。

圖四：孚尊〔註7〕　　　圖五：克鼎〔註8〕

　　到了敦煌文獻中，重文號的形式從「＝」或「彡」變爲「ㄑ」「ㄟ」、「ㄑ」、「ㄣ」、「ㄟ」、「ㄥ」等多種形式〔註9〕，這種變化蓋是書寫工具的改變而導致的書寫形式上的變遷，其源頭亦應是甲骨、金文時期所使用的「＝」或「彡」。

　　敦煌文獻的重文號不僅用於單字的重複，也用於雙音詞、詞組或句子的重疊，其重複的規則除延用了甲骨、金文時期的規則（ABAB 作 A＝B＝，AABB 作 A＝B＝）外，還增加了一種重複形式，即：

　　ABAB 作 AB＝＝

　　S.4270 背《大般涅槃經變榜書底稿》：「緣覺、比丘＝＝尼、國王」其中「比丘＝＝尼」當讀作「比丘、比丘尼」〔註10〕

　　當然，在實際的寫卷中情況會複雜很多，有多種類型交錯出現的情況，張涌泉文中已經詳細闡釋，茲不贅述。

〔註7〕　容庚《金文編》第 855 頁，中華書局，1985 年。

〔註8〕　引自 http://file5.gucn.com/file//CheckCuriofile/20110928/Gucn_201109283928111605
　　　　Pic6.jpg

〔註9〕　詳見張涌泉《敦煌寫本重文號研究》(《張涌泉敦煌文獻論叢》，上海古籍出版社 2011
　　　　年 8 月）。

〔註10〕敦煌文獻重文號的使用類型及用例皆引自張涌泉《敦煌寫本重文號研究》。

　　《私記》重文號的形式及使用規則相比敦煌文獻就簡單很多。它的形式僅有一種，即「乀」，多用於單字的重複。用於語詞的重複時，其規則同上所言之第一種重複規則。單字重複如：

　　人迷四忍：人迷，謂人乀迷也。（經序）

　　「人乀迷」，即「人人迷」。

　　語詞重複，如：

　　　　古經云「電不離明（明）乀淨乀不離電」。（經第卅四卷）

　　　　「電不離明（明）乀淨乀不離電」，即「電不離明淨，明淨不離電」。

　　　　住不乀說劫：曰「不乀可乀說乀劫」。（經第卅七卷）

此條之辭目分作兩行，辭目中的「乀」不常見，疑非重文號，當為《私記》作者所見《新譯華嚴經》之書寫形式，這種形式的意思是「不乀可乀說乀劫」即「不可說不可說劫」。如此，則辭目中的「乀」表示省略。

圖六：《私記》經序　　圖七：《私記》經第卅十四卷 　　圖八：《私記》經第卅十七卷

二、刪除號、補充號

　　在甲骨文時期是否有刪除號，還不能完全確定，但是在屯南 994 號甲骨（見圖九）上，有一條卜辭僅刻出了干支被框起來，《小屯南地甲骨》下冊《釋文》

〔註11〕稱：「癸亥二字被框起來，可能是界劃，也可能表示此二字廢棄不用。」
陳槃也曾舉例說〔註12〕「本所所藏卜辭，有一事作『於翌日，壬日，⊕屮畢』
（六三八）。此『屮』字如此作，無疑爲史官誤書之標識。但與後來祇旁著三點
者又不同。蓋自古有此法，後人嫌其太繁，故省作三點。」〔註13〕

　　陳先生所言之六三八號甲骨筆者未見，不敢遽言是非。但至少在敦煌文獻
中已經廣泛使用刪除號了。黃征將敦煌文獻中所見的刪除號歸納爲：卜號（卜）、
點號（∶）、圈號（○、〇、□）、畫線號（──）和塗改號〔註14〕。北朝寫本
敦研251號（圖十）所使用的刪除號即點號，此句可錄作「取相境界〈也〉皆
是動法也」，「也」即是被刪除之字。

　　《私記》的刪除號有點號和圈號兩種形式，以點號形式爲常見。點號以兩
點式爲主，其位置有的在字之左，有的在字之右，視方便而爲之。如圖十一大
字標目「技藝」之「技」字左有「ح」，表示刪除，並於右側行間補寫「伎」字。
從二字書寫來看，並非出自一人之手，疑爲後人所改。從小字釋文看，似原大
字不誤。

　　再如圖十二「絡」字右有「˙」，亦表示刪除，並於左側行間補寫「終」字。
如爲「絡」字，則於義不通，「終」字是。該句可錄作「舊經第四卷〈絡〉〔終〕，
六紙許在，品名同」。

　　用圈號表示刪除，僅見一處，即經卷十五令瞻∶條（見圖十三），其中「世」
字之上，「反」字之右皆有「ᘔ」號，表示刪除的是「反」字之右的「ᘔ」。

　　「世」字之上的「ᘔ」表示行間小字「音」應增補的位置，姑且稱此爲「補
充號」。此處文本的意思爲「音世牟」。

　　從修訂筆跡來看，當非小川本之抄寫者。此處改正甚得其祖本寫作之意，「世
牟」爲「瞻」之日語音讀，假名爲「セム」，它並非「瞻」字的反切，故「反」
字當刪。《慧苑音義》及大治《新音義》皆無此條，此條爲《私記》所增，在《私
記》所增的辭條中皆以「音……訓……」形式出現，有時不見「音」、「訓」二

〔註11〕《小屯南地甲骨》下冊第一分冊《釋文》第914頁，中華書局，1983年。

〔註12〕陳槃《漢晉遺簡識小七種》上冊第9頁，中央研究院歷史語言研究所，1975年。

〔註13〕上述屯南甲骨與陳槃先生所舉之例，皆參考吳良寶《漫談先秦時期的標點符號》；
　　　　《吉林大學古籍整理研究所建所十五週年紀念文集》，吉林大學出版社，1998年。

〔註14〕引自黃征《敦煌語言文字學研究》第23頁，甘肅教育出版社，2002年。

字，亦前注音，後釋義。此條「見也」爲「瞻」字之釋義，「世牟」即「瞻」字
的日語注音，故於「世」字上補「音」字。

　　用「◗」表示補字的位置，亦見於《私記》之經卷十九卷補特伽羅：條（見
圖十四），在「補」字右下行間寫有「特」字，於「補」字正下方有「◗」，正
是「特」字當補的位置。此種補充號在諸家講述敦煌文獻的書寫及校勘符號時
並未涉及。

圖九：屯南 994 號〔註15〕	圖十：敦研 251	圖十一：《私記》經卷第十一卷

圖十二：《私記》經卷第十二卷	圖十三：《私記》經卷第十五卷	圖十四：《私記》經卷第十九卷

〔註15〕引自《小屯南地甲骨》上冊第 200 頁，中華書局，1980 年。

三、乙轉號

　　吳良寶於《漫談先秦時期的標點符號》中說「西周金文中有一種鈎倒符號，即用來鈎正次序顛倒的文字的符號」，並引郭沫若對《鄭虢仲簋》（此簋銘文見圖十五）的考釋〔註16〕：「『十又一月』作『十一𢑑月』，一又二字倒，而又字多一橫鈎，此金文鈎倒之確例。」這種鈎倒的形式與後世並不相同。用於糾正顛倒位置的符號在敦煌文獻中廣泛使用，李正宇稱之爲「倒乙號」〔註17〕，黃征稱之爲「顛倒符號」〔註18〕，其形式是於漢字之外用鈎號「✓」或乙號「乚」表示。

　　《私記》的乙轉號並不多見，僅見有如下兩例。第一例，經第十六卷「偉哉」條（見圖十六）小字「謂」下有「◢」即表示「謂」與其上字「語」的位置當互倒，正當爲「謂語」。該條錄文可作：

　　　　偉哉：上，于鬼反。奇也，琦也。或爲瑋字，重也，珍也，大

　　也。哉謂語末聲（辭）也。（經第十六卷）

第二例，《私記》經第五十九卷「免濟」條（見圖十七），小字「濟」字下有「◢」，表示「濟」與其上字「渡」的位置當互倒，正當爲「濟渡」。該條錄文可作：

　　　　免濟：上，亡辨反。脫也。濟，渡也，言令脫苦渡難也。（經第

　　五十九卷）

總的來說，《私記》的書寫符號的種類並不多，但皆前有所承。從行文來看，重文號使用頻率最高，且是在《私記》小川本抄寫時便有的，至於小川本的祖本如何，我們便不得而知了。刪除號出現之處大多有行間補字，而行間補字與原有字體不甚相同，似乎並非出自一人之手，體現出後人修訂的痕跡。這些改訂字與原有字之間的關係也頗爲複雜，有些是將錯字修改正確，有些時候修訂字與被修訂字之間是異體的關係，這都需要在閱讀時詳加分析，特別注意。乙轉號的標注時間不甚明了，因爲《私記》偶有倒文之處，不是每一處都使用，使用乙轉號的地方僅上述兩處而已。「◗」號不僅可表示刪除，也可表示補字的位

〔註16〕詳見吳良寶《漫談先秦時期的標點符號》。

〔註17〕見李正宇《敦煌遺書中的標點符號》。

〔註18〕見黃征《敦煌語言文字學研究》。

置，似是《私記》所特有。

圖十五：鄭虢仲簋銘　圖十六：《私記》經第　圖十七：《私記》經第
　　文（部分）　　　　　　十六卷　　　　　　五十九卷
　　〔註19〕

第二節　《私記》俗字的書寫特點

《私記》漢字書寫和結構上主要呈現出以下一些特點：

一、《私記》俗寫的漢字（或漢字構件）並非個別現象，它們總是出
現於一系列的相關漢字中，如：

「土」寫作「圡」，以「土」為漢字構件的「境」寫作「境」，「墻」寫作
「墻」，「壇」寫作「壇」等。敦煌文獻中「土」亦多作此形，當是為與「士」
字相區別，敦煌文獻中「士」字多不加點，《私記》「士」字亦無點，如經卷第
十九摩納波：條「術士」之「士」寫作「士」。用此種形式來區別「土」和「士」
蓋承襲自漢隸，現存的漢代碑刻中用亦見有此形的「土」和「士」，如《隸辨》
「土」字引《衡方碑》作「士」，顧南原按「土本無點，諸碑士或作土，故加

點以別之。」〔註20〕

「京」寫作「京」，以「京」爲漢字構件的「就」寫作「就」，「影」寫作「影」，「涼」寫作「涼」等。《隸辨》「京」字引《韓勑碑》作「京」，「就」字引《孔宙碑》作「就」，「景」字引《謁者景君墓表》作「景」，「涼」字引《曹全碑》作「涼」。《敦煌俗字典》收「京」、「就」、「涼」等形。可見《私記》與敦煌俗字「京」字的寫法前承自隸書。

「弓」作爲單字使用時寫作「弓」，作漢字構件時亦可寫作此形，如「弧」寫作「弧」。「弓」作漢字構件時還可寫作「方」，如「彌」寫作「弥」，「引」寫作「引」，「發」寫作「發」等。作爲漢字構件時「方」形更常用。《敦煌俗字典》收「弓」、「弥」等形，《隸變》未見有相似形者。

「口」作漢字構件時，可寫作「ᐱ」，如：「員」寫作「負」，「捐」寫作「捐」，「損」寫作「損」，「羂」寫作「羂」等。此種寫法於敦煌俗字中亦常見，如《敦煌俗字典》收有「圓」、「損」、「泪」、「捐」等字形。《隸辨》「捐」字引《高彪碑》作「捐」，「損」字引《白石神君碑》作「損」。

「矢」作爲漢字構件時，可寫作「夫」形，如「矣」寫作「矣」，「族」寫作「族」等。《敦煌俗字典》收有「矣」、「族」等形，其構件「矢」亦寫作「夫」。《隸辨》「矣」字引《孔霾碑》作「矣」，引《夏承碑》作「矣」，「俟」字引《韓勑碑》作「俟」，「族」字引《孫叔敖碑》作「族」。由此可以看出「矢」寫作「夫」，是從隸書「夫」、「夫」形變化而來。

「昔」寫作「昔」，「昔」作漢字構件時亦作此形，如「藉」作「藉」、「藉」，「籍」作「籍」等。《敦煌俗字典》收有「昔」形，與「昔」相似，《隸辨》中未見有此種寫法。

從以上諸例中可以看出某些漢字的俗寫形式並非偶然，它與敦煌俗字有著極爲相似之處，並且某些俗字和敦煌俗字一樣是前有所承（如漢隸）的。因此可以說這些俗字是漢字系統發展過程中必然出現的形式，同時也表明《私記》的漢字是成系統存在的，它的變化也是成系統演變的。

二、不同的漢字構件俗書簡化成極相近似的符號

「工」作爲漢字構件即可表示「丷」，又可表示「工」、「七」、「口」，如：

〔註20〕顧南原《隸辨》第 373 頁，北京市中國書店，1982 年。

工 {
　丶：「均」寫作「**㙈**」。
　工：「嗟」寫作「**嗟**」，「左」寫作「**左**」。
　匕：「尼」寫作「**尾**」，「老」寫作「**老**」。
　口：「局」寫作「**局**」。
　其它：「曷」寫作「**㫆**」。
}

「目」作爲漢字構件既可以表示「目」，又可以表示「月（肉）」、「且」，如：

目 {
　「目」：「眠」寫作「**眠**」。
　「月（肉）」：「肘」寫作「**时**」，「脆」寫作「**聑**」。
　「且」：「助」寫作「**助**」。
}

「扌」作爲漢字構件，既可以表示「扌」，又可以表示「木」、「方」，如：

扌 {
　「扌」旁：「拘」寫作「**构**」，「抱」寫作「**杞**」，等。
　「木」旁：「欄」寫作「**捫**」，「楔」寫作「**挴**」，等。
　「方」旁：「於」寫作「**扵**」，等。
}

因此，也就會造成這些偏旁混而不分，如：

「扌」旁之字寫作「木」旁，如「抱」又寫作「**杞**」，「措」寫作「**揩**」，等。

「木」旁之字寫作「扌」旁，如「欋」寫作「**攉**」，等。

「方」旁之字寫作「扌」旁，如「旅」寫作「**振**」，等。

這是俗字難認的原因之一，也是導致俗字易被認錯的一個重要原因，因此在閱讀《私記》時應注意到以上特點。

三、同一個漢字構件也可以用多個不同的符號表示

如：「月（肉）」旁通常用「月」表示，但有時也用「目」、「日」形來表示，例如：

月（肉） {
　月：「胝」寫作「**胝**」，「膝」寫作「**脉**」，此爲常用情況。
　目：「肘」寫作「**时**」，「脆」寫作「**聑**」。
　日：「胃」寫作「**胃**」，「謂」寫作「**謂**」，「腎」寫作「**腎**」。
}

四、意義相近的偏旁有時會混用

「宀」和「穴」旁相混。《說文・宀部》:「宀,交覆深屋也。」《說文・穴部》:「穴,土室也。」故與房屋有關之字可從「宀」亦可從「穴」,如「寐」寫作「寐」,又寫作「寐」;「寢」寫作「寢」,又寫作「寢」;「寤」寫作「寤」,又寫作「寤」,等。

「廴」旁常寫作「辶」旁。《說文・廴部》:「廴,長行也。」「辶」即「辵」,《說文・辵部》:「辵,乍行乍止也。」故與走路有關之字,可從「廴」亦可從「辵」,如「延」寫作「延」,又寫作「延」。

五、相同的漢字構件,其書寫結構與今不同

左右結構的漢字,《私記》或寫成上、下結構。如:「虵」作「虵」;「蚊」寫作「蚊」;「務」寫作「務」;聰寫作「聰」;「聡」寫作「聡」等,以上諸字未見有寫作左右結構者。

三個部件構成的漢字,今寫作上下結構的,《私記》或寫作左右結構。如:「塗」寫作「塗」,「臂」寫作「臂」或「臂」,「譬」寫作「譬」等,此三字未見有寫作上下結構者。

六、《私記》偶有用一字之聲旁來指稱整個漢字

最常見的是用「川」來代替「訓」字。「川」字形在《私記》中有兩種音義:一音 chuān,義爲山川之川。「如川騖」條(見圖十四)之辭目「川」字,字形作「川」;該條釋文「如川中水」之「川」寫作「川」。另一爲「訓」字之省,《私記》全文無「訓」字,凡「訓」字均寫作「川」。後人識此字爲「訓」,亦有在「川」之左側補寫「言」旁者。如:

叵思:上音波,川非也。(經第七卷)(見圖十五)

八隅:音愚,川角也。(經第七卷)

統領:上,〔音〕〔註 21〕通。訓総也。下,訓納也。(經第廿一卷)(見圖十六)

此外,還有以「求」來代替「救」字,如:

拯濟:上,音乘,訓求也。(經第六十三卷)

〔註 21〕「通」爲「統」之直音,故按《私記》體例補「音」字。

按「拯」無「求」義，「拯濟」之「拯」義爲救助之義，《廣韻・拯韻》：「拯，救也。」「求」在此處當爲「救」字之省。

圖十四：《私記》經第五卷　　　　圖十五：《私記》經第七卷

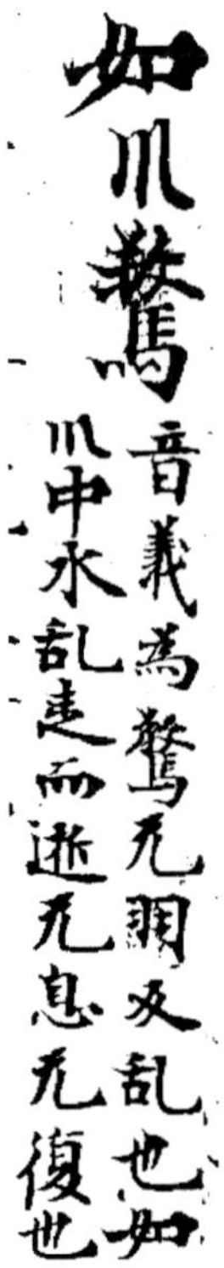

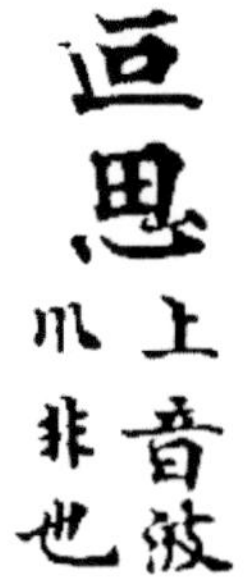

圖十六：《私記》經第廿一卷

　　以上《私記》俗字書寫特點中的一至五點體現出漢字中古時期的漢字書寫共性，敦煌文獻中之俗字就有著相類似的特點，此書寫特點也導致中古時期的漢語俗字大量增多，不斷演變。同時也可以看出一些俗字並不是憑空出現的，而是前有所承的，如漢隸，或草書楷定，具體例證可詳見下文「俗字舉隅」。

　　第六點可看作《私記》特有的書寫特點，這可能與當時日本人的書寫習慣有關。另外，《私記》在俗字使用上有著自身的使用習慣，如用「眀」不用「明」，多用「湏」少用「須」，多用「　」鮮用「處」等。

第三節　俗字舉隅

　　由上述書寫特點可知《私記》中某些字（或漢字構件）有多種書寫形式，而這些書寫形式並非孤立存在，總是影響到相關聯的一系列的俗字書寫中。這樣就使得某一字形可能代表兩個意義完全不相的詞，亦有多個字形表示同一個詞，還有一些字的書寫形式與我們今天所說的正體相去甚遠，下面舉例說明。

1、　、　、　：弱

（1）芒草箭：芒正爲莣字，其形似荻，皮重若笋，體質柔　，不堪勁用也。（經第十三卷）

　　　校：諸本〔註22〕「　」作「弱」。

（2）柔奭：上，而充反。二合　也。下又爲濡字，湯也。非旨。（經第廿三卷）

（3）撫其孤　：上，麩禹反。慰也，安也，〈恼〉〔恤〕〔註23〕也。（經第六十六卷）

（4）爲誰守護：護謂三護，亦日三監，女人志　，故藉三護。幼小父母護，適人〈大聲〉〔夫壻〕〔註24〕護，老邁兒子護。今此通問，

〔註22〕此「諸本」指《慧苑音義》的《趙城藏》、《高麗藏》、《磧砂藏》、《永樂北藏》和上海古籍影日本獅谷白蓮社版慧琳《一切經音義》所收之《慧苑音義》（以下行文中分別簡稱爲《城》、《麗》、《磧》、《北》、《獅》）這五種版本，如有引用皆以《城》爲底本。

〔註23〕《私記》「恼」字右側行間寫有「恤」字，「恤」是，《私記》「面」、「血」常相混。《慧苑音義》「怡暢心」條引杜注左傳曰：「撫，恤也。」

〔註24〕按：《北》《磧》「大聲」作「夫壻」，《誠》《麗》作「夫　」，《獅》作「夫　」。可見「大」爲「夫」字形訛。「　」楷定爲「　」，「　」楷定爲「　」字。《龍龕·耳部·去聲》：「　　：二今音細。女夫也，與壻同。」項録王梵志詩24首「出無夫婿見」之「婿」字作「　」，與「　」同。故「　」與「　」均爲「夫壻」之「壻」字的異體字，而「聲」爲「　」字之形訛。故校改爲「壻」字。

故言護也。（經第七十五卷）

校：諸本「弜」作「弱」。

(5) 沒溺：上，沉也。下音若，訓沉。正爲弱，倭言之豆牟。（經第廿三卷）

按：《廣雅・釋詁一》：「柔、耎，弱也。」《佛教難字大字典・弓部》「弱」字下收「弜」形，《廣碑別字》「弱」字引唐《衢州蕭史君男墓誌》作「弜」，皆與「弱」、「弜」形同。

《說文・弜部》：「弜，彊也，重也，從二弓。」《廣韻・養韻》：「弜，弓有力也。」皆將「弜」字釋爲「強」義，然「強」義於此文意不通。《私記》此字只出現一次，諸本皆作「弱」，而「弱」義與釋文義和。故「弜」當爲「弱」之省。

《私記》「弓」旁可寫作「弓」，則「弜」與「弱」同，《碑別字新編・十畫》「弱」字引《魏顯祖成嬪墓誌》正作「弱」。《說文通訓定聲・小部》：「弱，借作溺。」《易・大過》「剛過而中」王弼注：「拯弱興衰」陸德明釋文：「弱，本亦作溺。」

2、扨：搦

(1) 挐：扨可反。（經第七十六卷）

校：諸本「扨」作「搦」。

按：「扨」左爲「扌」旁，右「弜」即「弱」字，合爲「搦」。《廣韻・覺韻》：「搦，女角切」，又《陌韻》「女白切」。《廣韻・麻韻》「挐，女加切。」此「扨」作「挐」之反切上字，正同聲類。

3、㵒、溺：溺

(1) 沒㵒：〈父〉〔又〕〔註25〕爲溺字，奴的反。《說文》以沈溺之溺爲㳠字。㳠，奴的反。《說文》沒水中也。潰也。此古文溺也。（經序）

按：「溺」爲「弱」字，則「㵒」爲「溺」字。此辭目出自《新譯華嚴・序》「家纏五蓋，沒溺於三塗之下。」可複證。《原本玉篇・水部》「㳠」字引《聲類》「此古文溺也」，與《私記》所說相合。

〔註25〕按：此條諸本無，據文意當爲「又」字。

4、䐱：膌

（1）危脆：下，出歲反。危也，膌也，易斷也。（經第廿一卷）

按：此字右旁與「弱」同，爲「弱」字，則此字爲「膌」。《說文·肉部》：「膌，肉表革裏也。」「膌」指皮肉之間的一層薄膜。《廣韻·藥韻》：「膌，脆膜也。」

5、喪、喪、喪、亶、袠、袞、袞：喪

（1）喪、喪：上亶字，古文亶，滅也。下袠字。古文袞，失也。（經第廿三卷）

（2）喪法：上亶字，滅也。（經第卅五卷）

（3）珍玩：《書》曰：玩人袞德，玩物袞志也。孔安〔國〕〔註26〕注曰：以人爲戲弄則袞德，以器物爲戲弄則袞志。今此謂所愛重戲弄之具也。（經第十九卷）

（4）中夭：中，張仲反。夭，於矯反。小（少）袞曰夭也。（經第七十卷）

按：（1）、（2）條《慧苑音義》無。從此兩條可知「喪」、「喪」、「亶」爲一類，義爲「滅也」，喪、袠、袞爲另一類，義爲「失也」。

《說文·哭部》：「喪，亡也。從哭從亡。」段注：「《亡部》曰：亡，逃也。非死之謂。故《中庸》曰：事死如事生，事亡如事存。」「喪」的本義爲「失也」，「滅也」是其引申義。《說文》篆書作「喪」，《書法大字典》〔註27〕「喪」字引唐《顏氏家廟碑》作「喪」，正從哭從亡。又引北魏《元熙墓誌》作「喪」，與「喪」、「喪」同，引北魏《元欽墓誌》作「亶」，與「亶」同，則「喪」、「喪」、「亶」皆爲「喪」字。《隸辯·去聲》引《衡方碑》作「袞」，與「袠」形同，「袠」又省筆作「袞」，正爲「喪」字。從（3）、（4）條的用字來看，「袞」形爲《私記》使用的常體。

《廣韻·宕韻》「喪」同「喪」，「喪，亡也」。日藏《龍龕·口部》「喪」

〔註26〕此條源自《慧苑音義》，《慧苑音義》「安」下有「國」字。

〔註27〕《書法大字典》有林宏元、伏見沖敬和北川博邦三種，行文中皆稱《書法大字典》，爲避免行文相混，如引自伏見沖敬和北川博邦者，皆加（）標明編著者。如無標明，皆出自林宏元編著之《書法大字典》。

同「喪」，「喪，失也，亡也。」（2）條「喪」、「喪」皆表失去義，（3）條「喪」
表滅義。綜上可知，在諸字書及《私記》中「喪」字的使用並無意義上的分別，
（1）、（2）條強分別之，不妥。

6、羊、𦍌：牟

    （1）天羊羅：陁羅者，皷中之別稱也。（經第廿二卷）

        校：諸本「羊」皆作「牟」。

    （2）車渠：正云羊娑羅揭婆也。羊娑羅者，此云勝也。（經第廿六卷）

        校：諸本「羊」皆作「牟」。

    （3）釋迦羊尼：羊尼者，是德行之名，此云寂默也。（經第卅五卷）

        校：諸本「羊」皆作「牟」。

    （4）挹：酌，音著，訓久羊。（經序）

    （5）憎惡：上音增。訓而久羊。下亦同也。（經第廿卷）

    （6）令瞻：世羊〈反〉，見也。（經第十五卷）

    （7）蒙惑：上音羊。訓加何布流。（經第十七卷）

    按：「牟」字篆文作「𠂤」，下從牛。隸變作「牟」，下從牛省筆。楷化後正
為「𦍌」字。《干祿字書》中收有牟字，作「牟牟：上通下正」，故「牟」與「牟」
同。《龍龕·牛部》：「牟」字「今作牟」。《書法大字典》引北魏《侯太妃造像》
作「𦍌」。故「羊」、「𦍌」皆為「牟」字異體。

    「牟」是《私記》之常用字，按其用法可分為三大類。一類用於音譯詞中，
如（1）（2）（3）條，這類可與《慧苑音義》相比勘，這些字在《慧苑音義》中
皆作「牟」字。

    第二類用於和訓之中，如（4）（5）條。據岡田希雄《倭訓考》「牟」皆音
為「ム」，如「久牟」的假名為「クム」，日語中義為「酌」，「而久牟」的假名
為「ニクム」，義為「憎」。

    第三類用於日本人自製的注音之中，如（6）（7）條（第六條可參見本章
「刪除號」部分之圖十二）。「世牟反」為「瞻」字的注音，「反」字為後人所
增，此並非反切。其所代表的日語讀音為「セム」，「瞻」字的吳音與漢音皆
與此同 [註28]。（7）條中「羊」為「蒙」字的注音，「蒙」字的吳音為「ム」。

    [註28] 「瞻」字的吳音與漢音有兩個，一為「セム」，另一為「セン」，今常用音讀為「セン」。

7、**左**、**左**：左

　　（1）非其匹偶：杜注《**左**傳》曰：匹，敵也。（經第七十五卷）

　　　　校：諸本「**左**」作「左」。

　　（2）禦扞：杜注《**左**傳》曰：禦，〈上〉〔止〕〔註29〕也。（經第七十六
　　　　卷）

　　　　校：諸本「禦扞」作「左」。

　　（3）蘊其深解：杜注《**左**傳》曰：蘊，蓄也。（經第七十六卷）

　　　　校：諸本「**左**」作「左」。

　　（4）大臣輔**佐**：輔，助也。**佐**，副也。言於君有副助也。（經第七十
　　　　卷）

　　（5）我師傅：此三公之位**佐**王論道以經緯國事、和理陰陽，有德行者
　　　　乃堪之也。（經第六十四卷）

　　（6）侍衛：言側近**左**右扶侍之也。（經第五十八卷）

　　按：《說文》篆書「左」字作「**𠂇**」，隸變作「**左**」，俗書有寫作「**左**」
形。《書法大字典》「左」字引前秦《廣武將軍碑》作**左**，與「**左**」形同。又
《私記》凡出現「**左**」之處，均可訓作「左」，如（1）（2）（3）條均爲「左傳」。
（4）（5）條「佐」字均作「**佐**」，其右旁與「**左**」同，故**左**爲「左」字。《私
記》「左」字亦可寫作「**左**」，但只有（6）條之「側近左右」之「左」寫作此
形。

8、**寸**、**寸**：等；寸^等（圖）

　　（1）八聖道支者，一、正見；二、正思惟；三、正語；四、正業；五、
　　　　正命；六、正精進；七、正念；八、正**寸**持。（經序）

　　（2）首冠十力**寸**冠：上冠，古亂反。曰著冠爲冠也。下冠，音古鸞反。
　　　　（經第廿六卷）

　　　　校：諸本辭目作「首冠十力莊嚴之冠」。

　　按：（1）條「**寸**」字右有一「等」字，如圖所示。「等」即「等」字。《書
法大字典》「等」字引漢《曹全碑》作「**等**」。蓋因爲隸書「**𥫗**」頭常寫作

此文所言之吳音與漢音皆取自藤堂明保《漢和大字典》（學習研究社，昭和 53 年）

〔註29〕「上」字與文意不和，諸本作「止」，是。

「**✖ ✖**」，與「艹」頭形近而與之混。從圖可以看出「荢」字是後人貼補上的，用來說明此字與「荢」字同。這個後貼上的字蓋住了原字的一個點，這個點與「寸」結合在一起，就是「寸」，即「等」字的草書。《書法大字典》「等」字引唐孫過廷《景福殿賦》作「寸」。又此條所言「八聖道支」即「八正道」，指正見、正思惟、正語、正業、正命、正精進、正念和正定。「定」之別名爲「等持」。《阿毘達磨俱舍論》卷28解釋「靜慮初五支，尋伺喜樂定」這句頌時說「論曰：唯淨無漏，四靜慮中初具五支。一尋、二伺、三喜、四樂、五等持。此中『等持』頌說爲『定』。『等持』與『定』名異體同。故契經說心定等定名正等持。」〔註30〕此段，故「正等持」即爲「正定」。訓「寸」爲「等」與文意合。

（2）條「寸」即「等」字，爲「莊嚴之」三字的省略。《私記》中常用「等」來表示省略，如：

> 普賢三昧品第三：卒卷經品名无也。第三卷初六枚入，言尒時普賢菩薩即入一切三昧正受**等**文，是也。八十卷經第七卷初云：尒時普賢菩薩，於如來前入於三昧，等。（經第七卷）

> 世界成就品：第七卷半，舊經第三卷半，文有名无。尒時普賢菩薩，告諸菩薩言，世界海有十種事，謂世界海起具因緣**等**。（經第七卷）

> 檀**等**：具云檀那波羅蜜多也。檀那，云施也。波羅蜜，云彼岸也。多，到也。謂施能到彼岸也。後五度準此釋也。（經第十四卷）

經第七卷的兩段話中，「等」省略的是經文，「檀等」的「等」省略的是「那波羅蜜多」，類似之例，在《私記》中不勝枚舉。

9、**录**：承；**承**：承、美

（1）明法品：十八卷二本同名也。法者，云十種法等也。明者，明說。故下文云：我今**录**佛威神之力，爲汝於中說其少分。（經第十八卷）

（2）**录**接：今仕奉也。（經第六十三卷）

（3）尼拘律樹：其樹葉如此方柿葉子，似枇杷子，子下**录**蒂，如柿然。（經第六十四卷）

〔註30〕引自《大正藏》29冊，146頁。

校：諸本「录」作「承」。

（4）瞻奉撫對：撫，芳武反。瞻，視也。奉，录也。（經第七十二卷）

校：諸本「录」作「承」。

（5）珍饌：下，仕眷反。羕，食也。（經第十五卷）

（6）珍玩：上，重也，羕也。（經第十九卷）

校：諸本「羕」作「美」。

按：（1）條「我今」至句末出自《新譯華嚴》卷18「我今承佛威神之力，為汝於中說其少分。」則「录」作「承」。（2）條出自《新譯華嚴》卷63「（善知識者）難得奉事，難得親近，難得承接」，則「录」作「承」。（3）（4）條：諸本「录」皆作「承」。《說文・廾部》：「奉，承也。」

又「承」字首筆作「橫折」，這一筆在用毛筆書寫時通常有兩種寫法，一種起筆較重，折筆也較重，而中間部分較輕，甚至有些草書直接寫作兩點，如「𦕎」（伏見冲敬《書法大字典》「承」字引〔晉〕王洽書）。另一種則輕重均衡，如「承」（伏見冲敬《書法大字典》「承」字引北魏《元平墓誌》）。「录」字是從第一種的草書楷化而來的。從漢魏碑帖來看，「承」字中之三橫亦有作兩橫，當時通行，無有定規。故「录」、「羕」皆為「承」字。

（6）（7）條中之「羕」如訓為「承」，則於義不合。校之諸本「珍饌」條釋文作「《爾雅》曰：饌，美也。」「珍玩」條「羕」諸本亦作「美」，《爾雅・釋詁下》：「珍，美也。」則「羕」當為「美」字。諸字書中未見有「美」之異體作「羕」形者，然《私記》中「美」寫作「羕」形之處非一，故定此字為「美」之異體字。

10、𨑅：承

（1）圓光一尋：何𨑅《纂要》曰：八寸曰咫，三尺曰武，五尺曰墨，六尺曰步，七尺曰仞，八尺曰尋，十尺曰丈，丈六曰常也。（經第卅一卷）

校：《北》《磧》《獅》「𨑅」作「承」，《麗》《誠》作「休」。

按：此字末筆即可視作一橫，又可視作四點。又上條「录」為「承」字，則此字可視為「丞」或「烝」字。《碑別字新編・六畫》「丞」字引《魏涼州刺史元維墓誌》作「丞」，引《隋馮忱妻叱李綱子墓誌》作「烝」，引《齊高叡為

父母造像記》作「承」，故「丞」爲「丞」字俗寫。

（1）條《北》、《磧》、《獅》「丞」作「承」，可視爲「承」與「丞」相通之例。如：《說文・収部》「丞」段注：「哀十八年《左傳》曰：『使帥師而行。請承。』杜曰：承，佐也。承者丞之假借。」《漢書・王子侯表》「承陽侯景」顏師古注：「字或作丞。」《史記・秦本紀》「二年，初置丞相。」裴駰《集解》引應劭曰：「丞者，承也。」

11、拯、撜：拯

（1）拯濟：上音乘，訓求（救）也。（經第六十三卷）

（2）撜：救助也，音乘。（經第十五卷）

按：（1）條辭目出自《新譯華嚴》卷 63：「爲一切衆生拯濟」。則「拯」當爲「拯」。又「承」爲「承」，故「丞」亦「丞」字（詳見上條），則「拯」爲「拯」字。《碑別字新編・九畫》「拯」字引唐《程邨造橋碑》作「拯」。

《隸辨》「極」字引《華山廟碑》「峻極蒼穹」作「極」，《金石文字辨異》「極」字下收「极」、「極」二形，《佛教難字大字典》「極」字下收「撜」，形皆與「撜」字相似。然《說文・木部》：「極，棟也。」《爾雅・釋詁上》：「極，至也。」《廣雅・釋言》：「極，中也。」皆無「求助」義，與（2）條之音義不通。

《廣碑別字》「拯」字引唐《陸大亨墓誌》作「拯」，與「撜」形似，「撜」音乘，（1）條「拯」亦音乘。《慧苑音義・經第十五卷》「拯」條云：「杜注《左傳》曰：拯，救助也。」《玉篇・手部》「拯」同「抍」，「抍，救助也。」故《私記》中「撜」當爲「拯」之俗書。

12、侯、隹：侯

（1）潤〈泠〉〔洽〕[註31]：：洽，隹夾反。漬也。（經第卅二卷）

> 校：諸本「隹」皆作「侯」。

（2）欲度溝洫：溝，古隹反。（經第六十八卷）

> 校：諸本「隹」作「侯」。

（3）摩耶夫人：案鄭注《礼》云諸隹之妃曰夫人。（經第卅八卷）

〔註31〕按：《新譯華嚴》卷 42 作「令其聞者皆得潤洽」，《私記》辭目「泠」右有小字「洽」，諸本「泠」作「洽」，是。

校：諸本「**侯**」作「侯」。

（4）樓閣：樓，力**侯**反。（經第一卷）

（5）時臻而歲洽：洽，**侯**夾反。（經序）

校：諸本「**侯**」作「侯」。

（6）盈洽：洽，**侯**夾反。潤也。盈，充也。（經第五十九卷）

校：諸本「**侯**」作「侯」。

按：《說文・矢部》「侯」作「**矦**」：「从人从厂，象張布，矢在其下。」《私記》中常將漢字構件「矢」常寫作「夫」形〔註32〕，如「族」寫作「**䍃**」，則「**侯**」字與「**矦**」字同，《宋元以來俗字譜・人部》「侯」字引《列女傳》作「**侯**」。《廣碑別字》「侯」字引隋《徐智竦墓誌》作「**侯**」，引隋《寇熾妻姜敬親墓誌》作「**侯**」。《私記》中從「侯」得聲之「喉」字寫作「**喉**」，其右與「**侯**」形同。

「**侯**」爲「洽」字的反切上字，當與「洽」同聲類。據（2）（4）條又爲「溝」的反切下字，與「溝」同韻。中古「洽」字在匣母，「溝」字在「侯」韻，正與「侯」字的中古音同。

據（4）（5）（6）條，「**侯**」字爲「洽」字的反切上字，同時又爲「樓」字的反切下字，則「**侯**」字與「洽」字同聲類，與「樓」字同韻，音與「**侯**」同。又形與「**侯**」似，蓋爲「**侯**」字俗寫時的變體，亦當是「侯」字。又（5）（6）條諸本「**侯**」字皆作「侯」。

13、**候**、**候**、**候**：候

（1）**袞容**〔註33〕：莫**候**反，又古本反。廣也。（經第卅三卷）

（2）何伺：相吏反。察也，**候**也，視也。（經第五十八卷）

（3）拔猶豫箭：犬隨人行，喜預在先，待人來至，却來迎**候**。（經第六十三卷）

校：諸本「**候**」作「候」。

按：「**侯**」爲「侯」字，則「**候**」爲「候」字。「**侯**」爲「侯」字，則「**候**」與「**候**」同，皆當爲「候」字。《玉篇・人部》：「候，胡遘反。《說文》

〔註32〕漢字構件的俗寫會帶動一系列漢字的俗寫，參見本章概述部分。

〔註33〕按：此條在「延袞遠近」條下，疑「**袞容**」爲「袞」字的兩種俗寫。

曰：伺望也。」《廣韻・候韻》：「候，伺候。」《字彙補・人部》：「候，同候。」
《康熙字典補遺・人部》引《正韻》：「候，同候。」《玉篇・人部》：「伺，候
也」。（3）條諸本「㑔」亦作「候」。《敦煌俗字典》「侯」字下收「㑔」形，
《書法大字典》（伏見沖敬）「候」字引北魏《元緒墓誌》作「㑔」，引北魏《郭
顯墓誌》作「候」。

14、畫、壘、臺、臺、臺：臺

    （1）樓閣：《爾雅》曰：四方高曰畫，狹而脩曲曰樓。（經第一卷）

    （2）臺榭：榭，辞夜反。壘上起室也。（經第六十卷）

    （3）樓觀閣：四方高曰臺，狹而脩曲曰樓。《說文》：重屋也。又樓車
        上望櫓也。觀，古桓反。視也，多也，觀臺榭也。（經第八卷）

按：《說文・至部》：「臺，觀四方而高者也。从至从高省。」《漢語大字典》
「臺」字引《蘭臺令史殘碑》作「臺」，上「高」省，下「至」字，蓋為「畫」
字之源。《書法大字典》（伏見沖敬）「臺」字引北魏《郭顯墓誌》作「臺」。《廣
碑別字》「臺」字引魏《章武妃盧墓誌》作「臺」。《爾雅・釋宮》「四方而高曰
臺，陜而脩曲曰樓」，亦與（1）條之釋文合。

「壘」比「畫」字少一點，從構形上看亦是從至從高省。《漢書・五行志
上》「飾臺榭」顏師古注「臺有室曰榭」，《淮南子・時則》「處臺榭」高誘注：「臺
有屋曰榭也」意皆與（2）條釋文同。《廣碑別字》「臺」字引隋《董美人墓誌》
作「壘」，故「壘」亦當為「臺」字。

《說文》「臺」字篆書作「臺」，隸變作「臺」，《廣碑別字》「臺」字引隋
《段濟墓誌》作「臺」，則「臺」為「臺」字。

《金石文字辨異》「臺」字引北魏《鄭道昭大基山詩刻》作「臺」，注云：
「臺作臺，省文。」《廣碑別字》「臺」字引唐《騎都尉郭君夫人楊氏墓誌》
作「臺」，則「臺」亦「臺」字。

《書法大字典》（伏見沖敬）「臺」字引王羲之草書作「臺」，其字上部與
「去」字相似，《廣碑別字》「臺」字引梁《石彥辭墓誌》作「臺」，「臺」與
之同，疑此形為草書楷化而來。

15、牆、牆、牆、牆、牆、牆、牆、牆、牆；廧、廧、廧、廧；牆、
    牆：牆

（1）垣**墻**：上，于元反。**墻**也。**墻**字籀文、隸文皆爲**盧**字。今加土，**盧**音成。（經第八卷）

（2）俾倪：揲也，女**墻**也，城上小垣也。（經第四卷）

　　校：諸本「**墻**」作「墻」。

（3）**墻**垣：上古文者，又**墻**、**墻**、**盧**同。（經第卅三卷）

（4）垣**墻**：**墻**正爲**墻**、**墻**字。（經第六十四卷）

（5）**墻**：**墻**、**墻**、**盧**。（經序）

按：《說文·嗇部》：「牆，垣蔽也，從嗇爿聲。」其形旁「嗇」，以體勢之異寫作「**嗇**」、「**嗇**」、「**嗇**」或「**嗇**」。故以上諸字的形旁均可視作「嗇」。

又按其形旁外構件的不同分爲三類：第一類是**墻**、**墻**、**墻**、**墻**、**墻**、**墻**、**墻**、**墻**，第二類是**盧**、**盧**、**盧**、**盧**，第三類是**墻**、**墻**。

第一類的左部聲旁均爲「爿」的俗寫形式。如「牀」字，《書法大字典》（伏見冲敬）引《新撰類林抄》作「**牀**」，其「爿」旁可比勘。《廣碑別字》「牆」字引隋《盧文構墓誌》作「**墻**」，「**墻**」、「**墻**」與之同。又引唐《段志玄碑》作「**墻**」，引唐《明威將軍王建墓誌》作「**墻**」，「**墻**」、「**墻**」皆與之相似。

第二類從「厂」（或广），從「嗇」。《說文·广部》：「广，因厂爲屋也。」段注：「厂者山石之厓巖，因之爲屋，是曰广。」故作爲漢字構件時「厂」、「广」可通用。如「厝」亦作「庴」，「厚」亦作「庢」，「壓」亦作「壓」，等等。則「廧」爲從「广」從「嗇」而成的會意字，義與「牆」同。《廣韻·陽韻》和《玉篇·嗇部》並作「廧，同牆」。《廣碑別字》「牆」字引漢《曹全碑》作「**廧**」。

第三類從「土」，從「广」，從「嗇」，是由這三部分合成的會意字。《廣碑別字》「牆」字引魏《元範妻鄭令妃墓誌》作「**墻**」，引唐《銀青光祿大夫行光祿少卿上柱國渤海郡開國公高懲墓誌》作「**墻**」，《書法大字典》（伏見冲敬）「牆」字條引隋《元公墓誌》正作「**墻**」。皆是由「土」、「广」、「嗇」構成的會意字。

《私記》出現上述諸字的地方多數是正字形，如（1）（3）（4）（5）條。有時稍加解釋，如（2）條。

16、**旦**、**旦**、**皀**；**皃**、**貝**：兒；

　　貌、**貌**、**貌**：貌

（1）混太空：混，胡本反。字又作澤（渾）〔註34〕也。謂陰陽未分，共同一氣之**皃**也。（經序）

（2）奉迎：上，受也，進也。下，音向。訓向也，合云亦進，向將來**皃**也。（經序）

（3）滋榮：上，潤也。下，榮然照〔明〕〔註35〕之**皃**，言其光潤者也。（經第三卷）

（4）凝睟：下，宣辝反。面色潤也。睟然，潤澤之**皃**也。又視也。凝者，嚴懃（整）之**皃**也。（經第五卷）

（5）醜陋：下，猥也。謂容**皃**猥惡也。（經第十四卷）

（6）悴：疾醉反。傷也，謂容**皃**貌瘦損。字又作顇也。（經第十五卷）

（7）菡萏花：菡，胡感反。萏，徒感反。《說文》曰：芙渠花未發者爲菡萏，已發者爲芙蓉也。《漢書音義》曰：菡萏豐盛之**皃**也。（經第五十九卷）

按：段注本《說文·皃部》：「**皃**，頌儀也。从儿白，象面形。」又「**貌**，籀文皃，从豹。」《干祿字書》：「皃皃貌：上俗中通下正。」《字彙補·白部》：「**皃**，與皃同。《字彙》作皃。」「**皃**」、「**皃**」皆「貌」之俗書，《私記》中「**皃**」又訛寫作「**皃**」。《碑別字新編》「貌」字引《魏元頊墓誌》作「**皃**」，引《魏張寧墓誌》作「**皃**」。《私記》之「**皃**」、「**皃**」亦爲「**皃**」之俗書。

《隸辨》引《老子銘》作「**皃**」，《隸辨·偏旁》：「貌《說文》作『**皃**』，從人從白，籀文作『**貌**』，隸從籀文變譌兒爲『**且**』，『**且**』即『皃』字也或作『**皃**』。」《龍龕·豹部》：「**皃皃**二俗。貌：古。**貌貌**：二正。」

17、**皃**、**皃**：亦

（1）苞括：苞字在草部，**皃**爲包。（經序）

（2）架險航深：架置物在高懸虛之上也，**皃**云波之由布。（經序）

按：《說文》小篆「亦」作「**亦**」，《隸辨》引《武榮碑》作「**亦**」其下

〔註34〕「字又作」乃標明異體字之術語，然「澤」與「混」音義皆相去甚遠。《慧苑音義》此條有「字又作渾」，故「澤」當爲「渾」字之訛。

〔註35〕「榮然照之皃」不通，《慧苑音義》引《釋名》曰：「榮榮然照明之貌。」據此，於「照」字下補「明」字。

似四點。《碑別字新編》「亦」字引《魏張寧墓誌》作「**夗**」，引《魏山徽墓誌》作「**叉**」。《敦煌俗字典》「亦」字收「**二**」、「**亦**」等形。故「**夗**」、「**二**」二字皆「亦」之俗書。

18、**䰠**、**弥**、**弥**、**旀**、**彌**、**彌**；**頿**：彌

（1）須**䰠**：湏**弥彌彌**（經序）

（2）又繚：力鳥反。**旀**也，繞也，纏也。繞，如小反。纏也。纏，除連反。与〔註36〕纒字〔同〕。（經第八卷）

（3）經第十六卷昇湏 **弥** 山頂品第十三：舊經第八卷從初入四枚昇湏**頿**品第九二本同。（經第十六卷）

按：《說文》未收「彌」字，《六書正譌》：「彌，張弓滿也。从弓、爾聲。」《說文·八部》：「尒，詞之必然也。」段玉裁注：「尒之言如此也，後世多以爾字爲之。」《廣韻·紙韻》：「義與爾同。《說文》曰詞之必然也。」《集韻·紙韻》：「尒，《說文》詞之必然也。通作爾，亦書作尔。」「尒」、「尔」、「爾」作漢字構件時亦常通用，故「彌」字亦寫作「弥」。《私記》「弓」旁常寫作「**弓**」「**方**」「**引**」等形，故「**弥**」「**旀**」「**弥**」皆「弥」之異寫，「**彌**」爲「彌」之異寫。「爾」與「雨」形近，故「**彌**」又訛寫作「**彌**」。又「尒」旁與「参」旁常相混，如《金石文字辨異》「彌」字引東魏《義橋石像碑》作「**㣺**」，引北齊《天統三年造像記》作「**弥**」。《碑別字新編》「彌」字引魏《朱永隆造像》作「**弥**」，引齊《韓永義造佛堪記》作「**弥**」，故「**䰠**」亦「彌」之異體。（4）條之「**頿**」字當爲「彌」之訛誤，因涉上字「湏」而致類化訛變。

19、**珎**、**旀**：珍

（1）**珎**草羅生：**珎**，美也，寶也。羅，列也，列而生也。（經第八卷）

（2）**珎**饌：下，仕眷反。承也，食也。（經第十五卷）

（3）馨**旀**：下，遺（貴）〔註37〕也。貴（遺）〔註38〕，坦蔡反。忘也，

〔註36〕《私記》「与」寫作「**与**」。此條源自大治本《新音義》，大治本末句作「与纏字同」，「**与**」蓋「与」字，手書誤寫。句末補「同」字。

〔註37〕此爲「珍」字釋義，「珍」無遺義，當爲「貴」字之訛。

〔註38〕據後文釋義「忘也，脱也，餘也，加也，与也」，此字當爲「遺」字。《戰國策·齊策六》「遺公子糾而不能死」，鮑彪注：「遺，忘也。」《楚辭·離騷》「願依彭

脫也，餘也，加也，与也。貴，重也，又尊也。（經第廿八卷）

按：據上，「尔」本爲「彌」之異體，然於此（3）條之中義不合，當爲「珍」之訛誤，辭目「罄珍」出自《新譯華嚴》卷 28「罄捨所珍」，「罄」、「珍」二字前後不相連。《私記》「珍」寫作「珎」，宋本《玉篇·玉部》：「珎，同珍。俗。」《廣碑別字》「珍」字引魏《根法師碑》作「琜」。

20、曺：曹；曺、曹：冑

　　（1）我曺：下或爲𦝩字，輩也。（經第七卷）

　　（2）吾曺：曺又爲𦐇字也，輩也。（經第廿一卷）

　　（3）甲曺：上又爲鉀字，可夫止。下又爲曺字，除救反，兜鍪也。（經第廿三卷）

　　（4）甲曺：上又作鉀字。曺，除救反。與軸、䩜字同。曺，兜鍪也。又曺，胤〔也〕，續継也。（經第十四卷）

按：《正字通·曰部》：「曹，俗作曺。」《書法大字典》（伏見冲敬）「曹」字引漢《史晨碑》「曹」，北魏《曹望憘等造像》作「曺」，「曺」與之形同。由（1）（2）條可知「曺」字義爲「輩也」。《史記·黥布列傳》「乃率其曹偶」司馬貞《索隱》云：「曹，輩也。」其義相合，故「曺」爲「曹」之異體。

又（3）條，曺音除救反，與「冑」同。《說文·冃部》：「冑，兜鍪也。䩜，《司馬法》冑從革。」《說文·肉部》：「胄，胤也。從肉，由聲。」因「冃」與「月（肉）」形近，故「冑」、「胄」混同爲「胄」，詳（4）條。

《私記》中「月（肉）」旁有俗寫作「日」，故「胄（胄）」寫作「曺」。《廣碑別字》「胄」字引唐《鄭玄果墓誌》作「曺」，與之形同。（3）條云「下又爲曺字」，是「曺」與「胄（冑）」異體。因冑又從革，《說文》列重文作「䩜」，此字由上下結構變爲左右結構即「䩜」。《集韻·宥韻》：「冑，或書作䩜。」

故《私記》中「曺」字身兼二職：一與「曹」同，一與「胄」、「冑」同。

21、遺、遭、遭、遭、遭：遭

　　（1）遭、遭：遺（經序）

咸之遺則」，王逸注：「遺，餘也。」《漢書·嚴助傳》「遺王之憂」，顏師古注：「遺，猶與也。」《詩·邶風·北門》「政事一埤遺我」，毛傳：「遺，加也。」

（2）遭、遭：遭字。遭，值也。（經第卅八卷）

（3）遭：又爲遭字，又遭，俗。會也。（經第六十八卷）

　　按：從此三條可以看出《私記》抄寫時通行字體是「遭」，餘者皆爲異體。「曺」即「曹」字，如上條所述。「曺」加「辶」，等於「曹」加「辶」，即「遭」，故「遭」爲「遭」字。《隸辨·豪韻》「遭」字引《鄭固碑》作「遭」，引《綏民校尉熊君碑》作「遭」，《書法大字典》（伏見沖敬）「遭」字引北魏《元倪墓誌》作「遭」。

　　以上三條皆《私記》所增，《故訓匯纂》中未見有以「值」、「會」釋「遭」者，然其義亦可通。《文選·盧子諒〈贈劉琨〉》「衝飆斯值」呂延濟注：「值，逢。」《史記·孝武本紀》：「遭聖則興」張守節《正義》：「遭，逢也。」「遭」、「值」皆有逢義，故（2）條以「值」釋「遭」。

　　《文選·應休璉〈與滿公琰書〉》「適欲遣書，會承來命」張銑注：「會，遇也。」《文選·屈原〈離騷〉》：「呂望之鼓刀兮，遭周文而得舉」，李周翰注：「遭，遇也。」「遭」、「會」皆有遇義，故（3）條以「會」釋「遭」。

22、弧、弧：弧；

弧、孤：孤

（1）弧矢：上，戶吾反。木弓也。（經第十五卷）

　　校：《北》、《磧》「弧」作「弧」，《麗》、《誠》作「弧」。

（2）弧：經爲弧。（經第五十九卷）

（3）矢劍〈載〉〔戟〕〔註39〕：弧，戶弧反。矢，〈箭〉〔式〕耳反〔註40〕。（經第五十九卷）

（4）戟：弧木弓也。弧，弧也。謂往多而來寡也。（經第五十九卷）

（5）湏達多：此云給施无依怙者。舊云給孤獨者，是之也。（經第六十二卷）

　　按：「瓜」，《說文》小篆作「瓜」，《隸辨·麻韻》「瓜」字引魏《上尊》作「瓜」，引唐《公房碑》作「瓜」，楷定後而有「瓜」、「爪」等形，如《書法大字典》（伏見沖敬）「瓜」字引北齊《閭炫墓誌》作「瓜」，引北魏《元孟

〔註39〕「載」字於文不合，當爲「戟」字之形訛，諸本辭目作「弧矢劍戟」，是。

〔註40〕按「箭」右有小字「式」，諸本作「式」，是。

墓誌》作「⿰瓜」，引隋《張禮墓誌》作「瓜」。從「瓜」之字，其構件「瓜」亦有此諸體。如《私記》中「孤」字有寫作「孤」，又「弓」旁《私記》常寫作「弓」，則「弧」爲「弧」字。

又俗書「辰」與「瓜」等形常混。如《干祿字書‧去聲》：「派派：上俗下正。」《龍龕‧水部‧去聲》：「派：俗。派：正。水之分流也。」日藏《龍龕‧水部‧去聲》：「派：正。水之分流也。派：同上。」可見「瓜」、「爪」、「瓜」、「辰」、「⿰」成爲一類可互換的構件。如《書法大字典》（伏見冲敬）「弧」字引東魏《侯海墓誌》作「派」，亦可寫作「弧」。《書法大字典》（伏見冲敬）「孤」字引北魏《元熙墓誌》作「孤」，引北魏《劉阿素墓誌》作「派」，故「孤」、「派」皆爲「孤」字。

23、碓、碓、雁：雄

    （1）戟：戟有三枝，枝皆兩刃，或中有小子名碓戟。（經第五十九卷）

        校：諸本「碓」作「雄」。

    （2）「此碓論者所行道」，舊經云「无畏師常住」。（經第廿十卷）

    （3）如虹蜺：虹，古巷、胡公二反。蜺，研奚反。蔡雍《月令》曰：虹，蟌蝀也。謂陰陽交接之氣而著之形色，雁雄者曰虹，雌（雌）曰蜺也。（經第五十八卷）

按：「碓」形似「碓」字。《說文‧石部》：「碓，所已舂也。」於文意不合，當非「碓」字。

諸本「碓」字作「雄」，是。「雄」字《說文》篆書作「⿰」，隸變作「雄」。《隸辨‧平聲‧東韻》云：「《說文》雄從厷，碑變從右。」《干祿字書‧平聲》云：「碓雄：上俗下正。」《龍龕‧佳部》：「碓雄：兮弓反。雄雌也。又羽弓反。此二同。」《字彙補‧佳部》：「碓：與雄同。」「碓」爲「雄」字。「碓」字「右」下「口」連筆寫作「⿱」，則「雄」又寫作「雁」。《私記》寫作「雁」形有兩處，寫作「碓」、「碓」各一處，「碓」當爲「碓」字之形訛。

24、⿱、舛、宄、寀：寂

    （1）奢摩他：此云止息，又云⿱靜，謂正定離沉掉也。（經第十四卷）

        校：諸本「⿱」作「寂」。

    （2）恬然宴⿱：《方言》曰：恬然靜也，或曰安居也。⿱，无聲也。（經

第廿五卷）

校：諸本「𡧳」作「寂」字。

（3）咸令順𡧳除貪愛：古經云「隨順離欲𡧳静行」。（經第十五卷）

（4）「實不捨願歸𡧳滅」者：舊經云「眞實无涅槃」。（經第廿卷）

（5）洰：五靳反。澱澤也。湛，𡧳也。（經第八卷）

（6）釋迦牟尼：上二字此云能也，牟尼，𡧳默也。言其三業離於誼雜
也。（經第十二卷）

校：諸本「𡧳」作「寂」。

（7）菩薩入於第二地有十心：正直心、柔耎心、堪能心、調伏心、𡧳静
心、純善心、不雜心、無顧戀心、廣心、大心。（經第卅五卷）

（8）舊經云：「佛在摩竭提國𡧳滅道場，初始得佛普光法堂，坐蓮花藏
師子座上」。（經第十二卷）

　按：《說文‧宀部》：「宗，無人聲也。從宀尗聲。」段注：「宗，今字作寂。」
又「叔」字常作「𡗉」形，如項錄王梵志詩第 152 ［註41］ （下簡稱王梵志詩第
×）「叔姪莫輕欺」之「叔」字敦煌 S3393 作「𡗉」。從「叔」之字亦作此形，
如《私記》「菽」寫作「𦭖」。則「𡧳」爲「寂」字。又俗書「宀」、「穴」部常
混而不分，故「𡧳」與「𡧳」同。

　《龍龕‧宀部》：「寂宗寂：三正。𡧳：今亦通。」，《廣韻‧錫韻》：「宗，
同寂」，《碑別字新編》「寂」字條引魏《暉福寺碑》作「宗」。《舊譯華嚴‧賢首
菩薩品》云「隨順離欲寂静行」，（3）條「古經云隨順離欲𡧳静行」，是「宗」
爲「寂」之異體。

　「𡧳」，諸字書未見。《舊譯華嚴‧如來名號品》云「寂滅道場」，是（8）
條「𡧳」爲「寂」字異文。《書法大字典》「寂」字引王義之集字《聖教序》作
「𡧳」《書法大字典》（北川博邦）「寂」字引空海《聾瞽指歸》作「𡧳」，又引
光明皇后《杜家立成》作「𡧳」。「宀」下皆似「牙」形，疑傳抄之時，不明此
爲「寂」字草書，楷化而成「𡧳」字。

25、𥝲：私、秜（秜）

（1）「不隨世間流，亦不住法流」者：古經云「亦不隨順世間流轉，

〔註41〕項楚《王梵志詩校注》之編碼。

亦不受持正法流轉」。**耘**思言流轉者，云不生滅意耶？（經第卅四卷）

（2）芸除：上，于君反。除草。正爲**耘**字，鋤也。（經第十四卷）

按：從現存字書及漢魏碑貼來看，「**耘**」爲「私」字異體。《干祿字書》：「秇私：上俗下正。」《碑別字新編·七畫》「私」字引《魏高道悅墓誌》作「**私**」《書法大字典》「私」字條引東魏《敬使君碑》作「**私**」，《敦煌俗字典》「私」字收「**私**」形。（1）條「**耘**」亦即「私」字。

然《私記》中亦有用於（2）者，（2）條釋文「**耘**」與「芸」同，意爲「除草」，「鋤也」。《集韻·文韻》：「賴耘耘耘：《說文》除苗間穢也。或从芸，从云，亦作耘，通作芸。」可知「**耘**」當是「耘」之異體「耘」字之俗寫。

26、**迊**、**迊**、**迊**：匹

（1）儔**迊**：上，直由反。類也。（經第五十九卷）

（2）非其**迊**偶：偶，吾苟反。《毛詩》傳曰：匹，配也。杜注《左傳》曰：**迊**，敵也。（經第七十五卷）

校：諸本「**迊**」、「**迊**」皆作「匹」。

（3）弧矢：上，戶吾反。木弓也。矢，尸耳反。射也，當也，施也，**迊**也，陣也。（經第十五卷）

（4）漂淪：下，力旬反。沒也。上，芳妙反。浮也。泛，**迊**釼反。浮也。（經第三卷）

按：（1）條辭目出自《新譯華嚴》卷 59「一切無儔匹」，則「**迊**」當爲「匹」字。（2）條校記，「**迊**」、「**迊**」皆爲「匹」字。「匹」從「匸」，俗書常將「匸」之第二筆寫作「乀」，又訛爲「辶」，故「匸」旁常寫作「**辶**」，如《私記》「匱」字寫作「**遺**」。此種寫法亦見於敦煌抄卷，如王梵志詩第 55 首「工匠莫學巧」之「匠」字，S5641/2 號就作「**迊**」。《書法大字典》（北川博邦）「匹」字引《瑂玉集》作「**迊**」，引《篆隸萬象名義》作「**迊**」，《廣碑別字》「匹」字引魏《丘哲妻鮮子仲兒墓誌》作「**迊**」。將「**迊**」字的首筆快寫，與撇相連，則橫就寫成了撇的起筆，就成了「**迊**」。按「**迊**」爲「泛」字的反切上字，當與「泛」同聲類，按古輕重脣不分，則「泛」、「匹」皆屬「滂」母。

27、髙：亮

（1）鎧杖杖：下，除髙反。（經第十四卷）

校：諸本「髙」作「亮」。

（2）其音清髙：髙，力仗反。明也。（經第卅四卷）

按：《說文‧儿部》：「亮，朙也。从儿高省。」《隸辨》引《景北海碑》作「亮」。《字鑑‧去聲》：「亮，力仗切。明也。下從儿，古人字。俗下從几。案字作亮誤。」「高」下「儿」形寫得短小，即成「髙」字。（2）條之辭目出自《新譯華嚴》卷33「阿僧祇寶吹，其音清亮充滿法界」。「髙」即「亮」之古字，明矣。

28、湿、湿：堲；洷：垽

（1）澄湿其下：澄，直陵反。湛也。（經第八卷）

（2）洷：五靳反。澱澤也。湛，寂也。經本爲湿字，云泥土也。（經第八卷）

按：（1）（2）兩條上下相連。「洷」是對「湿」字的進一步解釋說明，從（2）條釋文來看，「洷」、「湿」是字形相近，但意義不同的兩個字。

「湿」左爲「氵」，右下爲「土」，右上爲「尼」，《私記》中凡「尼」之形皆寫作「屁」。《私記》中常將三個構件所組成的上下結構的漢字，有時會將其左上偏旁寫得大一點而成左右結構，如「惚」寫作「惚」。如此「湿」與「堲」字同。《廣韻‧齊韻》：「堲，塗也。俗。」《集韻‧齊韻》：「泥，塗也。或作屋，通作泥。」《廣雅‧釋詁三》：「塗，泥也。」杜甫詩《雨》：「山雨不作堲，江雲薄爲霧。」與「湿字，云泥土也」相合。

「洷」字右上爲「斤」，則此字爲「垽」。《說文‧土部》：「垽，澱也。」段注：「水部曰：澱，滓垽也。」蓋爲沈澱物之意。（1）條辭目出自《新譯華嚴》卷8作「栴檀細末，澄垽其下」，其意爲「栴檀細末沉澱於清水之下」。故經文之正字當爲「垽」。

（1）條辭目作「湿」者，蓋與《私記》作者所見《新譯華嚴》相同，故下列正字「垽」。

29、刹、刹：刹

（1）身雲等廣數，充遍一切刹：舊云「如來身雲覆，一切諸佛刹」。

（經第六十一卷）

（2）羅剎鬼王：羅剎者，具云羅剎婆，此翻爲可畏也。（經第七十六卷）

校：諸本「剎」皆作「剎」。

按：《說文新附·刀部》：「剎，柱也。从刀，未詳。」《龍龕·刀部》：「剎剎：二俗。剎：正。初鎋切。柱也。」《書法大字典》（伏見沖敬）「剎」字引東魏《敬史君碑》作「剎」，引唐《信行禪師碑》作「剎」。《廣碑別字》「剎」字引《魏敬使君碑》作「剎」，《敦煌俗字典》收「剎」形。此二條「剎」皆爲音譯詞用字，（1）條中「剎」爲「剎多羅」之省，意爲國土。

30、**肉**、**肉**：肉

（1）屠割：上謂分割牲肉也。（經第廿六卷）

校：諸本「肉」作「肉」。

（2）脯：趺武反。乾肉薄析之曰脯也。（經第廿五卷）

按：《廣韻·屋韻》：「肉，骨肉。如六切。俗作宍。」《集韻·屋韻》：「肉，俗作宍。」故「肉」即「肉」之俗書。《說文》「肉」字小篆作「肉」，《隸辨·入聲》引《史晨後碑》作「宍」，《干祿字書》：「宍肉：上俗下正。」《書法大字典》（伏見沖敬）「肉」字引唐《善才寺碑》作「宍」，引北魏《孫遼浮圖銘記》作「宍」。王梵志詩第 19「月月增長肉身肥」之「肉」字（S778/3）寫作「宍」。

31、**㲉**：殼；**㲉**：殼；**㲉**：䴩；

　　㲉、**㲉**、**㲉**、**㲉**、**㲉**：䴩

　　卵、**卵**、**卵**、**卵**、**卵**、**卵**：卵

（1）**㲉**藏：上又爲㲉。〈殼〉〔註42〕〈下，楚革反。籌〉〔註43〕，口角反，又口木反。卵之外堅也。案凡物皮皆曰㲉也。或經爲殼者，元不是字也。（經第六十八卷）

　　　校：大治本《新音義》「卵」作「卵」。

（2）從**㲉**：下，苦角反。鳥子溳母也（者）〔註44〕。（經第十三卷）

〔註42〕「殼」字疑爲衍文。「口角反」以下皆「㲉」之音義。

〔註43〕「下，楚革反。籌」爲「勉策」條之釋文混入此條。故刪。

〔註44〕此條「也」當改作「者」。《慧苑音義》「從㲉」條引郭注《爾雅》曰：「㲉謂鳥子須

（3）卵：旅管反。《說文》曰：「凡物无乳者曰卵生也。」（經第十三卷）

（4）癡㲉：正爲㱩，口木反。《字書》云：卵，已孚㲉也。卵，旅管反。《說文》曰：凡物无乳者曰卵生也。或卵，〈壇也。壇，境也，界也〉〔註45〕倭云鳥比古。（經第五十七卷）

（5）破卵：下，於胤反。言苦報盡處方顯滅諦，故滅諦爲破卵，或本作破卵。乙，魯管反。謂由破於生死䚯卵，顯得滅諦故也。（經第十二卷）

按：據（1）條，欲明「㪷」、「㲉」、「敤」之義，當明「卵」字之義。大治本《新音義》「卵」作「卵」，二字皆當爲「卵」字之訛。「卵」字《說文》小篆寫作「卵」，楷書寫作「卵」。《龍龕手鏡・卩部》：「卯，俗。卵正。落管反。凡無乳者曰卵生也。」其注音與釋義與（3）、（4）條後半同，是「卵」、「卵」、「卵」皆「卵」字。（5）條之「乙」爲重文號，表示重複上一個漢字，即「卵」，音魯管反，與旅管反同音，當爲「卵」字省寫而成。《宋元以來俗字譜》「卵」字引《三國志平話》作「卵」。《敦煌俗字典》「卵」字下收「卵」、「卵」等形，可參。

（5）條之「卵」音於胤反。《說文》「印」，從爪從卩，《說文》小篆作「印」，《隸辨》引《袁良碑》作「印」。「卵」字左側有改寫，當即「印」字。《新譯華嚴》卷12有「所言苦滅聖諦者，彼離垢世界中，……或名：破印……」〔註46〕其下有注：明版作「卵」。

《說文・殳部》：「㱿：……一曰素也。」段玉裁注：「素謂物之質如土坏也。今人用腔字。《說文》多作空。空與㱿義同，俗作㲉，或作㲉。吳會間音哭。卵外堅也。」「㱿」之楷書寫作「㱿」，後又有「㲉」、「㲉」等形。《集韻・覺韻》「㲉㲉㱿：卵孚也。一曰物之孚甲。或从出从皮」，音克角切。「㱿」形略變成「㱿」，《集韻・屋韻》「㲉，皮也」，音空谷切。《重訂直音篇・殳部》：「㲉：克角切。皮甲。今音却。㲉㲉㲉：並同上。」《私記》「㲉」當爲「㲉」之省筆，

母飮者。鷇謂能自食者也。」

〔註45〕「壇也」至「界也」於文意不通，當爲衍文。此與《私記・經序》「廓壇（疆）城（域）」條中間釋文語同。

〔註46〕此句引自《大正藏》第10冊，60頁，下欄。（CBETA, T10, no. 279, p. 60, c17）

・157・

疑「𣪊」爲「殼」之形訛。「𮮯」，上「殼」下「卵」，即「𪔗」字。《字彙補‧
殳部》：「𪔗，同殼。」「殼」、「𣪊」、「𪎮」、皆「殼」之異寫，「𣪊」、「𣪊」爲
「殼」之訛寫。《集韻‧屋韻》：「𪔗：卵已孚。」《廣韻‧覺韻》：「𪔗：鳥卵。」
又《屋韻》：「𪔗，卵也。」

32、閡：閡；欬、欬：欬；剅：刻；

　　𡚸：咳（孩）；孲：孩；該：該；晐、晐：晐

(1) 〔新云〕〔註47〕「如影」乃至「同於世間堅實之相」：古云「如電光
現，遊行无閡，普至十方，金對諸山堅固之物所不能鄣。（經第卅
四卷）

(2) 不欬不逆：欬，克〈戊〉〔代〕〔註48〕反。軟也。軟，薄（蘇）
〔註49〕豆反。欬，逆氣也。（經第廿五卷）

(3) 晷漏延促：《文字集略》曰：漏剅，謂以筒受水剅節，盡（晝）
〔註50〕夜百剅也。（經第六十七卷）

(4) 孲稚：上与𡚸字同。胡來反。小兒咲（笑）也。（經第十三卷）

(5) 該覽：上，古來反。皆也，咸也，約也，譜也。兼偹之該爲晐
字，在日部。（經第四卷）

(6) 不該練：該，古〈未〉〔來〕〔註51〕反。皆也，咸也，約也，
譜也，兼偹之該爲晐字，在日部。（經第六十六卷）

　　按：《說文》小篆「亥」作「𠀬」，又收古文「𠫓」，《隸辨》引《曹全碑》
作「𠇮」。《碑別字新編》「亥」字引齊《張景暉造像》作「亥」。《書法大字
典》（伏見沖敬）引隋《元公墓誌》作「𠅙」。則「閡」之內，「𡚸」、「晐」、
「該」之右，「欬」、「欬」之左，皆「亥」也。故「閡」爲「閡」字，「欬」、
「欬」爲「欬」字，「𡚸」爲「咳」字，「該」爲「該」字，「晐」爲「晐」

〔註47〕「如影」乃至「同於世間堅實之相」，指《新譯華嚴》卷44「如影普現，所行無礙；
　　　令諸眾生見差別身，同於世間堅實之相」。故據此條之體例補「新云」二字。

〔註48〕《私記》「戊」字左有兩點表示刪去，右側行間補寫小字「代」。

〔註49〕「薄」與「軟」聲類相去甚遠，疑爲「蘇」字之訛，《慧苑音義》作「蘇」。

〔註50〕《慧苑音義》「盡」作「晝」。

〔註51〕《私記》「未」字右側行間寫有「來」，「來」是。「來」與「該」中古音皆在咍韻。

字。

《隸辨》「亥」字引《富春丞張君碑》作「豕」，《書法大字典》（伏見沖敬）「亥」字引唐《景龍觀鐘銘》作「亥」，又「孩」字引北魏《元文墓誌》作「㧖」。「㧖」當爲「㧖」之形變，《集韻・咍韻》：「咳、孩，《說文》小兒笑也。」與（4）條釋文同。

「列」之左當爲「亥」之省筆，「列」即「刻」字。《碑別字新編》「刻」字引魏《巨始光造像》作「列」。

《原本玉篇》「該」字寫作「該」，釋義爲「古來反。《國語》以該姓於王宮。賈逵曰：該，偹也。《方言》：該，咸也。郭璞曰：咸猶皆也。《說文》：軍中約也。《廣雅》：該，譜也。該，誖也。該，包也。文以兼偹也晐字在日部」與（5）、（6）條之釋義相似。（5）條之「晐」與（6）條之「眹」爲異文，「眹」當爲「晐」之形訛。

附：常用俗字表

拼音	《私記》	正字	備　　注
bào	暴	暴	凡「暴」皆作此形，以「暴」爲構件之字亦作此形，如「瀑」作「瀑」。
bēi	卑	卑	凡「卑」皆作此形，以「卑」爲構件之字亦作此形，如「鞞」作「鞞」。
bì	弊	弊	部分以「敝」爲構件之字，「敝」作「敝」，如「蔽」作「蔽」等。
bù	步	步	凡「步」皆作此形，以「步」爲構件之字亦作此形，如「涉」作「涉」、「陟」作「陟」等。
cí	辤、辞	辭	
chè	撤	撤	以「撤－扌」構件之字，「撤-扌」常寫作「敫」形，如「徹」寫作「徹」。
chuī	垂	垂	凡「垂」皆作此形，以「垂」爲構件之字亦作此形，如「箠」作「箠」等。
dàn	旦	旦	凡「旦」均作此形，以「旦」爲構件之字亦作此形，如「但」作「但」等。

dī	伍	低	部分以「氐」爲構件之字,「氐」同此字之右旁,如「邸」作「邛」等。
dī	滴	滴	以「啇」爲構件之字,「啇」或作「商」,如「適」作「適」等。
dì	菷、菷	第	
gāng	對	剛	僅出現於「金剛」一詞中。
gé	革	革	凡「革」皆作此形,以「革」爲構件之字亦作此形,如「勒」作「勒」、「靳」作「靳」等。
gǔ	骨	骨	凡「骨」皆作此形,以「骨」爲構件之字亦作此形,如「體」作「體」等。
guàn	灌	灌	以「雚」爲構件之字,「雚」皆作此字之右旁,如「觀」作「視」等。
hài	害	害	凡「害」皆作此形,以「害」爲構件之字亦作此形,如「割」作「割」等。
huò	或	或	凡「或」皆作此形,以「或」爲構件之字亦作此形,如「惑」作「惑」等。
jí	急	急	亦有作「急」。
jié	皆	皆	凡「皆」皆作此形,以「皆」爲構件之字亦作此形,如「階」作「階」等。
jiè	戒	戒	凡「戒」皆作此形,以「戒」爲構件之字亦作此形,如「誡」作「誡」。
jīng	京	京	凡「京」皆作此形,以「京」爲構件之字亦作此形,如「就」作「就」,「影」作「影」等。
mào	旦、皀、䫉	貌	
míng	明	明	凡「明」皆作此形,以「明」爲構件之字亦作此形,如「萌」作「萌」等。
qiáo	橋	橋	以「喬」爲構件之字,「喬」皆作「高」,如「矯」作「矯」、「憍」作「憍」等。

shàn	膽	贍	以「詹」爲構件之字，多作此字之右形，如「瞻」作「瞻」。
tǔ	土	土	凡「土」皆作此形，以「土」爲構件之字有作此形，如「境」作「境」，亦有不加點者，如「堞」作「堞」。
wáng	亡	亡	凡「亡」皆作此形，以「亡」爲構件之字亦作此形，如「芒」作「芒」、「忘」作「忘」、「望」作「望」等。
xīn	辛	辛	凡「辛」皆作此形，以「辛」爲構件之字亦作此形，如「辨」作「辨」、「宰」作「宰」等。
xuàn	袨	袨	「衤」常與「礻」混，「裸」亦有作「裸」者。
xuè	血	血	凡「血」均作此形，以「血」爲構件之字亦作此形，如「衄」、「恤」等。
yǎn	演、濱	演	
yè	謁	謁	以「曷」爲構件之字，「曷」皆作此字右旁，如「竭」作「竭」、「謁」作「謁」等。
yé	葉、葉	葉	字亦有作「葉」字，以「枼」爲構件之字亦如此，如「堞」字作「堞」亦作「堞」。
yí	夷	夷	「夷」作漢字構件，亦寫作此形，如「痍」寫作「痍」。
yǐ	矣、矣	矣	
yì	亦、亦	亦	
yīn	陰	陰	以「陰」爲構件之字，亦作此形，如「蔭」作「蔭」。
yǐn	隱、隱	隱	
yǒng	涌	涌	以「甬」爲構件之字，「甬」有作此字右旁，如「勇」作「勇」；亦有上面訛變成兩點者，如「勇」亦寫作「勇」、「勇」等。

yóu	猶	猶	以「酋」爲構件之字,「酋」皆作此字右旁,如「尊」作「尊」,「酒」寫作「酒」等。
yù	御	御	以「御」爲構件之字,「御」皆作此形,如「禦」作「禦」等。
yuán	貟	員	很多以「口」爲構件之字,「口」作「厶」,如「拘」作「抅」、「圓」作「圎」等。
zé	澤	澤	以「睪」爲構件之字,「睪」旁皆作此字右旁,如「釋」作「釋」、「鐸」作「鐸」等。
zhēn	臻、臻	臻	
zhī	支	支	凡「支」皆作此形,以「支」爲構件之字亦作此形,如「枝」作「枝」等。

第五章 《新譯華嚴經音義私記》疑難俗字考釋

　　楊寶忠在《疑難字考釋的現實意義》一文中指出：「凡未與正字認同或認同有誤的變體字統稱疑難字，其中因音義不全而未與正字認同或認同有誤的變體字稱爲難字，音義存在傳抄失誤或編寫失誤而未與正字認同的變體字稱爲疑字。通俗地說，疑難字也就是編寫字典的人不認識或認錯的字。」〔註1〕這是因爲「東漢以後，幾乎歷代都有大型字書問世」，而「大型字書中儲存下來了成千上萬的疑難字」，故而作者的任務是「對大型字書儲存的疑難字做出考釋」。〔註2〕

　　我們認爲，以上所謂「難字」和「疑字」，皆可歸入「俗字」行列。但是屬於疑難俗字，即編寫大型字書的人尙不識或識錯的俗字。而我們的研究對象是《私記》，是一本中型專書辭典，且爲單經音義。儘管並非如玄應、慧琳等人所編是大型的《一切經音義》，也不像釋行均所撰《龍龕手鏡》，是專爲研讀眾經而編撰的大型字典，而且還產生於奈良末期的日本（大約相當於中國初唐至盛唐之間），然而其中不僅俗字量多，內容豐富，而且也還有一部分，有的可歸入「難字」，有的可置於「疑字」，本書統括爲「疑難俗字」。而且本書的所謂「疑

<hr />

〔註1〕 楊寶忠《疑難字續考‧代前言》。中華書局，2011 年。

〔註2〕 同上。

難俗字」的標準，實際就是我們在近幾年整理研究《私記》的過程中，覺得難以認讀，或不易詮釋者。為能對《私記》俗字進行全面研究，本章特將我們所認為的「疑難俗字」羅列於下，加以考證辨析。若有誤說臆解，敬請大方指正。或有不能遽斷者，亦作存疑，亦俟有識者解之。

本書作者之一苗昱博士 2005 年在其博士論文《〈華嚴音義〉研究》第四章〈《古寫本》的俗字〉中專闢一節「待考俗字」，將臺灣《異體字字典》中未收錄，或已收錄但所列字義與古寫本文意不合者共 53 個俗字列出，「俟有識者解之」。這是很有意義的課題。因為一部中等篇幅的佛經單經音義，其中尚有如此之多的疑難字有待於詮釋，這本身就說明其價值。後梁曉虹與陳五雲曾據此撰寫《〈新譯華嚴經音義私記〉俗字研究（下）——疑難字考釋——》〔註3〕一文，對 53 個疑難字專門進行了考釋辨析，其結論或恰，或謬，也有未能解、繼續存疑者。本章主要在此基礎上，然或刪減，或增加，或加以訂正，希望能盡可能將《私記》中的疑難俗字考釋清楚，並能以較為清晰的線索呈現給讀者。

001 　　**虧**（經序）

案：此乃「越漠」條釋語中字：「……漠，謂沙河。謂諸遠國超越沙漠來歸**虧**也。」此條釋語參考《慧苑音義》，慧苑作「言諸遠國超越沙漠來歸獻也」。「歸獻」為是。「**虧**」字左半上部為「虍」，小篆「𠂇」，隸變或作「严」，如「虎」字，《敦煌俗字譜·虍部》〔註4〕「虎」字下收有「𢂷」形。而「严」左邊之撇常被短縮似點，故《敦煌俗字典》中「虎」字下還有「帯」形。「處」字，《碑別字新編》〔註5〕「處」字下引《漢劉熊碑》作「𡑞」，《敦煌俗字譜·虍部》有「𡊍」，《敦煌俗字典》字中有「𡊍」等。例不煩舉。而「**虧**」左半乃受「虛」字影響所致。「虛」字，《碑別字新編》「虛」字條下引《隋白仵貴墓誌》作「霊」，《敦煌俗字典》有「霊」形。張涌泉分析敦煌俗字的類型中指出有「受形近字影響的類化」，即由於在字形構造上有某種相似的成分，甲字受了乙字的影響，本來相似卻不相同的成分往往會趨於一致。〔註6〕因受

─────────────

〔註3〕 刊載於韓國忠州大學校《東亞文獻研究》第六輯，2010 年 8 月。

〔註4〕 潘重歸主編《敦煌俗字譜》。石門圖書公司，1978 年版。

〔註5〕 秦公輯《碑別字新編》。文物出版社，1985 年。

〔註6〕 張涌泉《敦煌俗字研究導論》第 223 頁。臺灣新文豐出版公司，1996 年。

「虍」旁字類化影響，若「戲」、「虧」之俗字皆有從「虛」作者。《可洪音義》中「戲」作「戱」，敦煌寫卷中「戲」俗字可作「戱、戲、戲、戲、戲、戲」〔註7〕等。《可洪音義》中「虧」作「虧」，敦煌俗字中「虧」作「虧、虧」等，皆其證。《私記》中「獻」之作「獻」亦同此。然而，筆者查檢「獻」字相關俗字資料，尚未見到左半類化作「虛」俗者。另外，「獻」右半似「欠」形。「獻」字如此作，亦為筆者首見，故列為疑難俗字。

002　　迁寞（經序）

案：此二字出現於「寧」字條釋語中：「奴迁反，願詞也。亦為寞，字在穴部。」《說文·丂部》：「寧，願詞也。從丂寍聲。奴丁切。」而《玉篇·丂部》：「寧，奴廷切，願詞。又安也。」井野口孝根據《玉篇》殘卷九釋「寧」為「奴庭反」而將《私記》之「迁」訂正為「廷」。甚恰。〔註8〕

「迁」為「廷」之俗字。《干祿字書》：「迁廷，上通下正。」《碑別字新編》「廷」字下收有「迁」（《魏元譚墓誌》）、「迁」（《唐台州刺史陳皆墓誌》）等字形。《敦煌俗字譜·廴部·廷字》引《祕29·118·右5》有「迁」。《俗書刊誤·卷一·平聲·庚韻》：「廷，俗作迁。」

至於「寞」字，筆者尚未找到恰當論據。井野口孝輸入此條時，所用漢字為「窠」。可參考。《龍龕手鏡·穴部》：「寞，俗。窠，正音寧，天也。」井野口孝所引《玉篇》殘卷九，顧野王有案曰：「今亦以為安寧之窠，或為寧〔註9〕字部。字書在穴部〔註10〕。」查檢《玉篇·穴部》，有「寞，奴丁切，大也，明也」之條。蓋「寞」為「窠」，亦即「窠」字，乃書手抄經時訛作而致。此形

〔註7〕參見黃征《敦煌俗字典》第442～443頁。

〔註8〕井野口孝《〈新譯華嚴經音義私記〉所引〈玉篇〉佚文（資料）》。案：井野口孝之文未採錄原本字形，而是重新輸入文字。此句釋義為「奴廷（庭）反」，參考《玉篇》殘卷「庭」而將「迁」字推定訂正為「廷」。（因此處有*號。根據作者「凡例」，凡其文中有*號之處，均為根據推定而對《私記》本文所作的訂正。）

〔註9〕作者在「寧」字旁括號注記（存疑）。根據作者「凡例」，凡其文中用（）號之處，為作者認為必要之處。

〔註10〕作者在此句旁，注曰（*「亦為窠字」）。*與（）號，見上注。根據作者「凡例」，乃為《玉篇》佚文所涉及之範圍。

亦爲筆者首見。

003　　　麆（經序）

案：此乃「窺覦」條釋語中字：「上音枝，訓見下。麆俱反。望冀也。」「麆俱反。望冀也」實爲下字「覦」之釋。大治本《新音義》與《慧苑音義》均收有此條。《私記》此處參考慧苑說：「……覦，庾俱反。《左傳》服虔曰：窺，謂舉足而視也。《珠叢》曰：覦，謂有所冀望也。……」「麆」蓋爲「庾」之訛俗字。此形亦爲筆者首見。

004　　　亢（經序）

案：此爲「爰」字條釋語中字：「音下亢，訓爲也，凡爲於事皆謂云爰也。爰，禹元反。易也，於也，于也，於是也。」雖根據「亢」形，可錄作「穴」字。然「音下亢」，難明其義，疑有訛誤。鈴木眞喜男在其《〈新譯華嚴經音義私記〉の直音音注》一文中認爲「下亢」非，有無可能是「堯」字？此爲直音注。鈴木標其音注爲：爰音下穴（元－腫／于－而）。按照鈴木文體例，「元」應爲直音上字（爰）所屬韻，「腫」應爲直音下字（若爲「堯」）所屬韻。然「堯」實屬「獮」韻，故難以疏解。我們認爲要從兩個方面考察：其一，「音下穴」確實有誤。按照《私記》等音義體例看，凡取雙音辭目爲被釋對象時，多用「上音……」或「下音……」作爲對被釋字的分別。此條本爲單音辭目，無需「上」、「下」字的分別，但可能也受這種體例的影響而誤衍一「下」字，且置於「音」字之下，則有誤倒之嫌。「爰，音亢」，方與鈴木「（元－腫/于－而）」之例相合。其二，「爰，音亢」，一般多會將「亢」釋讀爲「穴」。然正如前述，若爲「穴」，則聲韻不合。所以還是要從俗字字形考察。實際上「亢」爲「亢」字之誤寫，而俗字「元」與「亢」又常互有混淆。韓小荊指出：《可洪音義》中有「元」寫作「亢」者：亢；亢（愚暄反）〔註11〕；檢《可洪音義》，《賢聖集音義》第七之六《集今古佛道論衡》卷甲：「亢琳：上愚暄反。下力今反。人名王元琳也。上又古郎苦浪二反。並非也。」「亢琳」即「元琳」。而《高麗大藏經異體字大字典》「亢」字

─────────

〔註11〕《〈可洪音義〉研究──以文字爲中心》第800頁「元」字。

條異體字就有作「元」者，〔註12〕字形與「元」完全相同。另外還收有另一異體「元」，可視爲二形間之過度。如此就能很清楚地看出從「亢」訛作「元」的痕跡。所以《私記》此條準確解釋應爲「爰，音元。」如此，才能從音韻與字形上詮釋順通。

005　　夫攵（經序）

案：《經序音義》有 34 個正字條目，其中「夫攵」爲一組，其解釋字乃「市閙」。據釋字，可知「夫攵」當爲「閙」之俗字。另外，此條參考大治本《新華嚴經音義》，後者作「夹，内：夹，閙。」無論辭目，還是釋文，儘管皆爲俗體，然尚可認讀。然而，《私記》中的「夫攵」兩字，我們在《可洪音義》中找到「慣攵」，釋曰：「上右對反，下女孝反。」（小乘經音義第四之二過去現在因果經第一卷）「攵」與《私記》之「攵」同。又竹內某編《異體字彙》中也收有「攵」形，釋曰：「慣攵，正作夹。」〔註13〕可證。至於「夫」字，卻罕見。蓋或爲「夹」縮其「冂」作「宀」，但「宀」中橫道由牽絲帶過，因而像是兩點。故應爲書寫致訛。《〈可洪音義〉研究——以文字爲中心》中「異體字表」〔註14〕中「閙」字下列有「夫：女皃反。」唯此形與「夫」相似。

006　　迋（經序）

案：此字亦爲《經序音義》中正字條目之一。「迋」爲被釋字，其釋語爲「迋」。「迋」爲「逆」之俗字，《私記》用其作解釋字，可見在日本此亦已爲當時通用字形。《私記》他處出現「逆」字，皆作此形。前已有析，不贅。然「迋」字卻罕見。此條大治本《新音義》作「迋：迋」。「迋」蓋爲「逆」之另一俗形「迋」之添筆訛字。而「逆」作「迋」，《敦煌俗字譜・辵部・逆字》引《中 57・481・下－2》；《廣碑別字・十畫・逆字》引《唐鄂州永興

〔註12〕《高麗大藏經異體字字典》引「炕旱：康浪反。《說文》炕，乾也。《考聲》云：土榻安曰炕，從火元聲。或作炕。」乃引自慧琳《一切經音義》十八卷《十輪經》卷五。

〔註13〕《異體字研究資料集成》第一期，第七冊，第 148 頁。

〔註14〕韓小荊《〈可洪音義〉研究——以文字爲中心》第 601 頁。

縣主簿中山張愿墓誌》皆爲此形，不贅。

007　　**敗**（經卷第二）

　　案：此乃「精爽」條釋語中字：「下所兩反。明也。**敗**也。精，靈也。」此條參考大治本《新音義》，然後者作：「……〔註15〕爽，或**敗**也。傷也。……」字形有殘損，似「敗」字。〔註16〕考證古籍，「敗」字確。大治本《新音義》多參考《玄應音義》。玄應於卷二及卷十一「口爽」，兩釋「爽」字：「所兩反。爽，敗也。楚人名美敗曰爽。」「爽」字不僅有「明、亮、明白、開朗、舒適」等義，尚有「損傷，敗壞」之義。《廣雅・釋詁四》：「爽，傷也。」又《釋詁三》：「爽，敗也。」《老子道德經》卷上《檢欲第十二》：「五味令人口爽。」《楚辭・招魂》：「露雞臛蠵，厲而不爽些。」王逸注曰：「厲，烈也。爽，敗也。楚人名羹敗曰爽。」《私記》中「**敗**」字，左旁「貝」訛爲「日」，故難以辨認。《高麗大藏經異體字典》「敗」字下收有《可洪音義》中所見字形「敗」，釋曰：「敗壞，上步邁反。」其左半訛爲「月」，實際即「肉」。俗字「月」「日」多混，《私記》即多見。《楷法辨體・八行》「敗」字俗體，也收「敗」。〔註17〕可爲佐證。

008　　**枝**（經第五卷）

　　案：此乃「樹岐」條釋語中字：「**岐**字又爲**橋**逪字。渠宜反。道旁出也。又山名也。又道二達謂之**岐**也。字書作**枝**字，謂樹伎（枝）〔註18〕首也。」

　　《慧苑音義》與大治本《新音義》均收釋此詞。但前者辭目字形作「樹歧」，後者與《私記》同。而且《私記》釋義亦基本採自大治本《新音義》。只是《私記》最後「字書作**枝**字」一句，大治本《新音義》卻無，但有「又物兩爲岐，

〔註15〕與《私記》同，略。

〔註16〕小林芳規《新譯花嚴經音義私記解題》（古典研究會編《古辭書音義集成》第一卷，東京：汲古書院，昭和63年（1988）年第二版）中亦提及此條，其所輸入漢字《私記》作「敗」，大治本正作「敗」。

〔註17〕《異體字研究資料集成》第一期，第六冊，第229頁。

〔註18〕《廣韻・紙韻》：「伎，侶也。」於文意不合，疑爲「枝」字之訛。此條「字書」下源自《慧苑音義》，《慧苑音義》作「謂枝橫首也。」

此道似之也」。我們可以認爲此句卻是《私記》作者參考了慧苑之說：「按：《字書》作攲，謂（樹）枝橫首也。」〔註19〕「攲」也可作「攱」，均爲「攲」之俗字。《玉篇·支部》：「攲，巨支切，橫首皃。」《廣韻·平聲·支韻》收錄「攱」和「攲」，釋爲「木別生也」，「又橫首皃」。而《集韻·平聲·支韻》「攲」和「枝」下曰：「《字林》橫首枝也。一曰木別生，或作枝。」「**攲**」即爲「**攲**」字訛書。

009　　**夷**（經卷第五）

　　案：此乃「**夷**坦」〔註20〕條釋語中字：「上又爲**夷**字，与脂反。易也，謂簡易之道。言有力易行者也。坦，平也。」

　　此條上字「**夷**」爲「夷」之俗字。《敦煌俗字典》「夷」字下「**夷**、**夷**」等，《廣碑別字》「夷」字下收「**夷**」（《隋盧文構墓誌》）、「**夷**」（《唐李岸及夫人墓之》）等即與此同類，不贅。《說文·大部》：「夷，平也。从大从弓。以脂切。」但《漢隸字源·平聲·脂韻·夷字》引《巴郡太守樊敏碑》作「**夷**」，《廣碑別字》「夷」字有「**夷**」（《漢馬氏二十四娘符咒刻石》）、「**夷**」（《唐等慈寺碑》）、「**夷**」（《隋首山舍利塔銘》）等。《箋注本切韻》二平聲脂韻以脂反：「**夷**，按《說文》從弓聲，此作**夷**，上亦通。」張湧泉《敦煌俗字研究》辨析道：《箋注本切韻》稱「**夷**」字《說文》作「**夷**」，「**夷**」當是手寫之變。而《箋注本切韻》同一小韻復有「**痍**（痍）」「**陦**（陙）」「**黃**（黄）」「**桋**（桋）」「**螔**（螔）」等字。「夷」旁皆寫作「**夷**」。〔註21〕這些字之所以不再從「弓」而改從「口」及「一」等（或「一」之省筆），蓋手寫「弓」之筆畫不易故。案「弓」依筆順爲「橫折－橫－豎折折鉤」，使用毛筆寫折筆不易轉折，故素有「連筆要斷」之訣。在俗書中，當「弓」成爲穿插結構字的一部分時，往往會寫成「口」下「一」，以克服轉折的麻煩。《楷法辨體·ア行》「夷」字俗體收有「**夷**」字形，同此理據。〔註22〕「**夷**」字當即爲此類俗訛字再減筆畫而成者。又如竹內

〔註19〕獅谷白蓮社《慧琳音義》卷二十一與粵雅堂本如此作。磧砂藏本作「攱」，蓋爲「岐」字之訛。高麗藏作「**岐**」，不甚清晰，然應爲「岐」。又高麗藏本無「樹」字。

〔註20〕當爲「夷坦」之俗。

〔註21〕張湧泉《敦煌俗字研究·下編·敦煌俗字匯考》第115～116頁。上海教育出版社，1996年。

〔註22〕《異體字研究資料集成》第一期，第六冊，第114頁。

某編《異體字彙》「洟」字俗體爲「㳟」〔註23〕，亦同爲此理而成。

010　　揹（經卷第五）

　　案：此乃「棟宇」條釋語中字：「上都弄反。屋櫋也。櫋，於靳反。脊也，子亦反。於馬是也，亦背揹也。亦爲膋字，在𠂤部。倭言牟年。〔註24〕」《說文・𠂤部》：「膋，背呂也。从𠂤从肉。資昔切。」又《呂部》：「呂，脊骨也。象形。……膋，篆文呂，从肉从旅。」《玉篇・呂部》：「呂，良渚切。脊骨也。……亦作膋。」「揹」應爲「膋」之錯訛字。「膋」字上部爲「旅」，《敦煌俗字譜・方部・旅字》引《祕9・080・左4》作「㧗」，《干祿字書》：「㧗旅，上俗下正。」《廣碑別字・十畫》「旅」字下收有類似「㧗」（《唐梁基墓誌》）從「扌」的俗字共有8個。而本爲上部之「扌」旁拉長則成整個字的部首，也就成爲「膋」之俗字。《碑別字新編・十四畫》「膋」字下就有「揹」（《隋范安貴墓誌》）和「揹」（《唐李輔光墓誌》）兩個從「扌」的「別字」。《可洪音義》中的「膋」有俗體「揹」與「揹」〔註25〕，與此相類。而「揹」之右下部則是受「膋」下部「月（肉）」之影響而爲「日」。此因「日、月」二字在偏旁中時有錯訛，從而有錯上加錯的「揹」字。

011　　頤（經卷第六）

　　案：此乃「鬚髻」〔註26〕條釋語中字：「上栗俞反。頤毛也。倭云加末智乃比偈，又花藥之本也。」此條不見大治本《新音義》與《慧苑音義》，乃《私記》自列條目。岡田希雄《倭訓攷》指出：「頤」字不見《康熙字典》之「片部」及「頁部」，也不見《新撰字鏡》、《會玉篇》、《類聚名義抄》、《字鏡集》等，蓋爲「頤」等之異體字。「頤」意爲腮、頰，俗稱下巴，指口腔下部。《易・噬嗑》：「頤中有物，曰噬嗑。」《急就篇》卷三：「頰頤頸項肩臂肘。」顏師古注：「下頷曰頤。」故「頤毛」即「頤毛」也，「倭云加末智乃比偈」爲其

〔註23〕《異體字研究資料集成》第一期，第七冊，第116頁。

〔註24〕「倭言牟年」係和訓，即「むね」，漢字書「棟」，屋脊之意。又指大梁。

〔註25〕韓小荊《〈可洪音義〉研究——以文字爲中心》第571頁。

〔註26〕此二字在《華嚴經》卷六中並無連用之例。然經卷六有「諸香摩尼而作其鬚」和菩薩名「普華光焰髻」，蓋《私記》作者特取其相類二字立爲雙音辭目。

和訓。據岡田希雄《倭訓攷》，假名作「カマチノヒゲ」。按：「カマチ（加末智）」，
石塚《倭訓總索引》中作「輔」字之和訓。「輔」古作「酺」。《康熙字典・面部》：
「《說文》頰也。从面，甫聲。《玉篇》左傳僖二年，酺車相依。今作輔。《廣韻》
頰骨也。同顲。」岡田又指出「カマチ」也云「ツラガマチ」。《国語大辞典》「つ
ら-がまち」漢字作「輔車・面輔」，指上下顎骨，還有「顴骨」之意。「ヒゲ」
即「髭・鬚・髯」。故此和訓可理解爲「臉上的鬍鬚」。此義也與其辭目相吻合。
《慧琳音義》卷五：「鬚髮，上相瑜反。本作須……鄭玄注《周禮》云：須者，
頤下髭須也。《說文》云面毛也。《古今正字》從彡作鬚，正體字也。」《釋名・
釋形體》：「頤下曰鬚。鬚，秀也。物成乃秀，人成而鬚生也。亦取須體幹長而
後生也。」

「頤」之俗字可作「頤」、「頖」、「頙」等。《可洪音義》中「頤」有「𩑋、
𩒦、𩑋」等字形。「頙」蓋爲「𩑋」之左豎失落而訛者。此形亦為筆者首見。

012　　兂（經卷第七）

案：此乃「燄發」條釋語中字：「即炎，爲𤎝反。燒也。《說文》：火兂上
也。兂者，燄，移瞻反。《說文》云：火行微燄燄然也。」

「兂」應爲「光」之俗體。《私記》釋文曰「燄」即「炎」。《說文・炎部》：
「炎，火光上也。从重火。」又《火部》：「光，明也。从火在人上，光明意也。」
「从火在人上」，故隸定作「灮」。「光」是隸變字。《干祿字書》：「光灮，上通
下正。」「灮」雖爲本字，正字，但黃征認爲：今正字廢棄已久，謂之俗字亦可。
[註27] 而《私記》此「兂」字上部正是「火」，只是書手將「火」之「人」寫
成「厶」，蓋因「允」「兊」等形似字影響而訛。此「兂」字在書寫中與一般楷
書略有變異，或是受了「兊」字形體的影響，令「光」之略似「兊」之筆勢。

013　　䮔（經卷第七）

案：此乃「脩」字條釋語中字：「音須，訓 [註28] 飾也，補也，䮔也，長也。」。
《慧苑音義》雖爲四字辭目「或脩或短」，然實際也只釋「脩」字：「《廣雅》

<hr>

〔註27〕參見《敦煌俗字典》第 139 頁「光」字條。
〔註28〕《私記》中本作「川」乃「訓」。

曰：修，長也。經本作脩字者，爲乾脯之脩，非此用也。」可見經本文中二字常相混用，慧苑之辨析甚爲清晰。實際上「修」、「脩」不分，古來已然。「脩」字《說文·肉補》作「𦠄，脯也。从肉攸聲。息流切。」「修」、「脩」二字本音同義別。然《字彙·人部》「修」下謂：「經史通作脩。」《正字通·人部》「修」下亦曰：「與脩別，俗通用脩。」故書手抄寫經文，「修」、「脩」不分，頗爲常見。然《私記》作者釋義時卻將「修」、「脩」二字統括一條。「飾」爲「修」之本義。《說文·彡部》：「𩰁，飾也。从彡攸聲。息流切。」「補」乃「脯」之借字。《干祿字書》：「脩修，上脯脩，下修飾。」《廣雅》：「修，長也。」《字鑑·平聲》：「脩修，並思留切。上《說文》脯也。又長也。从肉。下《說文》飾也。从彡。經典以脩短之脩爲修飾字，誤。」《增廣字學舉隅》：「修脩，上音羞，飾也。飭也。茸理也。長也。……下音羞，脯也。治己也。縮也，習也。長也。備也。乾也。久也。」

「𥁑」乃「習」之異體「習」字之訛誤字。《敦煌俗字典》「習」字下有俗字「𦬼」「習」等；《廣碑別字·十一畫》「習」之俗體有「習」（《馮宣孟賓等殘造像題名》）等，下部皆作「日」。「𥁑」字下蓋「日」錯寫成「皿」。《可洪音義》中「舊」作「𦾔」，下部「臼」訛作「皿」應與此相同。此形亦爲筆者首見。

014　　𤓰——如𤓰字之形：𤓰 [註29] 是萬字，吉祥萬德之所集也。（經第八卷）

案：此條參考大治本《新音義》。然後者作「𤰞字」；《慧苑音義》作「𤰞字之形」。大治本與高麗藏本字形相近。《私記》中「萬（万）」字字形頗多，除以上外，尚有：

𤰞——如𤰞字髮：𤰞是吉祥勝德之相。梵名歲佉阿悉底迦，此云有樂。今此髮相右旋，似之。非即金作𤰞形狀也。（經第廿七卷）

𤰞字：上万字。（經第卅八卷）

〔註29〕《私記》「𤓰」字原作大字，然實爲辭目「𤓰」字於釋文重出，故改。

案：此二條字形同大治本與高麗藏。

𤰔 —— 币𤰔字：万字。（經序）

𠁁 —— 币𠁁𠀁：万字耳。（經第廿二卷）

𠀁 —— 币𠁁𠀁：万字耳。（經第廿二卷）

小川本《私記》中有「萬」字，再加上其俗字「万」，就共有七種字形。這是筆者至今所見收錄字形最多的資料。但若加以歸納，實際主要有①「币」（經序）「币」（經第廿二卷），似「币」字；②「𤰔」（經序），類「风」之草體；「𠁁」亦可歸入此類（經第廿二卷）；③「𠀁」，似「爪」。前二類可從文獻查檢到相應字形，如《可洪音義》中就有「𤰔𠁁」二體，應與以上②相同；而「币」則與①屬一類，只是後者末筆作竪鉤。〔註30〕《楷體辨字・マ行》：「萬」字下收有俗體「𠁁巾」，〔註31〕當與此相類。《四聲篇海・丿部》，有：「𠀁，音萬。」也應與以上「𤰔」、「𠁁」相當。

實際上，無論是①似「币」字，還是②類「风」之草體，皆有理據可循，因同與經文中原梵文符號「卐」有關。《可洪音義》中「卐」還有「币」形，此明顯是筆寫「卐」不便而產生的簡寫，進一步簡略，即爲似「币」字的「币」，而又或竪鉤成竪，上短撇成橫者，即有如「币」（币）者。《可洪音義》中「卐」還有「𤰔」，這也明顯是「卐」之書法所致，再沿訛，就有如類「风」之草體「𤰔𠁁」等。然而，似「爪」之「𠀁」卻爲孤例。汲古書院版《新譯華嚴經音義私記》後有石塚晴通所作〈注記對象字句索引〉，其後又附有〈則天文字及び不明字〉，其中錄 16 個《私記》中所出現的則天文字，還有即爲「万」字。其所謂「不明字」當爲「万」字，因其字形難以詮釋。〔註32〕

015　　浚渓岸㟁（經第八卷）

以上四字出自「岸」字釋文：「魚韓反。視崖（涯）浚而水渓者爲岸也。

〔註30〕韓小荊《〈可洪音義〉研究——以文字爲中心》第 718 頁。

〔註31〕《異體字研究資料集成》第一期，第六冊，第 248 頁。

〔註32〕石塚晴通所作《索引》未用原字影像，故難以準確認讀。

崖，牛佳〔註33〕反。高邊也。屵屰，牛割二反。高也。」

「浚」應爲「峻」之同音借字「浚」之俗訛字。《慧琳音義》卷六十六：「崖岸，上雅皆反，又音雅家反。《考聲》云：山澗邊險岸也。《說苑》云：高山有崖也。《說文》云：山高邊也。從屵圭聲。屵音五割反。下昂幹反。郭注《尒雅》云：視涯峻而水深者爲岸也。《說文》云：水崖洒而高者也。從屵于聲。」《希麟音義》卷十：「津涯，……下五佳反《切韻》云水際也。郭注《爾雅》云：水邊曰涯峻，而水深者曰岸也。」「涯峻」，高山寺《玉篇零卷》作「涯浚」。另外，井野口孝也將「浚」訂正爲「浚」。〔註34〕「峻」之本字應作「崚」。《說文·山部》：「𡾌，高也。从山陵聲。峻，崚或省。」故「峻」之俗字仍有上部從山者，如《廣碑別字·十畫》「峻」字下有「崚」（《魏臨淮王元彧墓誌》）。「峻」與「浚」同爲「私潤切」，故可假借通用。然受「峻」本字及其字義之影響，書手在寫「浚」時上部又添加「山」，故有「浚」字。

「没」從字形看，一般直接識讀爲「没」。井野口孝根據寫本推定字形爲「没」，但認爲應該訂正，而於「没」字旁添括號，作「深」字。根據郭璞「視涯峻而水深者爲岸也」之語，似應爲「深」字。〔註35〕我們通過仔細辨別「没」字，認爲在書寫中似有塗改，故其右下不明。小篆「深」字作「𣽷」，從水罙聲。「罙」篆作「𥥍」。從穴下又（手）火。「没」右下若爲塗改之形，則可視爲「深」之俗書。然此字形，尚無旁證，故列爲疑難俗字。

「屵」一般認讀爲「岸」。然「岸屰，牛割二反」，不成句，文意不通。井野口孝考證，認爲應是「屵」與「牛」之合寫，後面的兩個反切是給「屵」字注音。此說是。「屵」與「岸」本爲一字。《說文·屵部》：「屵，岸高也。从山厂，厂亦聲。」饒炯《說文部首訂》：「屵、岸、厂、斥，皆一字重文。厂下說『山石之厓巖』，而从厂轉注山爲屵；从重文斥轉注山爲岸。夫厓巖爲人所居者，其形勢必高，因名邊高亦曰厂。然邊高不獨厓巖有之，水厓亦然。二者又分屵岸二篆爲水厓之高，厂斥爲厓巖之高，不知屵岸一字，而以岸屬《屵

〔註33〕《私記》「佳」作「𰀠」。《宋本玉篇·屵部》：「崖，牛佳切，高邊也。」《私記》「崖」之音切採自《玉篇》。俗字从亻从彳常混淆不分，故「𰀠」爲「佳」之俗字。

〔註34〕井野口孝《〈新譯華嚴經音義私記〉所引〈玉篇〉佚文（資料）》。

〔註35〕井野口孝也在「没」字旁注〔深〕，用此符號表示作者認爲有必要。

部》，訓屵曰岸高，讀五葛切，訓岸曰水厓而高者，讀五肝切。自分別義行，而厂岸〔屵〕斥岸之爲一字重文，人遂莫識也。」《玉篇・屵部》：「屵，牛桀切；又牛割切。《說文》岸高也。」故而，我們可以認爲，《私記》原本作：「屵，牛**某**，牛割二反。高也。」然後抄寫者，不識「屵字」，故將「屵」與後之「牛」誤合爲一字「岸」。

根據以上分析，「**某**」爲「屵」反切下字，又據《玉篇》當爲「桀」字。「**某**」字頗難。井野口孝將此字認作「**箖**」，並將釋文中「**斥某**，牛割二反。高也」一句，訂正爲「岸（屵）〔註36〕**箖**（牛築〈桀〉〔註37〕）・牛割二反。高也」。而此根據乃《玉篇・零卷》：「（屵），牛築（桀力〔註38〕）・牛割二反。說文『戶（岸）高也』。」我們認爲：將「**某**」認定爲「**箖**」，字形上有誤，下當作「木」爲是。「**某**」蓋爲「桀」字訛誤而緻。《原本玉篇殘卷》卷二十二「岸」字下說解引《廣雅》：「魁岸，桀也。」「桀」字作「**㮨**」，而《玉篇》殘卷二十二「（屵），牛築、牛割二反」之「築」實際是「**㮨**」之訛，蓋抄寫者因所見「**㮨**」字帶有草書之意，由「**㮨**」字上端之兩短畫誤作「竹」字頭。遂使「**㮨**」訛作「築」字；《私記》抄寫者則又誤其中一部分，乃成「**某**」。其實皆當作「**㮨**」即「桀」字。《可洪音義》中「桀」有作「**菜**」〔註39〕「**築**」〔註40〕者，上或作「艸」或爲「竹」。

016　**毳**（卷八）

案：此乃「桓牆」釋語中之字：「于无〔註41〕反。牆也。牆字籀文、**毳**文皆爲**庿**字，今加土，**盧**音成。」

此條大治本不收。《私記》參考《慧苑音義》：「垣牆繚繞，垣，于元反。繚，離鳥反。《毛詩傳》曰：垣，牆也。《說文》曰：繚，纏也。謂周帀纏繞也。牆字籀文隸文皆爲庿，今或加土者也。」根據慧苑說，「**毳**」應爲「隸」

〔註36〕括號爲其認爲必要的校記。

〔註37〕〈〉號乃其認爲可作爲參考之內容。

〔註38〕井野口孝用假名「力」，表示有疑問。

〔註39〕韓小荊《〈可洪音義〉研究——以文字爲中心》第513頁。

〔註40〕同上第514頁。

〔註41〕乃「元」字之訛。

之訛俗字。蓋「![字]」之左旁與「![字]」（顏眞卿書《干祿字書》）相同，書手因習而訛。《可洪音義》卷七中「隸」字就有作「![字]」者：「力計反，正作隸也。![字]隸二形也悮。」又「嚇」字可作「![字]」者，據此，可証「![字]」確爲「隸」字。

017　　![字] （卷八）

案：此爲「又繚」條釋語中字：「力鳥反。彌也，繞也，纏也。繞，如小反。纏也。纏，除連反。![字]纏字（同）〔註42〕」。「又繚」在《私記》作爲辭目出現，但實際上繼續解釋上「繚繞」之「繚」字，可能是書手抄寫時，誤將雙行寫成單行，且爲大字，與辭目混淆。岡田希雄亦指出《私記》中多有「大字（辭目字）誤作小字」，「小字誤作大字」之處，其中「小字誤作大字」所舉例中正有此條。〔註43〕

大治本《新音義》收錄「繚繞」條。《私記》釋「繚」正參考大治本。大治本最後一句作「音除連反，![字]纏字同。」如此，我們可以看出，《私記》之「![字]」，即「与」，大治本作「![字]」字。蓋抄手將「与」寫成了訛字，而且漏寫了「同」字，故「与纏字」似不成句。

018　　![字] （卷八，卷十一）

案：「![字]」乃詮釋卷八「壇墠」與卷十一「樓櫓」中之字。

卷八「壇墠」，大治本與《慧苑音義》均收錄，《私記》前半參考大治本：「上徒蘭反，堂也。下時闡反，除地町マ者也。」後半用慧苑說：「或云![字]土爲壇，除地爲墠。又墠猶坦，マ言平地也。」〔註44〕

卷十一「樓櫓」釋曰：「マ郎古反。城上守禦〔註45〕曰櫓也。繞城往マ別![字]迫![字]土堂，名爲卻敵。既高曰餝，![字]崇麗也。禦![字]郭。」

〔註42〕根據大治本《新音義》補。

〔註43〕岡田希雄《新譯華嚴經音義私記解說》。

〔註44〕《慧苑音義》卷八：「壇墠形，墠，常演反。《尚書》曰：爲三壇同墠。孔安國注曰：築土爲壇，除地爲墠。《韓詩傳》曰：墠猶坦，坦言平地也。」

〔註45〕「禦」字《私記》分書爲「御示」二字，佔二字位置，今正。

　　苗昱校：《麗》《城》「迫趒」作「迴起」，《北》《磧》作「過起」。諸本「堂」作「臺」，「築」作「築」，「餝」作「飾」，「故」作「故」。

　　我們先看「築」字：

　　「樓櫓」條大治本無。《私記》參考慧苑說。《慧苑音義》爲短句辭目「樓櫓卻敵皆悉崇麗」，釋曰：「櫓，郎古反。《切韻》稱：城上守禦曰櫓也。繞城往往別築過起土臺，名爲卻敵，既高且飾，故云崇麗也。」

　　又《慧苑音義》卷一釋「菩提場中」亦引《漢書音義》曰：「築土而高曰壇，除地平坦曰場。」《慧琳音義》卷九十六：「壇墠，上堂丹反，下蟬闡反。孔注《尚書》云築土爲壇，除地爲墠。《說文》云：壇，祭場也。墠，野也。二字並從土，亶單皆聲，後有準此也。」《說文·土部》：「壇，祭場也。从土亶聲。徒干切」段玉裁注：「祭壇場也。祭法注：封土曰壇，除地曰墠。……《漢孝文帝紀》：其廣增諸祀壇場珪幣。師古曰：築土爲壇，除地爲場。按墠即場也。爲場而後壇之。壇之前又必除地爲場。以爲祭神道。故壇場必連言之。宋本作祭場也。無壇字。非是。若祭法壇與墠則異地。場有不壇者。壇則無不場也。」

　　從以上所引書證均可以看出：「築」應爲「築」之俗字。《敦煌俗字典》「築」字下收有「、、」等俗形，又《碑別字新編》「築」字下有「」（《隋劉德墓誌》），其中部「巩」之右均爲「口」，可証「築」確是「築」字。特別是「」則與「築」基本相同。

　　再看「趒」字：

　　「樓櫓」條釋語中有兩個「趒」，蓋爲「趒」。《私記》中「兆」作漢字構件時常訛作「非」形，如「跳」（經卷五）「聳擢」條寫作「跳」，而（經卷十六）「十千層級」條「趒」即寫作「趒」。《說文·走部》：「趒，雀行也。从走兆聲。」段玉裁注：「今人概用跳字。」徐灝箋：「此謂人之躍行如雀也。與《足部》跳字音義同。」《集韻·筱韻》：「趒，躍也。」此條源自《慧苑音義》。「迫趒」二字，獅谷白蓮社與《麗》《城》作「迴起」，《北》《磧》作「過起」。均難以理解。但若將「趒」字認作「趒」，即「跳」古字，無論是「過趒」，還是「迴趒」，意思就都好理解了。《太平御覽·兵部·攻具下》卷三三七：「又曰樓櫓卻敵：上建候樓，以板爲之，跳出爲櫓，離戰隔於女牆，

上跳出柭,去牆三尺,內著橫括,柭端安轄,以荊柳編爲之,長一丈、闊五尺,懸柭端,用遮矢石。」疑音義中所言之土堂(臺)即此所言之女牆。

最後看「**扳**」字:

「**扳**」應爲「故」字,乃書手訛寫而致。「故」字草書作「**攷**」(趙孟頫書眞草千字文),《敦煌俗字典》中「故」有作「**牧**」者,「**扳**」即草書之訛。

019　**荃**(卷十一)

案:此乃「拘物頭」條釋語中字:「拘物頭,其**荃**剌(刺),色亦赤白。又云小白花也。」此條大治本無。《私記》參考《慧苑音義》:「拘物頭花,其花莖有刺,色或赤白。以其花葉稍短,未開敷時狀郁蘷然。故亦或名小白花也。」

「**荃**」當爲「莖」之俗字。《說文·艸部》:「莖,枝柱也,从艸巠聲。戶耕切」而聲旁「巠」之異體多作「坙」。〔註46〕故从「巠」之字,多有類似俗體,如《佛教難字大字典》「經」字下收有「**経、經、經、經**」等俗體,而「莖」之下也有異體「**莖**」。《敦煌俗字譜·艸部》「莖」字下收俗字「**茎**」(《中78·699·下-4》)、「**莖**」(《中80·733·下-5》)等。而書寫時漏「坙」上之短橫,上部就易成「人」字。另外,《可洪音義》中「莖」字有作「**荃**」〔註47〕形者,與「**荃**」相類,可爲旁證。

020　**撲**(卷十二)

案:此乃「坏」條釋語中字:「普該反。未燒瓦**撲**也。」

此條大治本未收。參考慧苑說:「普該反。未燒瓦也。」然慧苑說並未涉及到「**撲**」字。「**撲**」當爲「樸」之俗訛,凡器未成者皆可謂「樸」。玉未琢者爲「璞」,《尹文子·大道下》:「鄭人謂玉未理者爲璞,周人謂鼠未臘者爲璞。周人懷璞謂鄭賈曰:『欲買璞乎?』鄭賈曰:『欲之。』出其璞視之,乃鼠也,因謝不取。」木未修者爲樸,《說文》:「樸,木素也。」徐鍇曰:「土曰坏,木曰樸。」瓦樸,即未燒瓦坏。「樸」字从木菐聲。「**撲**」字左半好解,

---

〔註46〕參考臺灣教育部《異體字字典》「巠」字下周小萍說。

〔註47〕韓小荊《〈可洪音義〉研究——以文字爲中心》第518頁。

然右半卻不爲「業」，而似「漢」之右半。根據《說文・水部》，「漢」從水，難省聲」。查檢「業」字俗體，也不見有如此作者。但是，我們發現《可洪音義》中「僕」字有作「僕」者，〔註48〕同爲「業聲」之聲旁，與「撲」相同，故而可解。

021　　起（卷十四）

案：此乃「愜愜」條釋語中字：「上，牽協反。下，苦頰反。可之也，快也。上又爲㤅字。起頰反，清也。」

《慧苑音義》收「愜」單字條：「牽協反。」只標音，不注義。大治本不收此條。我們要解決的是「起」字。《私記》指出：「上又爲㤅字。起頰反，清也。」「起」爲「起」之訛字。蓋「起」小篆作「起」，《說文》：「起，能立也。從走巳聲。起，古文起从辵。」「起」之所從「走」或隸定作「厷」，清道光年間刊行的《韻字彙錦》〔註49〕卷三「起」字條下有「起」即此俗。而《私記》之「起」之左旁即「厷」之訛。其下部誤作似「云」。這似乎是小川本抄者之誤。如經第廿五卷：「順愜：愜宜爲㤅字。起頰反。滿也。《楚辭》：固愜腹而不得息也。」其中的「起」左有兩點表示刪除，右側補寫小字「起」。井野口孝根據《玉篇》佚文以及《新撰字鏡玉篇群》注曰：「〈愜又爲㤅字〉，起〔註50〕頰反，清也。」認此字爲「起」。《宋本玉篇》也作「起夾反」。儘管「起」不是一個字，但我們可以看得出，其中閒部分「起」與「起」相似。

022　　療（經第十四卷）

案：此爲「教誡」釋文中字：「古經云：說法教誡。誡，居療反，告也，命也。警勑也。」「療」字甚爲清晰，不難辨，當爲「療」字。然「誡」中古音在見母怪韻，與「居療反」（見母笑韻）相去甚遠，音切不合。井野口孝考證「療」字當爲「療」之別字。《篆隸萬象名義・言部》：「誡，居療反。

〔註48〕韓小荊《〈可洪音義〉研究——以文字爲中心》第 617 頁。

〔註49〕筆者所用爲哈佛大學燕京圖書館藏本。

〔註50〕井野口孝在「起」字旁用了「*」號。

警也。告也。命也。」又《篆隸萬象名義・广部》:「瘵,側界反,病也。」「瘵」與「誡」同爲去聲「怪」韻。此蓋爲小川本抄者所誤。

023　荓（卷十四）

案:此乃「堺界」條釋語中字:「上又畔字,音秭（秭）荓反。垂也。境也。堺,境也。畔,堺也。畔,滿館反。」此條不見大治本《新音義》與《慧苑音義》,爲《私記》自立條目。又查檢《大方廣佛華嚴經》卷十四,也不見有「堺界」之語,蓋「堺」與「界」字通。《集韻》「堺」同「界」。《私記》立此條以辨析俗字,是因爲其字形作「**堺界**」。

《私記》釋義參考《玉篇・田部》:「界,耕薤切。《爾雅》疆界也。垂也。畔,同上。」《私記》釋語「上又畔字」之「畔」即「界」之俗字。又井野口孝考《萬象名義》釋「堺」:「耕薤反。境也。界,同上。」故「荓」乃「薤」之俗訛字。

024　臗（卷十五）

案:此乃「生死俓」釋語中字:「下舊經爲侄,二本可作侄字。古乏反。行小道路也,耶也,過也。俓,牛耕、牛燕二反。急也,急臗也,非今旨。」《私記》此條參考大治本《新音義》:「生死俓,舊經作**佐**,二本應作**佐**字。古定反。行小路也,邪也,過也。故經文云非甘露道生死俓。俓音牛耕、牛燕二反。彼（伎）〔註51〕也。急也。急**臗**也。俓非此旨。」

根據大治本,「臗」應爲「**臗**」字,乃「腹」之譌變字。其譌變原因蓋爲:「复」俗與「復」通。原稿中可能把「腹」書作「月復」並爲草書,此抄書人遂「返正」而誤將部件「复」譌作「貟」(因俗書有將「复」之「夊」譌作「厶」,故將其下「日夊」連寫成「貝」)。然「急腹」之義未明,不能遽定。

025　苄（卷十五）

案:此乃「數其滴」條中釋語之字:「古經爲渧字。滴音宅,訓都飛。摩酯

〔註51〕按:查諸字書,未見「俓」有「彼」義,疑「彼」爲「伎」字之訛。《集韻・耕韻》:「俓,急也,伎也。」

（醯）天芓知〈丙〉〔雨〕〔註52〕數也。」

　　案：大治本《新音義》與《慧苑音義》不收此條，但我們注意到《慧苑音義》在音義卷十五時收有「摩醯首羅」條，而《私記》就在「數其滴」前也有「摩醯首羅」，釋義參考慧苑說。查檢《華嚴經》卷十五有「摩醯首羅智自在，大海龍王降雨時，悉能分別數其滴，於一念中皆辨了」〔註53〕之句，而根據《私記》釋文「訓都飛，摩醯天芓，知丙（雨）數也」，「摩醯天芓」即指「摩醯首羅」，也稱「摩醯天子」。根據經文，此天子能在大海龍王降雨之時，數清楚雨滴之數。《楞嚴經疏解蒙鈔》卷五：「（宗鏡云）但解得一微塵法，即數得等周世界微塵，是以如來能知四大海水滴數。大地須彌，皆知斤兩。《賢首品》偈云：摩醯首羅智自在，大海龍王降雨時。悉能分別數其滴，於一念中悉辨了。」其中《賢首品》「偈」，即《華嚴經》卷十五《賢首品》之「偈」。另外，「滴」字和訓也能幫助理解。「都飛」據岡田希雄《倭訓攷》，假名作「ツビ」。石塚《倭訓總索引》「ツビ」漢字作「粒」。按：「ツビ（粒）」爲「つぶ（粒）」之古語，可稱圓形小物，故可用以指「雨點」、「汗滴」、「眼淚」等。

　　「芓」即「芓」，此處與「子」通。《說文·子部》：「𢀈十一月，陽气動，萬物滋，人以爲偁。象形。凡子之屬皆从子。㜽，古文子从巛，象髮也。𡿺，籀文子，囟有髮，臂脛在几上也。」《玉篇·子部》、《廣韻·上聲·止韻》、《集韻·上聲·止韻》、《四聲篇海·止部》等「子」下並錄古文「㜽」字。「子」上「巛」，象髮形。但《金石文字辨異》就收有變「巛」從「艸」的「𡿺」。故古文「㜽」之上部若從「艸」，即類此「芓」。

026　　冋（經卷十六）

　　案：此乃「宴寢」條釋語中之字：「上於見反，云安息也。寢亦爲寂字，冋也。」「冋」即「同」字之省。《韻字彙錦》卷一「同」下收「𪔂」，類此。《慧苑音義》收錄「宴寢」條，然只釋上字：「宴，於見反。顏注《漢書》曰：宴，謂安息者也。」《私記》對「寢」之說解，應指兩字相同。即「寢」同「寂」。「寂」

〔註52〕《私記》「丙」字左有兩點表示刪去，右下行間補寫小字「雨」。
〔註53〕大正藏第 10 冊，第 79 頁。

字「宀」下與「叔」相似，唯左旁多一短橫，右半上多「彐」。「彐」即「又」之別作。故「寂」即「寂」之繁文。「寂」為當時通行之字，亦見於《干祿字書》，以「寂」釋「寂」合於常理。此處或乃《私記》作者（亦或抄者）將「寢」與「寂」混為一字所致。經中「宴寢」與「宴寂」多見，意亦相類，蓋《私記》作者（亦或抄者）贅加此句。

027　　寶（經卷十七）

案：此乃「寧為多不」條中釋語之字：「寧，乃亭反。安也。《漢書注》云：安，焉也。焉，於言反。言烏（焉）之云比是寶間之辟也。」此條《慧苑音義》亦收：「寧為多不，寧，年形反。《玉篇》曰：寧，安也。《漢書集注》曰：安，焉也。安焉之言，皆是徵問之辭耳。焉，音於言反。」而《慧琳音義》卷二十二轉錄《慧苑音義》此條，釋曰：「寧，乃亭反。《玉篇》曰：寧，案也。《漢書集注》曰：案，焉也。〔註54〕安焉之言，皆是微〔註55〕責之詞耳。焉音於言反也。」可見，《私記》作者參考慧苑說，只是所見寫本稍有不同。「比」當是「皆」之訛省；「間」為「問」之訛。「寶」即「質」字，「貝」下兩點分得過開，遂令字形難以識認。「徵」可訓「質」，《慧琳音義》卷一引《聲類》：「徵，質也。」「徵問」、「徵質」、「質問」皆為「問」也。

028　　兇稿（經卷十八）

案：此乃詮釋「舛謬」中之字：「上昌奭反，相違背也。下誤也。舛，又作踳字。尸兇反。相背也。〔註56〕平也。屮（互），不齊也。踳，差也。兇，瑜稿反。」

此條《慧苑音義》與大治本《新音義》均收，但《私記》參考大治本：「上又踳字，尸爱〔註57〕反。相背也。平也。平不音也。踳，差也。兇，瑜禍反。」

〔註54〕《漢書》卷三十五《荊燕吳傳第五》：「寡人何敢如是？主上雖急，固有死耳，安得不事？」師古曰：「安，焉也。」據此，則「案」為「安」之訛。

〔註55〕此蓋為「徵」之訛。

〔註56〕《私記》「平也」上原有「三摩鉢底」條插入。此處刪「三摩鉢底」，後文仍接上釋文。

〔註57〕為能看清字形，我們恢復原本字形色彩。有礙觀瞻，敬請諒解。以下同。不再另注。

《私記》辭目上字寫作「歼」。「歼」爲「舛」之俗體。《龍龕手鏡・歹部》：「歼歼舛：三俗。歼：正。昌兗反。殘也，盡也，又對臥也。」《說文・舛部》：「舛，對臥也。」下有重文「踳」云：「楊雄說舛從足春。」

《康熙字典・舛部》：「《唐韻》昌兗切，《集韻》《韻會》《正韻》尺兗切，太音喘。《說文》對臥也。从夕牛相背。《博雅》舛，偕也。《前漢・楚元王傳》朝臣舛午，膠戾乖剌。《註》言志意不和，各相違背也。」《玉篇・舛部》也注「舛」爲「尺兗切」。

以上《私記》之「尸兗反」與大治本《新音義》之「尸兗﹝註58﹞反」即「尺兗切」。其「尸」乃「尺」之訛誤，不難理解。而「兗」「兗」字即爲「兗」之俗字。「兗」字，隸書多作「兗」「兗」「兗」等。﹝註59﹞筆畫小變則有「兗」（《漢韓勅碑》）、「兗」（《魏刁遵墓誌》）、「兗」（《齊臨淮王象碑》）等。﹝註60﹞又《金石文字辨異・上聲》「兗」字下也收有多個俗體，皆「兗」之隸書變異而成。故《私記》之「兗」與大治本之「兗」皆爲「兗」字俗寫。

「禰」，應爲「禰」字或「禰」字。俗書「礻」旁與「禾」旁混淆。大治本《新音義》作「禰」，字形近於「福」，正是「礻」「禾」二旁相混之故。「兗，瑜禰反」，即「兗，瑜禰反」。又「禰」，《集韻》：「旱眠切，平聲字。」「禰」，《集韻》：「畢緬切，上聲字。」「兗」應是上聲字，則「禰」或「禰」皆應爲「禰」字之訛。

029　　曰（經十九卷）

案：此爲「第十九卷文喜目如來見无礙」條中釋語：「或本爲「喜曰如來」﹝註61﹞，舊經云「喜王如來慧无量」。……﹝註62﹞未明目曰二字﹝註63﹞。

﹝註58﹞「兗」字訛誤。其後有「兗」，下部從「儿」。

﹝註59﹞見《隸辨・上聲》。

﹝註60﹞均見《碑別字新編・八劃・兗》。

﹝註61﹞《私記》「或本爲喜曰如來」作大字，今以「第十九卷文喜目如來見無礙」爲辭目，後爲釋文。

﹝註62﹞此中原有「莫不自謂也，莫者，无也。謂，猶言也，道也。」原爲小字。但實際經卷十九有「莫不自謂恒對於佛」，下文是對「莫」與「謂」的解釋，故獨立爲一新辭條。

「囙」作爲「因」字俗字，爲一般常見。《私記》中也有多處「因」作「囙」者。然查檢大正藏，並無「喜因如來」之名。此處蓋爲「目」誤作「囙」。可能是《華嚴經》寫本有如此訛誤，「囙」與「目」相似，抄手寫錯，極爲可能。故《私記》作者特意指出。但是因爲實際並無「喜因如來」，所以隔條後，又以「未明目囙二字」以雙行小字書於「也」字之下，蓋爲作者也發現此點，所以特意提出問題。

030　　蚚（經第廿一卷）

案：此爲「蠃」條釋語中字：「蠃，蚚也，又作蟸。」第三章已論述，《私記》作者在音義「梵獨蠃頓」後，又緊接其下，順便將六個與「蠃」字形近的字作爲正字辭目，加以詮釋。「蠃」爲其中之一。

「蚚」字頗爲清晰，一般多會將其錄入爲「蚚」字。然「蚚」字不見於漢語大小工具書，《漢典》有字，然無音義。網上有人將其釋爲「蚚子」，也就是「蟶」。「蟶」，簡體作「蛏」，是一種海洋軟體動物。有介殼兩扇，形狹長。《廣韻・清韻》：「蟶，蚌屬。」明・李時珍《本草綱目・介二・蟶》〔集解〕引陳藏器曰：「蟶生海泥中。長二三寸，大如指，兩頭開。」黃侃《蘄春語》：「蟶，蚌類，今閩中以田種之；形狹長，名曰蟶，味頗鮮美。」儘管從意義上可以串通，然「蚚」與「蟶（蛏）」字，從字形上考察，卻難以梳理。而且，古代各類辭書也未見有「蚚」字。

網上也有人指出，「蚚」或爲日本國字，或爲越南漢字。而作爲日本國字，現在只用於人名，應不多見。日本有「蚚原」一姓，發音爲「にはら」。〔註64〕《和製漢字の字典》第十六卷《虫部》有「蚚」，釋曰：姓氏有蚚原。《音訓篇立》中爲タマムシ，即吉丁虫。《明応五年版節用集》釋爲貝也，一說爲石陰子，即海膽。故應視其爲國字。在越南的字喃里，蚚指蝸牛。意義相近。〔註65〕

以上詮釋，應可被接受，然卻不能簡單用來解釋《私記》此處「蚚」。因爲《私記》的時代，日本所謂「國字」尚未產生，而且其意也與被釋字「蠃」

〔註63〕《私記》「未明目囙二字」以雙行小字書於「也」字之下。

〔註64〕篠崎晃雄《実用難読奇姓辞典》第237頁。日本加除出版，昭和四十二年（1967）。

〔註65〕http://homepage2.nifty.com/TAB01645/ohara/p16.htm。

明顯不符。唯一能做的是從字形上進行剖析。

我們認為：「蚌」應是「蚌」字訛誤而致。前第三章已述及，「蠃」字同「螺」，即「蚌」屬。而「蚌」字，《說文・虫部》：「蚌，蜃屬。从虫半聲。步項切。」《玉篇・虫部》：「蚌」同「蜯」。《廣韻》「蜯」步相切。《班固・答賓戲》「隋侯之珠，藏於蜯蛤。」顏真卿書《干祿字書》上聲：「蜯蚌……坐上通下正。」）蚌字雖泐，由殘字看，右旁作「半」而非「丰」，此為南宋據楊漢公石刻重刻本，據《麻姑仙壇記》顏書則作「蚌（蚌）」。《說文》「蚌」之「半」聲，隸作「丰」。《敦煌俗字典》作「蜯」，S.5431《開蒙要訓》：「蝦蟆蚌蛤。」小篆从「丰」之字如「邦」，俗字有作从「半」者如《重訂直音篇・卷六・邑部》「邦」；《集韻・平聲・江韻》「邦」，《龍龕手鑑・邑部》：「邦，俗。邦，正。」「邦」又為「邦」之俗，見《干祿字書》；从「圭」者，如《偏類碑別字・邑部・邦字》引《隋宮人司飭丁氏墓誌》及《碑別字新編・七畫》「邦」字下引《隋宮人常泰夫人房氏墓誌》「邽」，《敦煌俗字譜・邑部・邦字》引《祕2・003・右6》「邽」；从「羊」者如《隸辨・平聲・江韻・邦字》引〈北海相景君銘〉「邦」；从「羊」而下不出頭者，如《碑別字新編・七畫・邦字》引《漢景君碑》「邦」，《中華字海・王部》「邦」。皆可為證。乃如小篆「半」隸定為「牛」，左角生「丿」，小篆「生」隸定為「生」，但小篆「青」隸定後上左無「丿」，而或體作「青」，即「青」字。同理。《精嚴新集大藏音・生部》「青」，《龍龕手鑑・生部》、《漢語大字典・生部》作「青」，亦可為證。

031　　乇（經第廿一卷）

案：此乃「特垂矜念」釋語中之字：「上獨也。預（矜）。謂乇偏（偏）〔註66〕獨憂憐也。矜字正從矛今，而今，而今字並作令，斯乃流迶日久，輒難懲改也。」

此條大治本不收。《慧苑音義》同錄「特垂矜念」：「《漢書集注》曰：特，獨也。《毛詩傳》曰：矜，憐也。謂偏獨憂憐也。案：〔註67〕《說文》《字統》：矜，怜也。皆從予，令。謂我所獨念也。若從今者，音目斤反，矛柄也。案

〔註66〕「偏」當為「偏」字之訛，《慧苑音義》作「偏」。
〔註67〕然高麗藏本《慧苑音義》與《慧琳音義》所轉收，皆無此後慧苑之「案」。

《玉篇》二字皆從矛令，無矛今者也。」《私記》此處參考慧苑說，但抄本多有衍訛。岡田希雄指出此本多有衍字，其中第21例即爲「特垂矜念」之註，不僅誤字多、且有衍字。兩個「而今」，其中一乃衍者，除此，第八個似「乞」之字亦當衍字。〔註68〕如此，此疑即可解。

032　矛（經第廿一卷）

案：此乃「惜恡」釋語中字：「上矛之牟，下夜比左之。」「矛之牟」，爲「惜」字和訓，今用假名爲「おしむ」。「夜比左之」，乃「恡（吝）」之和訓，今用假名則「やぶさか」。故「矛」字即「乎」字，此乃万葉假名標示，無實義。

033　螺羅（經第廿二卷）

案：前字爲辭目字。「螺」當爲「螺」字之訛。已見第三章。後字爲釋義中字：「音流羅反，具（貝）布延。」

《集韻·戈韻》：「蠃：蚌屬。大者如斗，出日南漲海中，或作螺蠃蝸。」「螺」與《精嚴新集大藏音·虫部》中「螺」之俗字「螺」相似。查檢《華嚴經》卷二十二，有「百萬億天螺，出妙音聲」之句，應即釋此字。「羅」爲「羅」字之訛。此下一條爲「天牟羅」，釋曰「牟陁羅者，鼓中之別稱也。」「羅」字與「羅」同，只是「羅」之上部「罒」因運筆輕重不一，而訛斷橫書，遂使字形難認。音「流羅反」，則「螺」乃「蠃」字書寫之異，即「蠃」字，亦即「蠃」字。《康熙字典·虫字部》云：「蠃，《正字通》同蠃。《前漢·匈奴傳》谷蠡王，亦作谷蠃。按：《說文》《玉篇》《唐韻》等書，皆無蠃字。《字彙》《正字通》引《漢書》舊本爲據，不知舊本劀滅脫去頭耳。蠃係譌字，非正字也。」「蠃」之俗可作「蠃」，見《干祿字書》、《集韻》等，也可作「蠃蠃蠃蠃蠃」，古字書及韻書多見，不贅舉。〔註69〕《集韻·平聲·八戈》有「蠃螺蠃蝸」條，釋曰：「蚌屬，大者如斗。出日南漲海中。或作螺蠃蝸。」可証「螺」即「螺」

〔註68〕岡田希雄《新譯華嚴經音義私記解說》。其本所言「今而今而」中一個多餘爲衍。但我們若做句讀，則應爲「矜字正從矛令，而今，而今字並作令」，故多一個「而今」。其中「而」乃轉折連詞。

〔註69〕可參見臺灣教育部《異體字字典》。

字。另外，我們也可從《私記》爲其所作和訓「具布延」加以判斷。岡田希雄《倭訓攷》指出「具」應爲「貝」字之訛，假名作「カヒフエ」。按：石塚《倭訓總索引》漢字作「貝笛」。「かい（かひ）」漢字作「貝・介」。「ふえ」漢字作「笛」。「貝笛」，意指法螺。

034　鑯（經第廿二卷）

案：此乃「暎徹」條釋語之字：「上正爲映字，照也。下音鑯，訓通也。」此條不見《慧苑音義》及大治本《新音義》，當爲《私記》自創條目。

查檢八十卷《華嚴經》卷二十二，有「百萬億香焰，光明映徹」之句。大正藏作「映徹」。《私記》作者所見《華嚴經》用俗字。《慧琳音義》卷三：「交徹纏列反。《毛詩傳》：徹，通也。鄭注《論語》：通也。杜注《左傳》：達也。《說文》從彳攴，育聲也。俗從去，非也。」「俗從去」即如《私記》之「徹」字。《私記》注「徹」之音爲「鑯」。「鑯」似爲「鐵」之俗體，但發音不合。此應爲「鐵」字。鈴木眞男《〈新譯華嚴經音義私記〉の直音注》一文整理《私記》直音注，就認讀此字作「鉄」。其文章用日本常用漢字字形作「鉄」，然其正字應作「鐵」。「鑯」即「鐵」俗字。《可洪音義》中「鐵」就有作「鐵」「鑯」〔註70〕字形者。「鐵」之俗字有「鐵」，《玉篇・金部》「鐵」字下有「鐵」，釋爲「鐵」「俗文」。其中下部常與「鐵」之俗「鐵」相訛，而「鑯」即爲「鐵」之省筆而成。《可洪音義》卷十一有：「鐵，天結反，正作鐵鐵。」

又經第卅三卷有「多羅」條：「此云高竦樹也，是西城（域）樹名也。其形似樱櫚樹也。躰堅如鑯，葉長稠密，從多時大雨，其葉蔭處乿屋下。今以此寶而成，故曰寶多羅也。」其中「鑯」即爲「鐵」，但已似「鑯」

035　䍩（經第廿三卷）

案：此乃「妖」釋語中之字：「於䍩反，巧也。小也。灾恠者爲祅，字在示部。」《玄應音義》卷十：「妖嬈，又作妖，同。於驕反。壯少之皃也。《說文》：妖，巧也。」《說文・女部》：「㜈，巧也。一曰女子笑皃。《詩》曰：『桃

〔註70〕韓小荊《〈可洪音義〉研究──以文字爲中心》第707頁。

之媄媄。』从女芙聲。於喬切。」

《私記》注「妖」音「於**跞**反」，「**跞**」字難辨。井野口孝將此字作「**野**」，但卻在旁加括號作「（鴞カ）」。而其考證《萬象名義》：「妖，於鴞反。小也。巧也。」。〔註71〕音義內容與《私記》合，然「**跞**」與「鴞」字形相差甚遠。白藤禮幸在《上代文獻に見える字音注について（四）——〈新譯華嚴經音義私記〉の場合——》一文中指出「妖，於**跞**反」中，「**跞**」屬於字體有疑問者，作爲需要進一步研討而保留。

036　　**䣍**（經第廿四卷）

案：此乃「扶踈」條中釋語字：「上輔虞反。《說文》扶疏，四布也。在木部，非手也。疏踈**䣍**補虞，虞，牛俱反。安也，助也，樂也，云无測度也。」《慧苑音義》不收此條。

漢語「扶疏」也作「扶踈」或「扶踈」等，乃大樹枝柯四布貌。「扶」字本作「枎」。《說文·木部》：「枎，枎疏，四布也。」段玉裁注：「枎之言扶也。古書多作扶疏，同音假借也。」《玉篇·木部》：「枎，輔虞切。扶踈，木四布也。」

《私記》此條參照大治本：「扶踈，字體作枎，輔虞反。《說文》**林**〔註72〕疏，四布也。在木部，非手也。」然大治本無「疏踈**䣍**補虞，虞，牛俱反。安也，助也，樂也，云无測度也」一段。實際上，此段爲重複俗字加以音義之內容。「疏踈」乃重複字頭「踈」；「**䣍**補」即「輔」；「虞」則爲「**虞**」。岡田希雄與小林芳規皆早就指出：此本存在很多條目字重出的現象。〔註73〕由上，可見不僅辭目字重複，釋文字也有重出。又《可洪音義》卷六：「**䣍**甫，梵**䣍**甫，音父，正作輔。」竹內某編《異體字彙·ホ》：「**䣍**甫，正作輔。」〔註74〕由此可証「**䣍**」即「輔」字。

037　　**你**（經第廿五卷）

〔註71〕井野口孝《〈新譯華嚴經音義私記〉所引〈玉篇〉佚文（資料）》。

〔註72〕蓋爲「枎」之訛。

〔註73〕岡田希雄《新譯華嚴經音義私記解說》。小林芳規《新譯花嚴經音義私記解題》。

〔註74〕《異體字研究資料集成》第一期，第七冊，第28頁。

案：此乃「損敗他形」條釋語中字：「上，滅也。敗，沮也。他形者，倭言**你**可之伎可多知，又異形。」「**你**可之伎可多知」爲「他形」和訓。據岡田希雄《倭訓攷》，假名作「ホカシキカタチ」。「ホカシ」乃名詞「ホカ（他、外）之形容詞化。「保」用假名標示即「ホ」。《国語大辞典》與《広辞苑》所用書證資料，正爲《私記》此例。其字正作「保」。

「**你**」應爲「保」之訛俗字。「**你**」作爲「保」之訛俗字，蓋爲右半「呆」之下半「木」誤作「小」而致。

038　　**瞷**（經第廿六卷）

案：此乃「萬邦遵奉」釋語中字：「或曰大曰邦，小曰國也。邦之所居亦曰國也。又國也。遵亦爲**瞷**字，子倫反。行也。脩也。習也。自也。從也。率也。奉承也，言並從命承稟也。」

《慧苑音義》：「萬邦遵奉，鄭玄注《周禮》曰：大曰邦，小曰國。邦之所居亦曰國也。《三蒼》曰：遵，習也。《尒雅》曰：導，從也。《說文》曰：奉，承也。言從命承稟也。」大治本：「邦又作**富**字。補江反。小曰国，大曰邦。又云：邦，国也。遵又作**柛**字，**脩**〔註75〕子反。脩行也。習也。自也。□〔註76〕也。**倰**〔註77〕。」

可以看得出來，《私記》以上二本皆有參考。「遵」字說主要從大治本《新音義》，然有訛誤。大治本之「**柛**」字，字跡漫漶，難以辨認，但是仍可以看出其右旁爲「目」。而《私記》之「**瞷**」字，稍微清晰，右旁確爲「目」。左邊類似「開」字。此形如此，可能受「遵」之古文之影響。《玉篇・辵部》：「遵，子倫切，循也，率也，行也。遷，古文。」《四聲篇海・辵部》：亦曰：「遷，古文。音遵，義同。」《字彙補・辵部》：「遷，《韻會》古文遵字。亦作𢔪。」儘管字跡漫漶不清，但仍可看出《私記》之「**瞷**」承大治本。此字蓋爲書手誤將「遷」之「目」替換「辵」旁，又受右下「开」之影響而寫作類似「開」形。

〔註75〕此字依字形近於「脩」字，「脩」是「備」字之俗。然「脩子反」音切與「遵」不合。

〔註76〕此字漫漶，且有損壞，無從辨識。

〔註77〕此應爲兩個字，但因豎行抄寫，難以確認，似是「修也」二字。

039　　桃（經第廿八卷）

案：此爲「攀緣」條中字：「上，正爲攀，普姦反。引也，攣也。或爲桃字。攣，係也，病也。」（經第廿八卷）

根據字形，一般將「桃」認讀爲「桃」〔註78〕或「挑」字。然二字音義皆不合。按上下文，此字當爲「攀」之異體，疑爲「扳」字之訛。《金石文字辨異·平聲·刪韻》云：「攀，亦作扳。」《玉篇·手部》亦云：「攀，援引也。扳，同上。」

040　　葊（經第卅三卷）

案：此乃訓釋「多羅」之名中字：「此云高竦樹也，是西城（域）樹名也。其形似葊櫚樹也。躰堅如鐵，葉長稠密，從多時大雨，其葉蔭處乩屋下。今以此寶而成，故曰寶多羅也。」

《私記》此條從慧苑說：「寶多羅形：多羅者，西域樹名也。其形似葼櫚樹也。體堅如鐵，葉長稠密縱多，時大雨，其葉蔭處乾若屋下。今以此寶而成，故曰寶多羅也。又或翻爲高竦樹也。」根據《慧苑音義》，應爲「葼」字。苗昱亦校：諸本作「椶」。然「葊」與「葼」、「椶」字之俗成理據難以成立，姑且存疑。

041　　骰（經第卅三卷）

案：此乃詮釋「吹」字中之字：「昌爲反。訓布骰。」

《慧苑音義》：「寶吹：吹，昌僞反。」《私記》參考慧苑說。但《私記》後又注和訓「布骰」。「骰」，岡田希雄認讀爲「叡」。《敦煌俗字典》「叡」字下收「㲉」形，可參。又「布叡」爲「吹」字和訓。據岡田《倭訓攷》，假名作「フエ」。經卷第十五「蕭笛」條和訓同此。

042　　跩脊（經第卅五卷）

案：此乃「三界焚如苦无量」條詮釋語中字：「如字非見其訓。跩，脊也。

〔註78〕井野口孝即認讀作「桃」字。

音義曰：如者，之也。之者，此也。又音義作无量字。舊經曰：具受於三界，无量諸苦毒，如以好藥練眞金，未知言意趣。」

《慧苑音義》亦收此條：「三界焚如苦無量，《周易》离卦九四注云：其炎始盛，故曰如。今此言三界諸惑如火熾盛，能招惑，多苦果故也。」

案：「三界焚如苦无量」雖爲辭目字，但在《私記》中實際上卻寫成小字，混於「湍馳奔激」的註釋語中。除此，「原阜」條及其釋語也雜入其中。「楚，爵也」與本條似無關係，或亦抄書者誤抄別條混入此中。

「楚」蓋爲「楚」俗字，《隸辨》引魏《三體石經》作「楚」形。不難辨認。「爵」則是「欝」字，亦即「鬱」字。木叢生曰楚，晉張協詩曰「溪壑無人迹，荒楚鬱蕭森。」「鬱」同此義。《說文・林部》：「欝，木叢生者。从林，鬱省聲。迂弗切。」故「楚，爵也」，應可成立。然「爵」亦爲筆者首見。

043　　䚯䖵（經第卅五卷）

案：《大方廣佛華嚴經》卷三十五：「此菩薩天耳清淨過於人耳，悉聞人、天若近若遠所有音聲，乃至**蚊蚋虻蠅**等聲亦悉能聞。」[註79]「**蚊蚋虻蠅**」，《私記》前二字「蚊蚋」參考《慧苑音義》。後二字因爲慧苑不收，故參考大治本：「蜺，蠅字，餘承反。**䚯䖵**之大腹者也。……[註80]」《慧苑音義》爲雙音節辭目「蚊蚋」。《私記》釋文參考《慧苑音義》。但大治本字跡漫漶：「**覠垾**字，餘承反，《說文》虫之大腹者也。」

《說文・黽部》釋「蠅」：「營營靑蠅。蟲之大腹者。」大治本正從此。而《私記》作「**䚯䖵**之大腹者也」，其中「**䚯**」與「**䖵**」皆難解。小林芳規通過與大治本對校，認爲「**䚯**」乃「說」之訛。而「**䖵**」應爲「文虫」二字，[註81]因豎行抄寫，二字訛誤作一字。[註82]此說甚恰。

044　　吶（經第卅六卷）

〔註79〕大正藏第 10 冊，第 188 頁。

〔註80〕後爲和訓，略。

〔註81〕小林芳規《新譯花嚴經音義私記解題》。

〔註82〕岡田希雄在其《解說》文中已經提及此點。

案：此乃「圖書」條釋文中字：「上音豆、訓，二合文口𠃌也。」「口𠃌」字，
字跡漫漶，難以辨認。小林芳規在其《解題》中指出《私記》有其獨特的注文
方式，其中有用「合」或「二合」用語者，表示其所標出的兩個漢字是漢語複
合詞，而「合」或「二合」其後爲所釋之義。其所舉例之一，即爲此。小林輸
入漢字爲：「圖書，上音豆訓二合文句也。」〔註83〕可見其辨認「口𠃌」作「句」
字。筆者尊此說，並試作辨析：「口𠃌」蓋爲後人改寫所造成，原先可能作「司」
字，爲譌寫，故後人添一「句」字以示糾正，但「句」字幂指數得有點歪斜，
且疊於原字之上，覆蓋了近半個字。遂變得不清楚了。

045　　　**圊**（經第卅九卷）

案：此乃「鈿廁」釋語中字：「上又爲鎭字。知陳反。安也。重也。又爲愼。
古文爲徒賢反。雜也。均也。滿也。廁，側冀反。雜也。間也。次也。或圊廁
之廁上也。」「圊」字右有旁注小字「溷」，字跡漫漶，但爲「溷」字。《慧苑
音義》爲四字條目「鈿廁其閒」，其中引《廣雅》釋「廁」曰：「廁，間也。」

大治本《新音義》亦收，不過辭目更長，爲「大摩尼寶鈿廁其間」，然實
際只釋「鈿廁」二字：「鈿或作鎭字。知陳反。安也。重也。或作塡字。右文
寶，徒堅反。雜也。塞〔註84〕也。加也。滿也。廁，〔註85〕漢反。廁，雜也。
間也。次也。或圊廁也。」可見，此正爲《私記》所參考。而大治本則參考
玄應說。《玄應音義》二十二：「廁塡，古文寶，同。徒堅反。《三蒼》：廁，
雜也。閒雜也。《廣雅》：塡，塞也。亦滿也。或作鈿，非此用也。」而《私
記》之「圊廁之廁」，大治本之「圊廁」則應爲「圊廁」也。《玄應音義》卷
二收有「圊廁」，釋曰：「《字林》七情反。《廣雅》：圊圂軒廁也。皆廁之別名
也。《釋名》云：或曰清，言至穢之處宜修治使潔清也。或曰圂，言溷濁也。」
「圊」字中之「青」爲草書「青」字。草書「青」字作「青」、「青」（《草書禮
部韻》下平聲青韻）。

「圊廁」乃同義複詞。《玄應音義》卷一：「圊廁，七情反。《廣雅》：圊、
圂、屛，廁也。皆廁之別名也。」又卷十五「圂廁，胡困反。《廣雅》：圊、圂、

厠，廁也。下側吏反。廁亦圊也。《釋名》云：圂者言溷濁也。或曰清，言至穢處宜常修治使潔清也。廁者，人雜廁在上非一也。」《康熙字典・口部》：「圊，《唐韻》七情切，《集韻》親盈切，𠀤音清。《說文》廁，清也。《徐鍇曰》廁古謂之清者，言污穢常當清除也。《博雅》圂廁也。《釋名》雜也，言人雜廁其上也。又《集韻》倉經切，音青。義同。」由此證「圓」、「圓」爲「圊」字，亦可信。

046　　丑（經第卅二卷）

案：此乃「從一切智歌羅邏位」條釋語中字：「未知具一切智云意。此疏可見。歌羅邏者，此云薄酪，謂初入胎如薄酪也。父母赤白精成酪狀也。酪者，己礼利〔註86〕。」

此條不見《慧苑音義》及大治本《新音義》。但慧苑在釋經卷四十一時收入「歌羅邏」條：「此云薄酪，謂初入胎如薄酪也。」《私記》此即參考慧苑說。其後「父母」，即「父母」也。「母」即「母」之異體，《說文・女部》：「母，牧也。从女，象裹子形。一曰象乳子也。莫后切。」此爲象形字，甲骨文作「母」。其兩點象人乳形。但手寫時常將兩點相連，即如《私記》「母」。古籍寫本「母」、「母」與「毋」三字形多有相似，常相混淆。《佩觿》卷中收有「毋母母」，釋曰：「上古丸翻，穿物也。中武扶翻，禁止之辭。下莫厚翻，父母。」《廣碑別字》「母」字下收有「母」（《隋李君晉造像記》），即同此。

「歌羅邏」乃音譯名詞，梵文爲「Kalala」，又作「羯羅藍」、「羯邏藍」、「羯刺藍」、「羯邏羅」等。譯曰凝滑，雜穢等。父母之兩精，初和合凝結者。自受生之初至七日間之位。胎內五位之一。《玄應音義》卷二十三：「羯羅藍，舊言歌羅邏，此云和合，又云凝滑。言父母不淨，和合如蜜和酪，泯然成一，於受生七日中凝滑如酪上凝膏，漸結有肥滑也。」

047　　陸（經五十一卷）

案：此乃「飲縮」條釋語中字：「下所陸反。直也，止也，礼也。」「陸」字旁有注：「陸」。

〔註86〕此爲「酪」字和訓。據岡田《倭訓攷》，假名作「コレリ」。按：岡田認爲此「コレリ」應爲「凝レリ」，源自「こる【凝る】」。

《慧苑音義》不收此條，但大治本《新音義》收錄。《私記》完全從其說：「歛縮，下所陸〔註87〕反。後也。直也，止也，礼也。」《私記》「所陸反」中「陸」字，根據《私記》後旁注，乃「陰」字，與大治本之「陰」同，爲「陸」之俗字。《佛教難字大字典・阜部》「陸」字下收有「陰」字，即與此同。白藤禮幸在《上代文獻に見える字音注について（四）—〈新譯華嚴經音義私記〉の場合——》也認讀此字爲「陸」。《篆隸萬象名義・糸部》「縮」字音注也作「所陸反」。

問題是書手寫作「陸」，似也並非無理據可考。《說文・糸部》：「縮，亂也。从糸宿聲。一日蹴也。所六切。」後《廣韻》、《集韻》、《韻會》、《正韻》夶「所六切」。《康熙字典・阜部》注「陸」之音切：「《唐韻》、《廣韻》、《集韻》、《類篇》、《韻會》夶力竹切，音六。」「陸」、「六」同音。《慧琳音義》卷十五注：「申縮」之「縮」爲「所六反」，卷二十注「惱縮」、卷四十五注「延縮」之「縮」皆爲「所陸反」。日語中此二字的音讀也相同，作「りく」或「ろく」。新井白石著《同文通考・借用》指出：「六，六錄音相近〔註88〕，借作錄字，如目錄作目六之類。」〔註89〕由此，我們似也可以考慮認爲，或許是抄寫者正受此影響，故將聲旁「坴」上部寫成「六」，甚至爲表示強調，將下半之「土」，寫成了「正」。或爲臆說，僅作參考。

048　　眠（經第六十六卷）

案：此乃「不該練」條釋語中字：「該，古未（來）〔註90〕反。皆也。咸也。約也。譜也，兼佫之該爲眠字，在日部。」

《慧苑音義》爲四字辭目「靡不該練」：「《珠叢》曰：靡，無也。《廣雅》曰：該，咸也；包也。《尒雅》曰：該，備也。《珠叢》曰：鎔金曰：鍊煮絲令熟，曰練也。該字又作賅。鍊字鎔金，從金；煮絲，或從散水也。」

「眩」本指日光兼覆，引申爲賅備；兼備；包容。《說文・日部》：「眩，

〔註87〕爲使字形清晰，我們保持底色。

〔註88〕此時音讀作「ろく」。

〔註89〕《異體字研究資料集成》第一期，第一冊，第276頁。

〔註90〕《私記》「未」字右側行間寫有「來」，「來」是。「來」與「該」中古音皆在咍韻。

兼晐也。」徐鍇繫傳：「日光之兼覆也。」段玉裁注：「此晐備正字，今字則
『該』、『賅』行而『晐』廢矣。」《廣韻・平聲・咍韻》：「晐，備也；兼也。」
《集韻・平聲・咍韻》：「《說文》兼晐也。《博雅》晐，皆咸也。通作該、賅。」
《慧琳音義》卷四十九：「該閱，上改哀反。賈逵注《國語》云：該，備也。
《方言》云：該，咸也。《廣雅》云：該，評也。包也。《說文》從言亥聲。
若兼備之該，從日作晐。」故「該」「晐」通用。「**眽**」應爲「晐」字。《私
記・經卷四》「該覽」條，「該」寫作「**詃**」，「晐」寫作「**眽**」。「**眽**」當爲
「**眽**」字之訛。「**眽**」字右半本從「亥」，然已誤寫似「衣」。《可洪音義》卷
二十九有「**駭**服」條：「胡駭反。驚也。正作駭。」可見漢字構件「亥」俗作
「衣」有例可尋。

049　　**扗**（經第六十卷）

案：此乃「**冊**冊」條釋語中字：「上正字，楚革反。書也。又云天書也。
又**扗**也。**扗**，書也。或云國，國，**扗**也。**扗**。」

以上實際上有兩層意思①「**扗**，書也」；②「國，**扗**也」。「**扗**」與「**扗**」
字形相同，然卻爲二字。「**扗**，書也」之「**扗**」，疑爲「札」之俗字。《私記》
「扌」旁多與「木」旁相混，故「**扗**」形與「札」近似。《玉篇・冊部》：「冊，
簡也。」《後漢書・章帝紀》「不直以言語筆札」李賢注：「札，簡也。」是「冊」、
「札」同義。「冊」有書簡之義，「札書」亦與此義通，如《墨子・號令》：「札
書得必謹案視參食者。」《可洪音義》卷十五「木**札**，阻八反。正作札也。」「**札**」
字右旁，正如《私記》。

而「國，**扗**也」之「**扗**」，蓋爲「社」字。

「**冊**」亦爲「冊」字。《干祿字書》：「冊**冊**，上通下正。」重復收錄俗字，
乃《私記》特色之一。《慧苑音義》釋經卷六十不收。又查檢《華嚴經》卷六十
亦無「冊」字。此應是《華嚴經序》中辭目。《私記》此條上正有則天文字「**而**」：
「古天字」。可知是將「天冊」分成兩條。但大治本於後音義《則天序》中收有
「序字天**冊**」條，其上之小圓爲修改標記，故旁有「**冊**」修改字：「楚革反。
試才能也。書也。又相傳方**冊**（冊）国。国，**杜**也。」可見《私記》參考大
治本。大治本之「**杜**」，應爲「社」之訛字。俗書「木」旁「礻」旁相似而混，

傳抄中多有之，不贅。《左傳·昭公二十二年》：「次於社。」陸德明釋文：「社，本或作杜。」是其例。而《私記》之「扗」則是「扌」旁。寫本「木」旁與「「扌」多見，不贅。當然，也可以將「扗」與「杜」看作是「社」之訛俗字。《私記》之「扗」是將「示」誤寫似「扌」旁，而大治本之「杜」，乃將「示」誤寫作「木」旁。社，本指土地之神，後社稷連用指稱國家，與「國」義同。故云「國，社也」。《康熙字典·示部》：「……《禮·祭法》：王爲羣姓立社曰大社，王自爲立社曰王社，諸侯爲百姓立社曰國社，諸侯自爲立社曰侯社，大夫以下成羣立社曰置社。……又書社。《史記·孔子世家》楚昭王將以書社地封孔子。《註》二十五家爲里，里各立社。書社者，書其社之人名於籍。」「扗」與「札」、「社」皆形近，後人抄寫遂致混同耳。

050　　睿（經卷六十）　含（經卷七十）

　　案：此二字分別爲「曉悟」（經卷六十）及「仁慈孝友」（經卷七十）條釋語中字。

　　先看《私記》音義「曉悟」：「上，說也。說，書睿反。言說化也。《說文》曰：悟，覺也。或曰解也。言說化含令覺也。烏、焉同。」《私記》旁有後改字：「睿」苗昱校：《北》「睿」作「睿」。

　　《碑別字新編》「睿」字引《魏元融墓誌》作「睿」，《私記》「日」「目」常混，「睿」當爲「睿」之訛。《慧苑音義》高麗藏本作「睿」。

　　再看《私記》音義「仁慈孝友」：「《釋名》曰：仁，忍也。好生惡煞，善惡含忍也。《爾雅》曰：善事父母爲孝，善事兄弟爲友也。」苗昱校：諸本含作「含」。

　　《慧苑音義》釋「曉悟」條：「《廣雅》曰：曉，說也。說，音書睿反。《說文》曰：悟，覺也。《聲類》曰：悟，解也。言說化令覺也。」而且慧苑在釋經卷第十三收有「曉悟群蒙」條：「《廣雅》曰：曉，說也。鄭注《禮記》曰：羣，眾也。韓康伯注《易》：蒙昧幼小之兒。《說文》曰：蒙，謂童蒙也。言凡天於道，未有所識，如幼童蒙。菩薩說之，令開悟也。說音書銳反。」「睿」與「銳」同音，從音切上看，「睿」作「睿」，可成立。另外，從字形上，亦可求證。「睿」應爲「睿」之俗字之省訛。《碑別字新編》「睿」下收有「睿」（《魏元融墓誌》）

「**睿**」（《魏元𤣥墓誌》）。

　　《慧苑音義》釋「仁慈孝友」條：「《釋名》曰：仁，忍也。好生惡殺善惡含忍也。」《尒雅》曰：善事父母爲孝，善事兄弟爲友也。」《私記》兩處所舉「**含**」字，根據苗昱校諸本《慧苑音義》，此應爲「含」字。此說確。《私記》此形，爲常見俗形。《干祿字書》：「**含**含，上通下正。」《碑別字新編》「含」下有「**含**」（《大唐九成宮禮泉銘》）、「**含**」（《隋宮人御女唐氏墓誌》）；《偏類碑別字》「含」字下有「**舍**」（《唐高道不仕房有非墓誌》）等皆與其相同或相類。《可洪音義》「含」字俗體有「**含**」，「唅」字俗體有「**唅**」。然而，卷六十釋「曉悟」中之「**含**」應爲衍字。〔註91〕

051　　**秇**（經第六十三卷）

　　案：此爲「鑣（鑣）銜」條中解釋字：「上上〔註92〕。（下），〔註93〕遐**秇**反。馬勒口中鐵也。又與含字同也。」《說文‧金部》：「銜，馬勒口中。」《玉篇‧金部》：「銜，馬銜鐵。」《漢書‧酷吏傳‧義縱傳》顏師古注：「銜，含也。」「**秇**」一般認讀作「私」，然「遐私反」之「遐」中古音在匣母，「私」屬三等脂韻，按聲韻拼合規律，匣母不與三等韻相拼，「遐」與「銜」字聲類同，故疑反切下字有誤，即「**秇**」非「私」字。井野口孝考證，「**秇**」應爲「衫」字。《篆隸萬象名義‧衣部》：「銜，遐衫反，戶監反，馬口中鐵也。」「衫」誤寫作「**秇**」，完全有可能。其一，俗字常有從「衣」字訛作「禾」者，如《佛教難字大字典‧衣部》「袖」字下收有「**秞**」，左半從「禾」誤；「裕」字下收有「**稐**」。《高麗大藏經異體字典‧衣部》「襯」字下收有「**秫**」；「襧」字下收有「**稱**」等，皆可爲証。其二，「**秇**」字右半並非一般「私」字俗體「私」，「厶上加撇」。《干祿字書》：「私私，上俗下正。」《慧苑音義》卷下「普照無私」釋文最後：「……私字厶上加撇者，非也。」相反很像《私記》中常見的將「彡」的最後一筆斷撇寫成向右收筆之點。如「**彣**」之右下部，但書者寫「衫」字時最後明顯又添加一筆，故有此誤。

<hr>

〔註91〕岡田希雄《新譯華嚴經音義私記解說》亦指出此「**含**」乃衍字。

〔註92〕下「上」字爲重文號，疑此重複。

〔註93〕據下釋文，注音釋義皆解釋辭「銜」字，故於此補「下」字。

052　瓊（經第六十八卷）

　　案：此乃「縈暎」條釋語中之字：「上可作瑩字，胡駒反，治器名也。縈音一瓊反。旋也，纏也。收績曰縈，縈非此要。暎暎，上正，照也。」此釋參考大治本：「應作瑩字，胡駒，治器名也。縈音一瓊反。縈，旋也，纏也。收績曰縈，縈非此要。」大治本「瓊」爲「瓊」，並不難辨。而大治本又是參考玄應說。《玄應音義》卷三：「所縈，一瓊反。縈，旋也，纏也。《通俗文》：收績曰縈。」卷十五：「作縈，一瓊反。《通俗文》：收績曰縈。縈，旋也。」故「瓊」即爲「瓊」字俗譌。

053　淳（經第七十二卷）

　　案：此乃「油雲被八方」條釋語中字：「《孟子》曰：天油然興雲，沛然下雨，則苗淳然而長也。《毛詩音義》曰：油雲春雲也。言能潤澤万物眾也。」此參考慧苑說：「油雲被八方，《孟子》曰：天油然興雲，沛然下雨，則苗浡然而長也。《毛詩音義》曰：油雲春雲也。言能潤澤万物也。」苗昱校：諸本「淳」作「浡」。此說確。「淳」應爲「浡」減筆俗字，並不難辨。

054　跰（經第七十三卷）

　　案：此乃「臏割」條釋語中字：「上浦忍、扶忍二反。《大戴礼》曰：人生暮而臏生，然後行也。《說文》曰：臏，膝骨也。《尚書大傳》曰：決關梁、踰城郭而略盜者，其刑臏。野王曰：謂斷足之形，即形之跰。《周禮》之則（刖）[註94]類也。字從骨，經本從月作者，俗。」此參考慧苑說：「臏割：臏，蒲忍、扶忍二反。《大戴禮》曰：人生暮而臏生，然後行也。《說文》曰：臏，膝骨也。《尚書大傳》曰：決也。梁踰城郭而略盜者，其刑臏。顧野王曰：謂斷足之刑。即刖刑之腓[註95]，《周禮》之則類也。字從骨，經本從月作者，俗也。」苗昱校：諸本「跰」作「跰」，確。然尚不明訛變理據。

055　瑠燊（經第七十五卷）

〔註94〕《慧苑音義》「則」作「刖」。《玉篇·刀部》：「刖，斷足也。」與「臏」爲同類刑罰。

〔註95〕高麗藏本作此形。

案：此乃「洪纖」條釋語中字：纖，相**瑠**反。**蔡**雍注班固《典引》曰：洪，大也。纖，細也。」此參考慧苑說。《慧苑音義》爲四字條目「洪纖得所」：「纖，相監反。蔡雍注班固《典引》曰：洪，大；纖，細也。」苗昱校：《北》《磧》《誠》**瑠**作**瑥**，《麗》作「監」也。諸本**蔡**作「蔡」。案：前字「**瑠**」乃「鹽」之俗字減筆，略去部首「皿」所成訛字。《慧琳音義》卷四注「纖長」、卷十二注「纖雜」之「纖」皆「相鹽反」。「鹽」之俗字有作「塩」者，爲「鹽」減省筆畫而成之俗體。如《金石文字辨異‧平聲‧鹽韻》「鹽」字後即收此形（《唐新造廚庫記》）。《玉篇‧鹽部》以「塩」爲「鹽」之俗體。「鹽」之俗字還有作「**塩**」字者，即將部首「鹵」，訛省作「田」字。如《碑別字新編》「鹽」字下即錄「**塩**」（《齊道興造像記》）。《佛教難字大字典‧鹵部》「塩」字下錄有「**塩**」、「**塩**」、「**塩**」等形。「鹽」字筆畫繁多，不易書寫。故我們可以認爲「**瑠**」是書手抄經時爲方便而省筆後寫出的錯字。另外，俗字「皿」與「田」也多相混淆。《可洪音義》「鹽」之俗字有「**塩塩塩**」等形，皆與私記》「**瑠**」相類或相同。〔註96〕《可洪音義》卷十四「於**塩**，羊廉反。正作鹽塩二形。」

「**蔡**」乃「蔡」之訛俗字，乃因形似而訛誤。

056　　**任**（經第七十八卷）

案：此乃辭目「**任**邪濟者」中字：「《毛詩傳》曰：濟，渡也。謂行異道者，知渡者求於異律（津）〔註97〕，故此借喻名耳。」此參考慧苑說：「住邪濟者：《毛詩傳》曰：濟，渡也。謂行異道，如渡者求於異津，故此借喻名耳。」苗昱校：諸本**任**作「住」。案：此說確。查檢《大方廣佛華嚴經》卷七十八：「諸仁者！此長者子，爲被四流漂泊者，造大法船；⋯⋯住邪濟者，令入正濟；近惡友者，示其善友；⋯⋯」之句〔註98〕，故「住」字確。雖然「**任**」作「住」，我們尚未發現對應資料，然書手抄寫時，漏寫右半聲旁「主」上之點，並不難理解。

〔註96〕韓小荊《〈可洪音義〉研究——以文字爲中心》第766頁。

〔註97〕《慧苑音義》「律」作「津」，是。「津」，渡口。

〔註98〕大正藏第10冊，第429頁。

　　以上，我們考察了《私記》中56個（組）疑難俗字。這只是我們在整理研究《私記》時感覺認讀有一定難度的字形。根據我們的研究，可以簡單得出如下結論：

　　1、《私記》中不僅俗字豐富，而且疑難字不少。即使我們作了相當努力，但仍有一部分未能解決，只能作爲存疑，留待大方之家共同探考。另外，有些字，即使我們已加以考釋，並自覺已「認」，但亦很可能是「自圓己說」，實爲「誤」解。冀期方家批評指正。

　　2、這些所謂疑難俗字主要可分以下三大類：①字形首見。我們發現，作爲一本中型音義書，其中所出俗字字形爲筆者首見者，應該不算少。有的可以考證，得出可詮釋的理據，如「𪘏」；有的則無從考探，眞正「不明」，如「𠘨」，儘管知其爲「万」，然卻無法說清兩個字形之間的關係。②因誤寫而產生的訛變字，如「頤」「菜」「膼」「跱」「瞷」「萋」等。在書寫中，因訛變而成的俗字不爲少數，然一般多有理據可尋。實際上《私記》中俗字因訛誤所成者，爲數不少。然以上這些無從考者，原因頗爲複雜。因小川本爲孤本，所以我們或許可以同意岡田希雄的意見。岡田希雄曾指出：此本（小川本《私記》）中誤字甚夥。其他還有如脫字、衍字、應用大字之處用小字，應用小字之處用大字等，令人吃驚。由此認定此本抄者乃無學識者。此固可作爲說辭之一。但是若從俗字研究的角度來看待這些現象，即使是錯字，也可以看出漢字在「認知」方面的某些特點。《私記》作爲日本奈良時代（中國隋唐之際）寫本所出現的這些訛俗字，正體現了漢字文化圈對漢字的「認知」共同性。其抄者知識水平並不高。另外，或許還與當時日本人的書寫習慣有關。如「可𠔇」。③音義不合者，如「宂」。

　　3、考釋此類疑難字，「樸學」仍爲基本法。如大治本和《慧苑音義》是《私記》的兩個主要參考來源。所以通過對刊比較，我們可以發現某些字形或音義方面的線索。而大治本又屬於《玄應音義》系統，故有時通過基本對刊，也可解決《私記》中的某些問題。而核對經本文實乃必須之事。歸根結底，「內證」加「外證」，乃文獻考據，解難釋疑之法寶也。

　　4、韓小荊指出：古書在傳寫過程中所產生的許多疑難字常常祇在某一種文獻資料中出現過一次或幾次，雖然在具體語言環境中其音義一般可以辨識，但

脫離了具體語境就很有可能成爲問題字，它們或者「義未詳」，或者「音」未詳，或者音義全無，或者形、音、義關係不明，或者正俗關係不明，成爲衹存在於貯存領域的死字。……找到這些字的具體出處，從而爲這些字找到確解，是一項十分艱巨的工作。〔註99〕通過對《私記》疑難俗字的梳理，我們對此頗有同感。特別是《私記》作爲相當於初唐時期的日本古寫本，產生這些問題字的語境又與我們一般意義上的古書會有不同，所以「死字」現象會更突出，各種問題也更複雜。而對其展開考辨研究，找到令人滿意的解釋，也同樣具有「把它們從貯存狀態激活，成爲確實存在於古籍文獻使用領域的活字」〔註100〕的意義。而且，因其資料的特殊性，甚至可以幫助我們能追尋到一些漢字在海外發展某些不爲人知的蹊徑。

〔註99〕韓小荊《〈可洪音義〉研究——以文字爲中心》第137頁。

〔註100〕同上。②